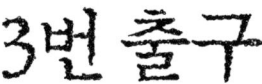

3번 출구

3번 출구

표명희 소설집

창비

차례

탑소호족 N __ 007
온이 __ 037
3번 출구 __ 065
야경 __ 093
씰리카젤 __ 119
누드 에스컬레이터 __ 143
新 어가행렬 __ 175
죽령터널, 지나다 __ 205

해설 | 소영현 240
작가의 말 256

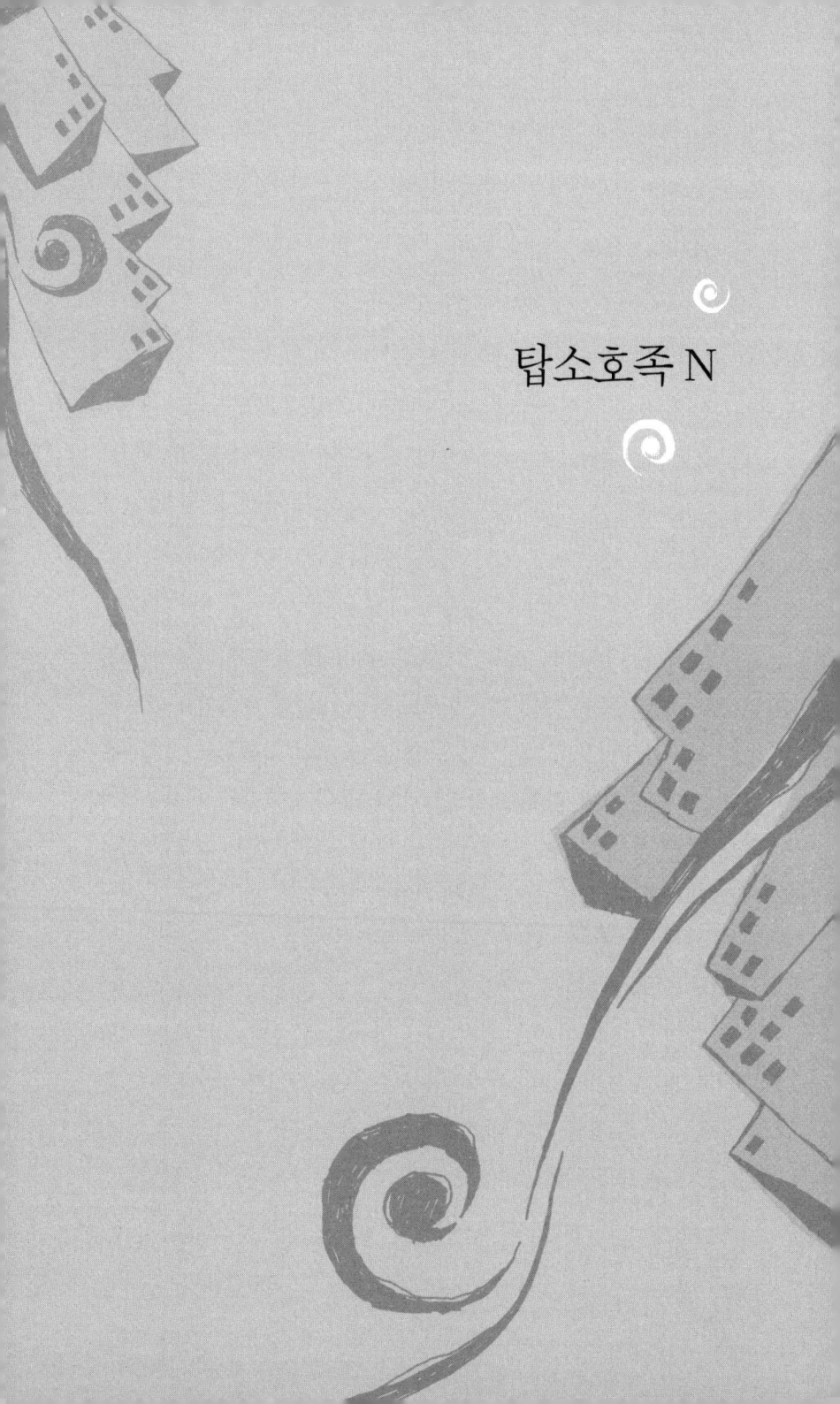

크헐 러어으 허…… 크헐 러어으 흐.
여자가 집으로 돌아오고 있다. 해질 대로 해진 기관지를 훑으며 나오는 기침소리를 달고. 더는 내려갈 수 없는 땅속 맨 밑바닥에서부터 시작되었을 것 같은 지친 걸음으로 철계단을 오른다. 덩덩 허공을 울리는 발소리와 닳고닳은 기침소리가 점점 가까워온다. 철계단의 금속성 울림이 잠시 멎더니 드르륵 유리문 여는 소리. 크헐 러어으 허…… 기침소리가 유리문 근처에 한동안 머문다. 여자는 신발을 벗고 있는 모양이다. 기침소리는 고양이 목에 걸린 방울처럼 여자의 자취를 또렷이 그리게 해준다. 방문까지 네댓 발짝밖에 안되는 마루를 지났는지 삐걱 방문 여는 소리가 난다. 크헐 러어으 허. 탁 하고 문 닫히는 소리와 함께 기침소리는 뚝 끊긴다.
N은 눈을 뜬다. 천장과 양쪽 벽 모퉁이에 걸쳐진 거미줄이

맨 먼저 눈에 들어온다. 오랜 미세먼지의 무게를 이기지 못한 듯 한쪽 귀퉁이가 축 처진 채 간신히 달려 있다. 여자의 기관지를 보는 것 같다. N의 아침은 늘 이렇게 시작된다. 지난해 겨울부터였다. 옆방 사람들은 지난겨울 초입에 이사를 왔다. 학교 앞 공터 은행나무 이파리가 늦가을 바람에 일제히 황금부채질을 해대던 날. 하지만 달력에는 분명 '입동'이라고 씌어 있었다. 나무나 햇빛보단 글자를, 소리를 더 믿게 된 것도 이 집에 살면서 붙은 버릇인지도 모른다. 모처럼 만에 여러 사람이 철계단을 오르내리며 소란스러웠다. 여름부터 줄곧 비어 있던 방이었다. 이사가 끝나고도 사람들 소리는 줄지 않았다. 이전까지 늘 한 사람이 세들어 살았던, 겨우 혼자 살 수 있을 정도의 자취용 옥탑방에 일가족이 그대로 눌러살 모양이었다. 방 하나에 녹슬고 비틀린 외짝 씽크대가 놓인 마루 겸 부엌, 오줌버캐가 잔뜩 낀 좌변기 하나만 달랑 들어앉은 화장실, 그리고 씽크대 한쪽 구석에는 겨우 고양이세수나 할 정도의 수돗가가 하나 있었다. 슬레이트지붕과 베니어합판으로 외벽을 한 탓에 장마철이나 바람이 심한 날이면 영 마음이 편치 않은, 허술하기 그지없는 단칸방이었다.

그들이 이사오기 전에는 미성년을 막 벗어난 듯한 젊은 남자가 세들어 살았다. 노란 용지에 붉은 글씨가 살벌하게 박힌 도시가스 요금 독촉장과 가스공급 중단통지서가 끊임없이 날아들던 집. 3F-2인 그 집은 3F-1인 N의 집 부엌쪽 벽에 덧대 지은, 그녀의 집과 똑같은 무허가 구조물이었다. 같은 처지의 무허가 구조물답게 그 집과 N의 집은 기묘하게 얽혀 있었다. N의 부엌 환풍기가 나 있는 쪽이 바로 그 집 화장실이었다. 흡수와 배설이라는 생존의 근거를 여실히 보여주듯 얇은 벽 하나를 사이에 두고 양쪽 집 화장실과 부엌이 맞붙어 있었던 것이다. 그런 탓에 변기 물 내려가는 소리가 갑작스레 들리면서, 맛있게 보글거리던 라면국물 냄새가 이상하게 변질되곤 하는 낭패스런 경우가 종종 있었다. 검누런 기름때가 아교풀처럼 덕지덕지 낀 환풍기 날개는 돌풍이 불어닥친대도 꿈쩍도 않을 것처럼 보였다. 게다가 N의 집 보일러 본체는 어이없게도 옆집 화장실 벽에 붙어 있었다. 옥상에 방을 하나 더 넣기 위해 무리하게 덧대 붙인 결과였다. 보일러가 말썽을 부릴 때마다 N은 그 집을 들락거리느라 그 집 내부를 훤히 들여다보게 되었다. 보일러 AS기사는 급기야 짜증을 내었다. 변기 때문에 발디딜 틈도 없는 그 좁은 화장실 벽에 부착된 보일러 뚜껑을 여는 것도 여간 고역이 아니었던 것이다. 화장실엔 전등마저 없어 N은 강시처럼 랜턴을 들고 팔이 저릴 정도로 보일러 내부를 비추고 있어야 했다. 더구나 충전기능이 시원찮은 랜턴 탓에, 기묘하게 일그러진 수리공의 얼굴을 어둠에 남겨둔 채 다시 양초를 찾아 들락거려야 했다.

그 방이 여름 내내 비어 있는 동안 주인 노부부는 꽤나 속이 탔던 모양이다. 급기야 그들은 속수무책으로 세입자를 기다리고 있을 수만은 없다는 결론을 얻은 것 같았다. 매미울음이 잦아들고 일교차가 부쩍 커지기 시작한 어느 가을날부터 일주일

넘도록 합판 뚝딱거리는 소리가 들리더니 옥상 마당을 또다시 절반이나 잡아먹는 문이 하나 더 생겨났고, 말썽 많던 보일러는 밖으로 옮겨졌다. N으로서는 보일러의 위치이동이, 퇴각하는 적군의 이동만큼이나 안도감을 자아내었다.

  보일러가 말썽을 부리던 이사온 첫해의 겨울밤은, 결코 되풀이하여 기억하고 싶지 않았다. 자정을 넘긴 밤이라 주인집 내외를 깨울 수도, 그렇다고 남자 혼자 사는 옆집 문을 두드려 댈 수도 없었다. 망사커튼, 나일론 보자기까지 천이란 천은 모조리 꺼내어 차곡차곡 깔고 덮는 유난을 떨었다. 하지만 영하 10도를 밑도는 한겨울밤을 냉방에서 나기란, 추위를 많이 타는 N으로서는 보통 막막한 일이 아니었다. 메마른 바람은 사정없이 불어대어 온동네 허술한 집들 지붕을 죄다 들썩거려놓았다. 백설의 장관만 없을 뿐 N은 자신이 마치 히말라야 산자락 어느 한쪽 귀퉁이 베이스캠프에서 밤을 지새우는 것만 같았다. 평소 잘 쓰지도 않는 믹서, 커피메이커, 토스터, 드라이어까지 자질구레한 전자제품은 집안 구석구석 없는 게 없었지만 그 흔한 생필품인 전기장판이나 난로 같은 난방기구는 하나도 없었다. 이전에 살았던 신축 원룸에는 그런 난방기구가 필요치 않았던 것이다. 창을 열면 북한산 봉우리가 풍경화처럼 펼쳐지는 전망 좋은 방이었다. 그 풍광에 혹해 N은 앞뒤 잴 겨를도 없이 계약금과 잔금을 치르고 그 신축 원룸에 맨 먼저 입주하였다. 건물을 평가하기 위해 두 명의 집달관이 나온 것은 그로부터 이년 뒤였다. 집이 경매에 넘어가기 직전이었다.

엄청난 저당권 설정을 해놓은 집주인과 건축업자는 이미 행방불명이었다. 비상사태를 맞아 처음으로 얼굴을 마주하게 된 입주자들은 단숨에 결속하였다. 그들 중 한사람의 집에 모여 한달 내내 머리를 맞대고 눈에 불을 켜고 대책회의를 했지만 뾰족한 수는 없었다. 모두들 젊은데다 법이란 것과는 멀찍이 떨어져 살았던 인생 초보자들뿐이었다. 사소한 부주의가 낳은 혹독한 댓가를 치르고 다들 피눈물을 삼키며 하나씩 그곳을 떠났다.

 N은 십년 가까이 모은 전세자금을 하루아침에 날렸다. 까마귀 날자 배 떨어지는 격이었을까. 그즈음 N은 함께 앞날을 꿈꾸던 남자와도 헤어졌다. 불행이란 건 끈끈이의 외피라도 하고 있는지 저 혼자 굴러오는 법이 없었다. 한꺼번에 몰아닥친 불행 앞에서 N은 얼떨떨했다. 도무지 현실감이 없고 멍할 뿐이었다. 낡고 허술하기 그지없는 이 옥탑방을 맨 처음 보았을 때, N은 오히려 안도의 숨이 나왔다. 떨어질 나락도, 더 잃을 것도 없다는 체념과 초연함이 기묘하게 뒤섞인 감정의 자신과 집의 모양새는 닮은꼴이었던 것이다.

 그렇게 인연을 맺게 된 집의 첫 통과의례는 만만치 않았다. 추위는 새벽이 될수록 심해졌다. 급기야 N은 조금이라도 열을 내는 전자제품은 죄다 동원시켰다. 텔레비전, 컴퓨터, 할로겐 스탠드까지 모두 켜놓았고 다리미, 드라이어도 옆에 갖다놓고는 한번씩 시린 손을 녹이곤 했다. 그럼에도 히말라야 산자락에서의 겨울밤은 잔인하도록 길었다. 그러다 지쳐 아침녘에

곯아떨어진 모양이었다.

눈을 떠보니 정오가 가까운 시간이었다. 영 개운치 않은 몸으로 N은 일어나자마자 옆집 문을 두드렸다. 아귀가 잘 맞지 않는지 옆집 문은 몹시도 삐걱거리며 힘겹게 열렸다. 문 사이로 달콤한 향이 서린 온기가 물씬 끼쳐오더니 곧이어 그 집 주인의 정체가 드러났다. 따뜻한 이불에서 막 빠져나온 듯 웃통까지 벗은 젊은 남자였다. 뻑뻑한 눈꺼풀을 몇번이나 껌벅거려야 할 정도로 뜻밖의 광경이었다. 남자는 유난히 보얗고 부드러운 살결에 얼굴이 갸름하고 앳돼 보이는, 많아야 스물두엇쯤으로 보이는 젊은 남자였다. 그래도 벗어젖힌 가슴은 제법 근육이 발달한 몸이었다. 여, 옆집 사람인데요, 보, 보일러에 문제가 생겨서…… 급작스런 광경에 N은 말이 떠듬거려지기까지 했다. 하지만 남자는 무덤덤한 표정이었다. 적당한 온기에 건강한 혈색과 윤기를 머금은 젊은 남자의 몸은 그 옹색한 집안 내부와는 참으로 대조적이도록 눈부셨다. 남자는 N의 말에 곧 무슨 뜻인지 알겠다는 표정을 지었다. 집 구하러 오던 날부터 옆집에 남자 혼자 산다는 사실에 신경을 곤두세웠던 일이 무색하도록, 남자는 N을 꼭 소 닭 보듯 했다.

그제야 N은 자신의 차림새에 생각이 미쳤다. 잔뜩 껴입은 옷으로 배가 불룩한 파카에다가 깁스라도 하듯 목도리를 친친 두른 자신의 모습이 얼마나 볼썽사나웠을 것인가. 게다가 퉁퉁 부은 얼굴에 부스스한 머리까지. 물론 그런 차림을 굳이 감추려 들지 않은 건 나름의 의도가 담겨 있기도 했다. 하지만 남자의 반짝이는 눈빛과 검은 머리칼과 유난히 희고 투명한 살결을 보는 순간, 독신여자로서의 생존본능에 가까운 용의주도함은 부메랑처럼 날아와 자신의 가슴에 꽂히는 느낌이었다. 얼마 만인가. 어이없게도 N은 자신의 여성성이 가슴 저 밑바닥에서부터 꿈틀거리며 살아나는 걸 느꼈다. 부끄러움에 새끼발가락까지 화끈거렸다. N이 잊고 있던 자신의 성적 정체성에 당혹해하고 있는 사이, 남자는 무심한 표정으로 보일러 위치를 가르쳐주고는 방으로 사라졌다.

그 뒤로도 보일러는 심심찮게 말썽을 부렸지만 옆집 남자와 맞닥뜨린 건 그때가 처음이자 마지막이었다. 그는 일주일에 두어 번, 그것도 새벽에 들어와서 잠만 자고 정오쯤 나가곤 했다. 나 참, 두달째 방세도 안 내고 감감무소식이네. 어느날, 주인 할머니는 투덜거리며 옆방 남자의 보잘것없는 살림살이를 옥상 마당으로 끌어내었다.

그때부터 한계절 내내 비어 있던 방에 새 식구가 이사온 것이다. 그들은 처음엔 홀아버지에 남매, 세 식구처럼 보였다. N은 한달쯤 뒤 그들 가족이 다가 아니라는 사실을 알게 되었다. 여자가 나타난 것이다. 너덜너덜한 기침소리를 그림자처럼 달고 다니는, 남매의 어머니인 여자였다. 왜 한달 만에 나타났는지는 알 수 없었다. 아마도 여자는 그동안 병원에 입원해 있지 않았을까. 아침에 귀가하는 여자의 기침소리와 허공을 울리는 철계단 소리는 언젠가부터 N에겐 머리맡의 자명종 같은 것이 돼버렸다. 세상 사람들이 분주하게 일터로 향하는 그 시간에

N은 여자의 기침소리에 잠을 깬다.

 N은 누운 채 손으로 머리맡을 더듬는다. 담배를 찾아 한대 빼어문 다음 불을 붙인다. 여자의 나이는 오십대 초반쯤 되었을까. 길게 빼어문 첫 모금에 이물감처럼 묻어 있던 잠기운이 물러나며 정신이 맑아온다. 물론 여자와 정면으로 마주친 적은 없다. 아니, 엄밀히 말하면 여자와 한번 맞닥뜨린 적이 있었다. 얼굴은 보지 못했지만. 탑골공원 횡단보도 앞에서였다. 챙이 넓은 모자를 쓴 허름한 차림의 어떤 여자가 젊은 남녀 커플 앞에서 돈을 구걸하고 있는 모습이 얼핏 잡혔다. N은 순간, 그 구걸꾼 여자가 자신에게 다가오기 전에 신호등이 바뀌기를 간절히 바라며 시선을 딴 곳에 두었다. N의 바람대로 신호등의 빨간불이 금세 녹색으로 바뀌었다. N은 기다렸다는 듯 재빨리 발을 내디뎠다. 바로 그때였다. 안도감에 겨워 첫발을 내딛는 순간, N의 뒷덜미로 끈끈하게 달라붙는 소리. 크헐 러어으 허…… 크헐 러어으 흐. 옆집 여자였다. 돌아볼 엄두는커녕, N의 발길은 깜박거리는 녹색 신호등에 이끌려 점점 더 빨라졌다. 같이 횡단보도를 건너는 주변의 무수한 사람들 틈에 자신이 묻혀 있다는 사실이 그나마 위안이었다. 그때부터 N은 탑골공원 근처 횡단보도에는 얼씬거리지 않았다. 에둘러가더라도 지하도나 다른 횡단보도를 이용하게 되었다.

 여자의 모습은 그저 기침소리로 가늠할 뿐이다. 담배연기가 점점 넓어지며 천장을 점령해간다. 여자의 모습을 떠올리면 「죄와 벌」에 나오는 쏘냐의 엄마, 까쩨리나 이바노브나가 연상된다. 폐를 앓아 기침을 심하게 할 때마다 얼굴에 붉은 반점이 생겨나는, 신경질적이며 변덕쟁이에다 심약한 심성을 가진 여자. 이럴 때면 N은 도스또예프스끼라는 작가의 위대성에 새삼 고개가 끄덕여진다. 진절머리나게 긴 등장인물의 이름 때문에 책장은 좀체 넘어가지 않지만 십수년이 지난 어느 순간 문득, 그 복잡하고 헛갈리던 이름이 그들의 살아 있는 성격과 함께 또렷하게 떠오를 때 같은 경우가 그렇다.

얇은 베니어판 몇장을 벽으로 하고 있는 옆집은 마늘 까는 소리까지도 생생하게 들릴 정도다. 사탕껍질을 벗길 때처럼 까슬거리는, 마늘 까는 소리…… 정말 그 소리를 들었던가. 어쩌면 연상 탓인지도 모른다. 혜선아, 마늘 두어 개만 빼오너라. 가장인 듯한 남자는 씽크대 앞에서 딸에게 자주 그렇게 말했다. 사십대 후반이거나 오십대 초반의, 경상도 억양이 묻어나는 뚝뚝한 남자의 목소리. 정말 남자는 손수 마늘을 까는 것일까. 여섯 쪽으로 잘게 나누어진 마늘이 남자의 크고 뭉툭한 손에 의해 몇겹의 얇고 까슬한 외피가 떨어져나오고 맨 안쪽의 투명하고 얇은 막이 사르르 벗겨지며 생채기 하나 없이 매끈한 속살을 드러내는 게 정말 가능할까. 저 투박하고 권위적인 경상도 억양의, 덩치도 제법 있어 보이는 목소리의 주인공이……? N은 그 일이 가끔 의문이다. 하지만 남자의 억센 말투에 배어 있는 가부장의 권위 같은 건 말의 내용에서는 말끔히 걷힌다. 혜선아, 오늘 저녁에는 머 먹고 싶노? 씽크대 앞의 목소리는 언제나 남자였다. 혜선아, 냉장고에서 달걀 두 개만 꺼내줄래. 남자의 목소리는 한번씩 N의 식욕을 자극했다. 그 집 남자의 말에 따라 N의 식단은 갑자기 바뀌기도 한다. 뜻하지 않게 계란프라이가 되기도 하고 신김치도 없으면서 김치찌개가 먹고 싶어지기도 하는 것이다. 목소리로 미루어 남자는 그리 손맛이 있을 법하지 않지만 가끔 들리는 딸의 평가는 달랐다. 와, 아빠! 정말 맛있다! 벽을 통해 들려오는 건 거의가 남자와 딸의 대화였다.

여자는 집으로 들어오면 금세 방으로 사라져서는 잠잠해졌고, 언젠가부터 아들의 말소리도 전혀 들리지 않았다. 아들과 아버지가 심하게 다툰 후부터였던 것 같다. 아들과 아버지의 욕설 섞인 고함소리, 와장창 유리 깨지는 소리, 그리고 벽이 무너질 것처럼 쿵쾅거리며 물건 부딪치는 소리가 N을 한동안 불안에 젖게 했다. 그들은 금방이라도 얇은 벽을 뚫고 N의 집으로 튀어들 것 같았다. 에이 씨팔, 내가 다시는 이놈의 집구석에 들어오나봐라. 아들은 집이 주저앉을 만큼 문을 세게 닫고는 쿵쾅거리며 철계단을 내려갔다. 그날 이후부터 아들의 목소리는 완전히 사라졌고 그들 가족은 다시 셋이 되었다.

하지만 N은 그 집 아들이 꼭 돌아올 거라고 예감한다. 그렇게 한바탕 싸우고 감정에 북받쳐 뛰쳐나간 사람은 오래지 않아 돌아오게 되어 있다. N의 경험으로 볼 때 그랬다. 남자친구와 심하게 다투고 감정이 상해 헤어지고 나면 꼭 늦은밤 전화벨이 울렸다. 때로는 술에 잔뜩 취한 채 남자가 집앞으로 나타나기도 했다. 폭발한 감정이란 시간과 함께 가라앉게 마련이고 또한 그것은 결국 화해를 동반한다. 하지만 차분하고 냉정한 상태에서 헤어진 경우는 그걸로 영영 끝이다. 그런 경우는 화해를 필요로 하지 않기 때문에 돌아올 이유도 없다. 남자는 냉정하고 가라앉은 목소리로 말했다. 우린 서로 성격이 맞지 않는 것 같아. 더 늦기 전에 각자의 길을 찾는 게 낫지 않을까……

N은 이젠 계단을 오르는 발소리로 그들 가족을 또렷이 구분할 수 있다. 남자의 발소리는 둔중하고 굼뜬 듯하지만 박자가 정확하다. 딸의 발소리는 가벼우면서도 기운이 넘친다. 딸처럼 가볍지만 다소 처지는 듯하고 남자처럼 굼뜨지만 박자가 정확하지 않은 게 여자의 발소리다. 잠결에 들으면 그 소리는 훨씬 크고 생생하다. 그림자처럼 따르는 기침 때문인지도 모르겠다. 어둡고 음습한 지하 저 깊은 곳에서부터 밤새 질척거리는 걸음을 끌어온 듯한, 그 힘겨운 걸음이 마침내 허공으로까지 이어지면서 가까스로 안도와 위안이 묻어나는, 묘한 소리의 질감.

아침에 돌아온 여자는 점심 무렵 나갔다가 다섯시쯤 다시 들어와서는 밤늦게 또 집을 나섰다. 여자는 또다른 무슨 일을 하길래 아침에 들어오는 걸까? 24시간 해장국집, 아니면 편의점, 아니면 포장마차…… 하기야 늘 기침을 달고 다니는 여자에게 요식업소는 맞지 않아 보인다. 그 시간대에 할 수 있는 일이라면…… 노래방 도우미, 아니면 펨프? 쿨룩쿨룩, 담배연기를 잘못 마셨는지 갑자기 기침이 난다. 맞아, 펨프. N은 확신마저 든다. 펨프 펨프…… 담배연기 밴 입술로 그 단어를 몇번이나 읊조려본다. 그런데 펨프란 단어는 엉뚱하게 님프를 연상시킨다. 맞춤법이 맞지 않아도 흔히 하는 우리식대로 '뻠뿌'나 '뚜쟁이'가 어울릴 것 같다. 그렇지만 저 기침소리로 호객행위는 가능할까? 알 수 없는 일이다.

N은 필터 가까이 타들어간 담배를 비벼끄며 직업병과도 같은 자신의 상상을 그물 걷듯 거둬들인다. 그리고 오늘 할 일을 대충 떠올려본다. 영화 번역을 최종 마무리해 송실장 사무실에 보내야 한다. 그리고…… 또 뭐가 있더라? 내가 비용이랑 다 알아보고 월요일날 연락 주게. 며칠 전 쌀집 여자는 뜻밖의 제안을 해왔다. 우리, 같이 에어로빅하러 안 다닐라우? 아들과 단둘이 사는 과부인 그 여자는 노처녀인 N에게 동병상련이라도 느끼는 모양이었다. 일단 한달만 다녀봐요. 내키면 더 하구. 나 혼자 하려니 도무지 쑥스러워서…… N이 머뭇거리며 확답을 않자, 여자는 일이란 저질러야 한다구, 하면서 N을 억지로라도 엮으려 했다. 하지만 N은 아무리 생각해도 자신이 동네 아줌마들 사이에서 음악에 맞춰 힘겨운 율동을 해대는 모습이 상상이 가지 않았다. 밤에 동네 한바퀴 도는 것으로도 N은 충분히 운동이 되었다. 아직은 배가 나온다든가 군살을 걱정할 정도는 아니었다. 쌀집 여자에 이끌려 억지로 헬스클럽에 등록한다 해도, N은 몇번 나가는 시늉을 하다가 일이 바쁘다면서 자연스레 빠질 생각이었다. 하기야 워낙 깜박깜박 잘하는 쌀집 여자인지라 십중팔구는 그 일을 까먹었을 것이다.

자리를 털고 일어난 N은 맨 먼저 컴퓨터 앞에 앉는다. 컴퓨터를 부팅시키고 인터넷에 들어가 부동산 관련 싸이트부터 접속한다. N이 인터넷 중개 싸이트에 방을 내놓은 건 옆집 부자간의 다툼이 있고 얼마 뒤였다. 옆집에서 나는 소리 하나하나에 자신이 과민반응을 보이고 있다는 걸 깨닫고부터였다. 아빠, 15일까지 학원비 꼭 내야 된단 말이야. 매달 중순에 접어들 때면 학원비를 걱정하는 딸의 목소리가 어김없이 들렸다. 그러면 그달 15일은 마치 달력에 빨간 동그라미라도 쳐놓은 듯 N의 머릿속에서 줄기차게 맴도는 것이다.

언젠가부터 철계단 소리, 문 여닫는 소리, 기침소리나 말소리가 들릴 때마다 신경은 자연스레 그쪽으로 쏠렸다. 싸우고 나간 그 집 아들 녀석은 돌아왔는지, 여자의 기침소리는 끝내 그칠 가망이 없는 건지, 그들의 저녁 메뉴는 뭔지…… 얽혀드는 관계에 익숙지 않은 N으로서는 소리로만 존재하는 옆집 식구들이 점점 자신의 일상을 파고드는 데 숨이 막혀왔다. 빼놓을 수 없는 또하나의 고역은, 옆집 남자가 혼자 집안일할 때 트는 음악소리였다. '젖은 손이 애처로워 살며시 잡아본 순간'으로 시작하는 「아내에게 바치는 노래」부터 「돌아가는 삼각지」 최진희의 「사랑의 미로」…… 그중 가장 최신곡이라 할 수 있는 태진아의 「옥경이」까지, 트롯 가요 모음이 어떤 날은 한나절 내내 쿵짝거리며 울려나오기도 했다. 그런 날은 온종일 머리가 지끈거릴 지경이었다.

오늘도 답글은 올라와 있지 않다. 여지껏 장난 섞인 메일만 몇 통 날아왔을 뿐 방을 보겠다는 사람은 없었다. N은 싸이버 부동산 중개소를 나온 다음, 자신의 홈에 들어가 간밤에 온 메일을 확인한다. 다섯 개 가운데 넷은 광고성 메일이다. 삭제할까 하다 하나만 열어본다. 'N님, 오늘 나와 데이트하실래여?'라는 타이틀을 클릭하니 테마별 미팅 유형들이 죽 나와 있다. '깜깜한 극장에서 팝콘 먹으며 영화 감상하기, 스릴 만점의 놀이기구 타며 야외공원 누비기, 음악 듣고 강바람 맞으며 근교 드라이브, 까페에서 시원한 맥주 마시며 수다떨기, 편안하게 집에 죽치고 앉아 화상 채팅하기.' 사람들을 단절과 고립으로 내모는 싸이버 세상에 대한 우려의 목소리가 무색할 정도로 인터넷은 늘 관계에 대한 열망, 또는 온갖 관계의 그물망으로 넘쳐난다. 컴퓨터를 들여다볼 때마다 N은 사람들이 고립이나 단절을 암세포만큼이나 두려워한다는 사실이 번번이 놀랍다.

자신이라면 어느 쪽 미팅을 택할까? N은 마른 입술을 뜯으며 한참이나 망설인다. 십수년간 사지선다형 시험에 단련되어 왔건만 선뜻 답을 고르지 못하는 것도 주입식 교육의 폐해에 해당하는 걸까. 맥주는 마시고 싶은데 수다떨 마음은 없고 영화는 보고 싶지만 영화관은 가고 싶지 않고…… 가장 정확하게는 집에 죽치고 앉아 맥주를 마시면서 영화를 보는 것이다. 하지만 그런 유형의 답은 나와 있지도 않다. 선택의 자유보다는 대세에 따르면서 누리는 편리와 안정감을 택하는 것, 그리고 그것이 자유로운 선택이었다고 차츰 믿어가는 것, 선택형 질문의 본질은 바로 그렇게 사람들을 유도하는 데 있는 건지도 모른다는 생각이 들자, N은 고를 답이 없다는 사실이 갑자기 유쾌해진다. N은 다시 담배를 한대 빼어문다.

　광고메일을 선택해 삭제버튼을 누른 다음 N은, 송실장에게서 온 업무용 메일을 열어본다. 내일 테이프 두 개와 스크립트 보내겠음. 하나는 다음주 토요일까지, 나머지 하나는 삼주 정도 여유 있음. 그러고 보니 송실장을 직접 본 지도 일년이 넘었다. 송실장의 기획사가 영화채널 케이블티브이의 외화 번역 일을 도급으로 맡게 된 즈음이었다. 송실장은 영화채널 담당자가 그에게 했을 법한 제안을 N에게도 똑같이 했다. 충분한 물량을 고정적으로 공급해줄 테니 단가를 낮추자는 얘기였다. 대신 그는 N에게 새로 조정된 기준에서 A급 번역가의 단가를 적용해주겠다고 했다. 회사 내 체계가 어떻게 바뀌었는지 모르지만 결과적으로 N은 수입면에서 이전과 별 차이가 없었다. 송실장은 N이 한달에 5,6편 정도 하면 꽤 괜찮은 수입이 될 것이라고 했다. 적어도 월급쟁이 수입의 1.5배는 넘어야 제대로 된 프리랜서라 할 수 있다는 얘기까지 덧붙였다. 송실장은 N이 일을 더 맡아주길 은근히 바랐다. A급 번역가의 단가를 적용해주더라도 N이 해오는 일은 완벽했으므로 시간과 비용 면에서 훨씬 이익인 셈이었다. 하지만 N은 그 정도가 자신의 적정 노동량이라 생각하므로 더이상의 일은 하고 싶지 않다는 입장을 분명히 밝혔다. N은 집과 남자를 동시에 날려보내면서 삶이란 결코 맘먹은 대로 되는 게 아니라는 진실을 새삼 깨달았다. 동시에 그녀는 근면이니 성실성이니 하는 말로 미화하는 삶과도 결별했다. 그 정도면 그녀의 한달 생활비로는 충분했다. 그리고 2,3년에 한번쯤은 인도나 티벳, 베트남이나 캄보디아 같은, 서울보다 물가가 싼 나라로 긴 여행을 할 수도 있다.

N은 일간지 인터넷 신문을 대충 훑는다. 자신만의 아침산책인 셈이다. 세상은 언제나처럼 복잡하게, 또한 여전히 불공평하게 돌아가고 있다. 자살싸이트에서 계획적으로 만난 세 사람이 아파트에서 투신자살을 했고, 카드빚을 갚기 위해 살인 행각을 벌인 범인들에 의해 청천벽력 같은 죽음을 당한 억울한 사람도 있다. 늘 우울한 기사투성이인 정치와 사회 면을 넘어 N은 문화면을 클릭한다. 미국의 어느 미래경제학자의 재미있는 예측이 실려 있다. '차세대 황금알을 낳는 벤처 아이템은 애완동물.' 그의 말로는 미래사회가 독신자 천국으로 변하면서 사람들은 고독을 견디기 위해 애완동물에 집착하게 된다는 것이다.

독신자가 고독에 시달린다…… N은 그 미래경제학자가 독신자의 심리를 제대로 파악하지 못하고 있다는 생각이 든다. 비자발적 독신이 아닌 다음에야, 고독이 짐스럽다면 굳이 독신을 택할 이유가 없지 않은가. 혼자 죽는 것이 외로워 자살싸이트를 통해 만난 세 사람은 독신자가 아닐 게 분명했다. 늘 혼자의 삶에 익숙한 사람이라면 누가 옆에서 같이 죽어간다는 사실이 불편해, 자살하려는 마음조차 싹 가실 것이다. 진정한 독신자라면 죽는다는 사실에 대한 두려움보다는 죽고 난 뒤

과연 며칠 만에 발견될까에 대한 궁금증이 더 클 테니까.
"혜선아, 밥 무라!"
옆집 남자의 목소리에 갑자기 허기가 느껴진다. N은 냉장고로 간다. 냉장고에는 양념병만 여기저기 자리를 차지하고 있을 뿐 아침거리 할 만한 건 없다. 어제 장보는 걸 깜빡한 것이다. 우유도 다 떨어졌고 야채칸도 텅 비어 있다. 씨리얼과 우유 한잔, 아니면 오이가 N의 주된 아침식단이다. 다이어트 때문이거나 채식주의자라서가 아니다. 하기야 까다로운 채식주의자는 우유는 물론이고 벌꿀도 동물성이라고 먹지 않는다지만. 오이 먹는 건 대학시절 자취할 때부터 붙은 습관이다. 냉장고 없는 여름철, 아침은 대체로 오이로 해결했다. 아침을 거르는 것에 비한다면 괜찮은 요기였고 밥보단 훨씬 부드럽고 상큼하게 넘길 수 있었다. 또한 제철인 때는 단돈 천원이면 거의 일주일치 아침이 해결되는 풍성한 먹거리였다.

N은 수화기를 들고 쌀집 전화번호를 누른다. 배달을 부탁하기 위해서다. 신호음은 가는데 계속 전화를 받지 않는다. 쌀집 여자가 배달을 나간 건가? 아니면 정말 헬스클럽에 정보를 얻으러 간 건가? 그렇더라도 아들 현철이 분명 있을 텐데. N이 이 동네에서 유일하게 관계를 맺고 있는 이가 그들 모자였다. 또한 쌀가게는 그녀에겐 밥줄이자 세상과의 통로이기도 했다. 책을 비롯해 N이 인터넷 쇼핑몰에서 구입하는 거의 모든 생활용품은 쌀집을 통해 전해받는다. N은 재다이얼을 눌러보지만 여전히 신호음만 울릴 뿐이다.

N은 전화를 포기하고 다시 컴퓨터 앞에 앉는다. 즐겨찾기 메뉴에서 인터넷 백화점을 클릭해 e-슈퍼마켓으로 들어간다. 저녁에 물건을 받으려면 지금 장을 봐야 한다. 생수와 라면, 씨리얼과 우유, 과일, 야채 등 열흘치 분량의 찬거리를 시장바구니에 담는다. 마지막으로 생리대와 여섯개들이 카프리 맥주 한팩을 추가하자, 배송비를 따로 내지 않는 마지노선인 사만원이 넘어선다. 장보기를 마치려는데, 언뜻 모니터 하단의 동영상이 N의 눈에 잡힌다. 오늘 저녁 추천 메뉴로 소개된 꽃게탕이 보글거리며 유난히 눈길을 끈다. 허기가 져서 더한 건지도 모른다. 날짜를 꼽아보니 요즘이 한창 꽃게철이다. 까맣게 반들거리는 꽃게 눈을 클릭하자 화면이 바뀌며 2인 기준의 꽃게탕 레시피가 펼쳐진다. 재료손질법에서 조리순서까지 모두 여덟 개의 번호로 나누어져 친절하게 설명되어 있다. 아래쪽에는 재료별 가격까지 다 나와 있어 한꺼번에 구입할 수 있도록 해놓았다.

　이런 식으로 장보는 이들은 대개 맞벌이 신혼부부거나 딩크족, 소호족 아니면 보보스족이라는 기사를 언젠가 읽은 적 있었다. N은 문득 자신이라면 어느 부류에 들까 따져본다. 주거형태를 염두에 둔다면, 자신은 소호족 가운데서도 맨 꼭대기에 있는 '탑소호족'쯤 되지 않을까. 그러자 그런 부류들의 생활방식이 선연히 펼쳐진다. 그들 생활방식의 특징을 하나 꼽자면, 생활 속에서 누구나 하고 지내는 것을 꼭 몰아서 특정한 장소에서 한번에 해치운다는 것이다. 그것도 시간과 돈을 쏟아부으면서 말이다. 이를테면 이런 식일 게다. 그들은 현관 바로 앞에서 차를 내리는 습관을 버리지 못하면서 일주일에 서너 차례는 뱃살을 빼기 위해 꼭 헬스클럽을 찾는 것처럼, 평소에는 시장은커녕 골목 한바퀴 안 돌다가 낯선 지방이나 해외로 여행을 가면 꼭 무거운 배낭을 메고는 지방색 물씬 풍기는 시장이나 원주민 골목을 어슬렁거리는 취미 같은 것 말이다.

장보기를 끝낸 N은 어제 끝낸 번역원고 파일을 다시 불러낸다. 마지막으로 손질해 송실장에게 보낼 생각이다. 이번 작품은 스크립트도 있었고 대사도 많지 않은 액션물이라 작업시간이 다른 것의 절반 정도밖에 걸리지 않았다. 그렇다고 액션물이 거저먹기 식의 일인 것만은 아니다. 스크립트가 없을 경우는 총소리나 폭발물 소리에 대사 알아듣기가 어려워 몇번이나 되감아 들어야 한다. 또한 욕설 처리도 문제다. 기껏해야 '제기랄, 젠장' 아니면 '빌어먹을' 정도로 연신 내뱉는 배우들의 욕지거리를 소화해야 한다. 송실장은 번역투가 전혀 느껴지지 않는 우리말의 감칠맛나는 구어체 살리기가 외화 번역의 최대 관건이라고 강조하면서도 욕설 문제만큼은 융통성을 못 부리게 한다. 그는 '옆집 잔디가 더 푸르게 보이는 법이지'라는 대사가 영화 분위기에 훨씬 잘 어울림에도 꼭 '남의 떡이 더 커 보이는 법이지'라며 우리 식으로 옮기는 걸 고집한다. 그러면서도 욕설 표현에는 상당히 보수적이다. 경우에 따라서는 '좆같은'이나 '에이, 씨팔' 같은 게 훨씬 효과적이지만 그러면 영락없이 '제기랄'로 바꿔버린다. 송실장의 최고의 욕은 바로

'제기랄'이다.

자막 길이와 우리말 구어체 표현에 신경을 쓰며 번역원고를 최종적으로 마무리하고 나자 시간은 어느새 저녁 여덟시다.

N은 리모컨을 눌러 텔레비전을 켠다. 한시간 빠른 뉴스의 여자 앵커 목소리가 흘러나온다. 지난번 대선에서 근소한 차로 떨어진 대통령 후보가 모처럼 만에 텔레비전 화면에 비치고 있다. 언젠가 그는 방송기자클럽 초청토론회에 야당의 대선후보로 참석해 '옥탑방에 관해 알고 있느냐'는 기자의 질문을 받았다. 그때 그는 '잘 모른다'고 대답하는 바람에 후보 자질 문제가 거론되기도 했었다. 그 옥탑방 때문인지 모르지만 결국 그는 대통령에 떨어졌고 정계 은퇴선언까지 했다.

N은 텔레비전을 끄고 집을 나선다. 산책 겸 마지막 일과를 처리하기 위해서다.

밤이 되니 날씨는 제법 선선하다. 오렌지빛 가로등이 여느 밤처럼 성실하게 골목길을 비추고 있다. 누가 기르는 것인지 고추가 한움큼 정도씩 달려 있는 크고작은 플라스틱 화분들이 골목 담벼락을 따라 죽 늘어서 있다. 어린 이파리들을 스치며 N은 좁은 골목길을 빠져나온다.

마을버스 정류장 앞 슈퍼마켓에서 한 여학생이 냉장고에 머리를 들이박고 아이스크림을 고르고 있다. 한참 만에야 머리가 솟아오르고 이어 따라나온 여학생의 손에는 전리품처럼 아이스크림이 하나 들려 있다. 고등학교 2, 3학년쯤 되었을까. 혹시 저애가 옆집의 막내딸은 아닐까. 며칠 전 아침, 여자아이는, 아이씨, 학원비 오늘까지 내야 된단 말이야. 어떡해!라며 짜증 반 울음 반 섞인 소리를 내뱉고는 문을 탁 닫고 계단을 쿵쿵 울리며 내려갔다. 아마도 옆방 딸아이는 실업계 학교를 다니거나 취업준비생 같았다. 여학생은 천천히 언덕길을 올라오며 아이스크림 포장을 다 벗기고 위쪽의 초콜릿부터 핥아먹기 시작한다. 벽 너머로 들리던 그 집 딸의 음성을 다시 한번 떠올려보지만 소리와 외모를 연결하는 건 역시나 쉽지 않다. N은 뒤를 흘끗 돌아다본다. 여학생은 여전히 아이스크림을 입에 문 채 N이 빠져나온 골목을 지나쳐 더 위쪽으로 올라가고 있다.

N은 언젠가 혼자 살던 옆집 남자와 우연히 마주쳤던 적을 떠올린다. 재작년 연말께였던가…… 송실장은 자기네 회사 회식자리에 전속 번역자나 다름없는 N을 불렀다. 일차를 끝내고 일행은 이차를 가기 위해 신촌 술집 골목으로 들어섰다. 송실장은 자신의 단골 술집을 안내하겠다며 앞장서서 걸었다. 현란한 네온싸인과 사람들의 물결로 평소에도 술렁이는 신촌 골목은 연말을 맞아 더욱 혼잡스러웠다. 더욱이 곳곳에서 삐끼들이 경쟁적으로 호객행위를 하고 있어서 길을 지나기도 쉽지 않았다. 손님, 물좋은 나이트 한번 들러보시죠. 부킹 책임집니다. 하얀 와이셔츠에 검은 양복 정장을 말쑥하게 빼입고 머리는 무스를 발라 한껏 올린 그들은 보디가드처럼 안테나가 달린 큼직한 무전기 같은 것을 들고 있었다. 조용하고 분위기 좋은 칵테일 바 있습니다. 젊고 개성있는 스타일의 여러 삐끼

들 가운데서 N은 언뜻 낯익은 남자를 발견했다. 희고 매끄러운 피부와 계집아이처럼 크고 초롱한 눈빛, 황금색 브리지가 군데군데 들어간 머리를 젤로 바짝 치켜세운 모습이, 보일러 때문에 맞닥뜨린 적 있는 옆집의 그 남자애가 분명했다. 단 한 번 보았어도 N에게는 결코 지워지지 않는 인상이었다. 넓은 가슴을 드러내지 않았으나 여전히 그때의 매력적인 모습 그대로였다. 그와 눈이 마주친 순간, N은 얼굴이 화끈 달아올랐다. 겸연쩍음과 반가움이 뒤섞인 미묘한 감정이 자르르 N의 가슴을 훑고 지나갔다. 물론 그가 N을 알아볼 리는 없었다. 자신이야 그저 남자애가 이끌려는 고객의 하나일 뿐이라는 사실도 잘 알고 있었다. 분위기 좋은 칵테일 바예요. 조용하고, 자리도 편하구요. 남자는 일행 가운데로 불쑥 끼여들며 적극적으로 호객행위를 했다. 하지만 선두에 선 송실장은 남자애의 손길을 뿌리치며 발걸음을 재촉했다. 손님, 환상적인 칵테일 쇼도 감상할 수 있습니다. 그는 지나치려는 송실장의 옷소매를 다시 한번 붙잡고 늘어졌다. 그때였다. 야, 인마! 이거 놓지 못해! 송실장이 버럭 소리를 질렀다. N은 순간 머리털이 쭈뼛 곤두섰다. 스스로 무안해져 얼굴이 화끈 달아올랐다. 묘한 죄의식에 사로잡힌 채 N은 송실장 일행을 따라 발길을 재촉할 수밖에 없었다. 등뒤에 남겨진 남자애의 존재는, 옆집 여자처럼 N의 의식을 계속 따라다녔다. 도심을 걷다가 누군가 호객행위를 하는 젊은 남자를 보거나 횡단보도 앞에 설 때면 N은 한번씩 긴장하곤 했다.

고─개 숙인 옥─경이─

익숙한 노랫가락이 모퉁이 전봇대 쪽에서 흘러나온다. 취기에 젖은 남자 목소리다. 설거지할 때 옆집 남자가 끈질기게 흥얼거리는, 이미 N의 귀에 딱지가 앉은 노랫가사 대목이다. 이내 소리의 주인공이 나타난다. 한쪽 손에 양복저고리를 걸친 말쑥한 차림의 중년남자다. 회식을 끝내고 오는 회사원……옆집 남자가 아닌 건 분명하다.

골목을 한바퀴 돌아 N은 다시 집 근처로 왔다.

쌀집에 들러 해결할 마지막 일만 남았다.

쌀가게에는 주인여자는 보이지 않고 외아들 현철만 나와 앉아 있다. 공부하고는 영 담을 쌓았다는 현철이 빨간 티를 입고 이상하게 염색된 머리를 한 채 텔레비전 앞에 앉아 있다. 실업계 고등학교를 다니던 그는 작년에 학교를 자퇴했다. 자퇴 후 녀석이 맨 먼저 한 것은 머리를 노랗게 염색한 일이었고 그 다음 한 일이 붉은악마단 회원가입이었다. 네놈이 무슨 이천수냐?부터 시작해 일주일 내내 엄마의 잔소리를 진탕 듣고서야 현철은 결국 다시 검은색으로 염색했는데, 그 때문에 아주 이상한 갈색이 돼버렸다. 현철은 그때부터 아무도 흉내내지 못하는 그 이상한 머리색을 계속 고집해오고 있다.

공부하면 뭘 해요. 취직도 안될 거. 쌀집 여자는 아들이 학교를 그만둔 사실에 별로 개의치 않았다. 어릴 적 소아마비를 앓아 아들 현철은 다리를 약간 절었다. 남들은 그래도 공무원 생활은 할 수 있다고 하더만, 책만 들었다 하면 눈꺼풀이 풀리는 녀석이니, 원. 이거나 물려받아 하라지요. 쌀집 여자는 N이 가게에 들를 때면 한번씩 넋두리를 늘어놓긴 했지만 그리 청승스럽지는 않았다. 그녀는 어딘가 모르게 낙천적인 데가 있었다.

학교나 책과는 일찌감치 담을 쌓았어도 현철은 홀어머니에 대한 책임감 하나만큼은 강했다. 예전에도 학교가 파하면 곧장 집에 돌아와 배달나간 엄마를 대신해 가게를 지켰다. 쌀집 여자는 20킬로그램짜리 쌀포대를 번쩍번쩍 들어 얹는 여장부였다. 그녀는 스쿠터에 쌀포대를 싣고는 동네 구석구석을 누비며 배달을 다녔다. 그런 엄마에게 현철은, 자신은 할리데이비슨 같은 멋진 오토바이를 사기 전에는 절대 쌀배달은 하지 않을 거라며 일찌감치 못박아놓았다고 했다.

N이 가게로 들어서자, 텔레비전 속으로 빨려들어갈 것 같던 현철이 그녀를 알아보고는 반가워한다.

N은 녹슨 책상 위에 서류봉투를 올려놓는다.

"신촌 갈 건가요?"

현철이 눈을 반짝이며 묻는다.

N은 고개를 끄덕인다.

신촌에 있는 송실장의 사무실에 전해질 비디오테이프와 스크립트, 번역원고다. 현철은 송실장과 N 사이에 일주일에 한번 정도 필요한 퀵써비스를 맡고 있다. N이 몇번 퀵써비스맨과 물건 주고받는 걸 보고 쌀집 여자가 자기 아들을 시키면 어떻겠냐고 제안했던 일이다.

이런 일, 더 많으면 정말 짱일 텐데. 돈벌고 신촌 바람도 쐬고 얼마나 좋아요. 제 친구들 그 동네에서 아르바이트 꽤 많이 하거든요. 뭐, 그래봤자 시간당 삼천원이지만…… 현철은 일의 성격도 심부름 비용도 둘다 마음에 드는지 곧잘 그런 말을 하곤 했다. N은 비디오테이프를 맡기면서 현철에게 만원을 준다. 현철은 그걸 송실장에게 전달하고 그의 물건을 받아오면서 또 만원을 받는다. 한동안 봉투 붙이는 일을 부업으로 하던 쌀집 여자는 일주일 내내 매달려서 버는 돈을 아들이 한두 시간 남짓의 심부름 일로 버는 바람에 그 일을 그만두었다고 했다. 그 일이 일주일에 한번인 것이 그들로서는 안타까울 뿐이었다.

"쌀…… 두 되 맞죠?"

현철은 절름거리며 쌀포대가 쌓인 쪽으로 간다.

"참, 나한테 배달되어온 물건 있지?"

"인터넷 쇼핑한 거요? 예, 저기 있어요."

현철은 계량이 다 된 쌀봉지를 들고 온다. 그의 손에 들린 검은 쌀봉지가 걸음을 따라 출렁거린다. 내색은 않지만 녀석은 분명 100그램쯤 더 담았을 것이다. 언젠가 N은 기준 중량을 넘어서는 저울 바늘을 얼핏 본 적이 있었다. 그때 N은, 앞으로는 정확하게 담아,라며 그런 친절이 부담스러움을 노골적으로 내색했다. 그후부터 녀석은 쌀을 담을 때 아예 계량눈금이 안 보이게 몸으로 가리고는 했다. 물건을 전해받는 송실장이 언제나 택배비를 착불로 계산하는 걸로 알고 있듯이, 누구나 자신만 아는 그럴듯한 비밀 하나쯤 갖고 싶은 모양이다.

현철은 방에서 담배 한보루를 꺼내서는 박스에 올려놓는다. N은 쌀값과 담뱃값, 택배비까지 계산한 돈을 책상 위에 내놓는다.

"관둬요, 누나. 내가 할게요."

현철은 돈을 정리해 넣은 다음, N의 몸을 밀어내며 물건을 번쩍 들어 어깨에 얹는다. 이럴 때마다 N은 난감하다. 사내 녀석이라는 점과 장애자라는 사실 중 현철의 어느 쪽을 받아들여야 할지 선뜻 판단이 서지 않기 때문이다.

"어머닌 오늘 일찍 주무시나보지?"

무심코 던진 N의 말에 현철의 표정이 갑자기 시무룩해진다.

"엄마…… 병원에 입원했어요. 그저께 오토바이 사고 났거든요."

그저께라면 그녀가 에어로빅 운운하던 날이다.

"저런, 많이 다치셨니?"

"그렇게 심하진 않구요. 타박상 몇군데하고 갈비뼈에 금이 갔대요."

"어쩌다가?"

"어린애 피하려다 전봇대를 들이받았대요. 배달하다가요. 낼모레쯤 퇴원할 거예요."

오전에 전화통화가 되지 않았던 이유가 비로소 밝혀진다. 쌀집 여자가 헬스클럽을 향하던 길이 아니었음은 그나마 불행 중 다행이었다. 이제 에어로빅 이야기는 한동안 물 건너간 셈이다. 어쩌면 여자는 평생 헬스클럽 근처에 얼씬도 못할지 모른다.

　N은 쌀봉지와 담배를 들고 현철을 따라나선다. 걸음을 내디딜 때마다 네모난 박스가 현철의 어깨에서 출렁거린다. 그의 걸음은 늘 불안해 보이지만 그것 역시 선입견에 불과하다는 걸 N은 잘 알고 있다. 녀석은 언제나 N을 훌쩍 앞질러가니 말이다.

　어느새 현철은 N의 집 철계단 위에 짐을 올려다놓고는 대문으로 내려와 있다.

　"고마워."

　N의 말에 녀석은 당연한 걸 뭐 그러느냐는 듯 어깨를 한번 으쓱해 보인다.

　"참, 엄마가 헬스클럽은, 다음달부터 가자고 전해달랬어요."

　현철은 마지막 말을 떨구고 멀어져간다.

　꺾어지는 계단참에 서서 N은 숨을 한번 몰아쉰다. 골목길에서 차츰 사라지는 녀석의 뒷모습이 보인다. 한달에 서너 편은 더 할 수 있는 사람이, 왜 그렇게 게으름을 부려요? 문득 송실장의 핀잔이 귓가에 맴돈다. 젊었을 때 열심히 일해 돈을 좀 모아놔야지. 그의 말대로 번역일을 더 받으면 저 아이의 일거리도 두 배로 늘어나려나. N은 가슴 저 밑바닥에서 스멀거리는 연민을 느낀다. 이럴 때마다 N은 늘 헷갈린다. 이 연민의 감정이 지배욕의 외피는 아닌지……

N은 한참이나 계단참에 서 있다.

"송실장님, 저 N이에요. 아직 퇴근 안하셨네요."

방으로 들어온 N은 전화 수화기부터 든다.

"웬일은요, 아까 메일 확인하셨죠? 아, 예, 다름이 아니라…… 앞으로, 일을 좀더 할까 하구요."

반색하는 송실장의 목소리가 N의 귀를 쩌렁쩌렁 울린다. 그나저나, 무슨 일 있어요? 갑자기 일을 더 하겠다니…… 송실장의 목소리가 다시 심각하게 가라앉는다.

"아뇨, 그냥…… 돈이 좀 필요해서요. 네…… 그럼, 내일 그것까지 해서 두 편 더 보내주세요."

수화기를 내려놓은 다음, N은 인터넷 부동산 중개소에 다시 들어간다.

그녀는 새 담뱃갑에서 담배를 한대 뽑아물며 생각한다. 좀더 신중해지지 않으면 안된다. 완벽하게 이곳을 벗어나려면 좀더 철저한 계획이 필요하다. 잘못하다간 평생 이 사람들 틈바구니에서 벗어나지 못할지도 모르기 때문이다. N은 자신의 성급했던 계획을 담배연기와 함께 날려보낸다. 좀더 움츠리고 있다가 개구리처럼 멀리 뛰어야 한다.

N은 게시판의 글을 선택해 삭제버튼을 누르면서 내놓았던 방을 거둬들인다. 몇년간 돈을 충분히 모아서 제대로 된 집, 가령 계획된 신도시의 아파트처럼 콘크리트 벽이 엄청 두꺼워 옆집과 이웃에 아무런 방해도 받지 않을 그런 집으로 옮길 것이다.

크헐 러어으 허…… 크헐 러어으 흐.

옆집 여자의 기침소리가 들려온다.

곧이어 드르르 문 여는 소리…… 텅텅 발소리를 울리며 여자가 철계단을 내려가고 있다.

오늘도 옆집 아들은 돌아오지 않았다.

옆집 여자가 쿨럭이며 마을버스에 오르는 순간, N의 부엌에서는 꽃게탕이 보글거리며 그날의 첫 식사가 마련되고 있다.

―『실천문학』 2003년 가을호

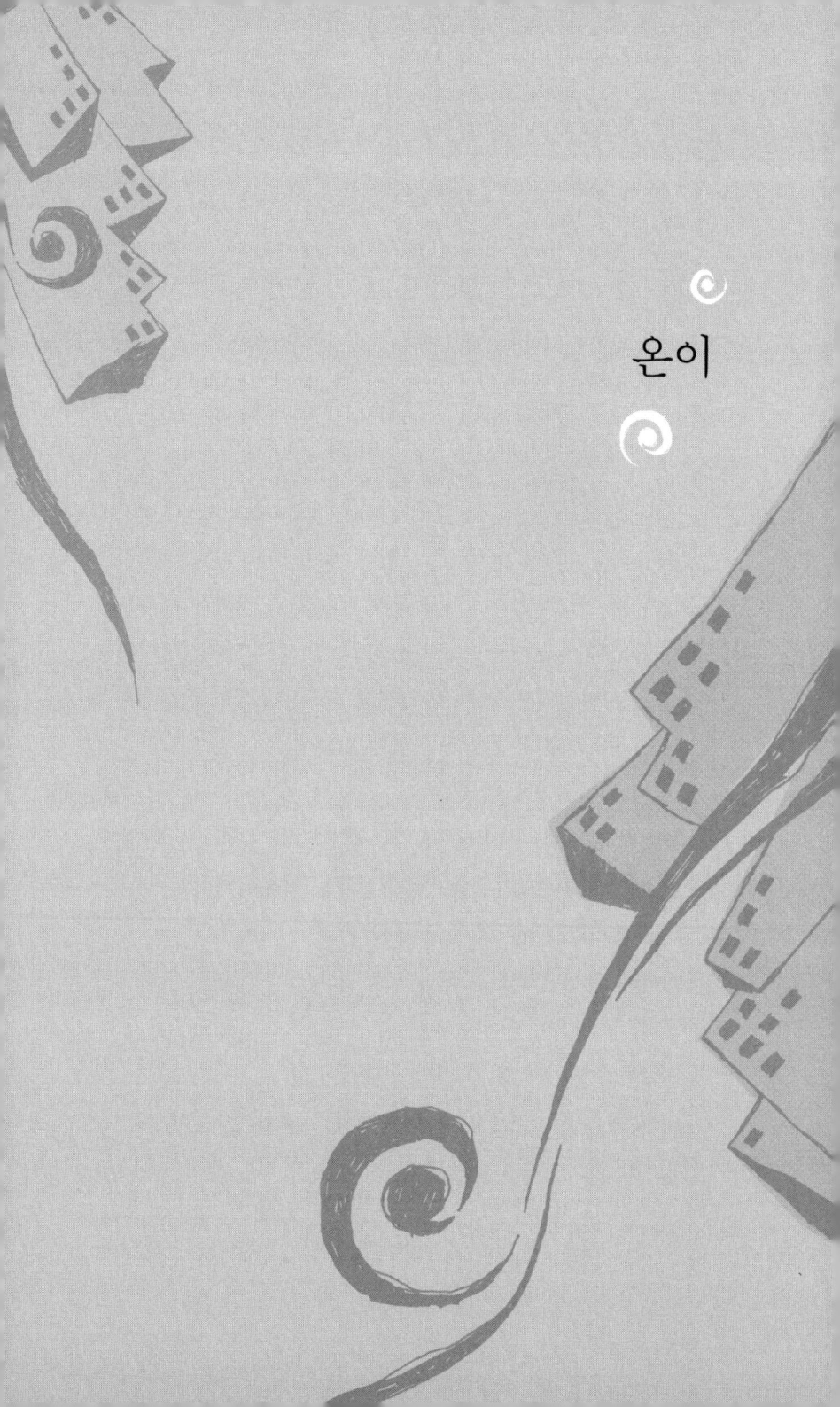
온이

"할머니, 이 액자 치우고 상장 여기다 걸면 안돼?"
 반쯤 열린 방문 사이로 할머니 얼굴이 나타난다. 할머니는 안경 위로 빠끔히 눈을 치켜뜨고는 내가 가리키는 곳을 본다.
 나는 목소리에 고집을 잔뜩 담아 말한다.
 "이제 온이도 없는데 뭘."
 할머니는 두꺼비처럼 눈을 몇번 끔벅거리며 딴청을 피운다. 곤란한 일에 처했을 때 할머니가 잘하는 버릇이다.
 "암만 그래도…… 니 동생 아이가?"
 이마에 빨래판 같은 주름을 잔뜩 일으키던 할머니는 금테안경을 슬쩍 올리며 말끝을 흐린다.
 "이쪽 벽엔 이제 더 걸 자리도 없잖아!"
 나는 볼멘소리로 상장이 빽빽하게 걸려 있는 옆쪽 벽면을 가리킨다.

"이 할매는 모른데이. 엄마 아빠한테 말해바라."

할머니는 비겁하게 난처한 일에는 꼭 엄마 아빠 핑계를 댄다. 조금 전까지만 해도 "하이고, 우리 진이가 또 상받아 왔네" 하며 침이 마르게 칭찬하더니 그새 카멜레온처럼 변하다니.

나는 상장을 책상 위에 획 집어던지고 의자에 털썩 앉는다. 의자다리가 기긱거리며 바닥 긁는 소리를 낸다. 걱정과 노여움이 반반씩 섞인 표정으로 슬금슬금 꽁무니를 뺄 할머니 모습이 보지 않아도 눈에 선하다. 내가 골이 잔뜩 난 폼을 하면 할머니도 할아버지도 내 눈치를 슬슬 살핀다. 평소의 나는 착하고 말 잘 듣는 모범생인데다 이 집안의 장손이기 때문이다.

쏴아— 수돗물 소리가 들린다. 할머니가 그새 부엌으로 간 모양이다. 할머니는 뭔가 피하고 싶을 때는 꼭 씽크대 앞으로 가버린다. 할아버지와 다투었을 때도 마찬가지다. 저 수도꼭지가 물을 쏴 하고 뿜어내면 맺혔던 속이 풀리는 모양이다.

나는 문제의 온이 사진을 뚫어져라 쳐다본다. 내 유치원 졸업사진과 온이의 특수학교 졸업사진이 나란히 걸려 있다. 둘 다 똑같이 사각모를 쓴 사진. 하지만 갸우뚱 기울어진 온이 얼굴 탓에 반듯한 내 얼굴까지 삐딱하게 보인다. 온이의 사각모는 금방이라도 굴러떨어질 것처럼 불안하다.

내 동생 온이는 장애아다. 의학용어로 그럴듯하게 말하면 다운증후군. 일곱살이지만 정신연령은 한두살짜리 애기 같다. 말도 못하고 식구도 못 알아본다. 생김새도 괴상하다. 머리통은 고구마처럼 길쭉하고 이마는 넓고 툭 튀어나왔다. 가늘게 찢어진 눈은 위로 치켜올라가 있고 눈동자도 촛점이 안 맞는다. 늘 침을 흘려 입가는 허옇게 아구창이 나 있고 창백한 볼에는 보라색과 푸른 실핏줄이 그물처럼 비친다. 고개도 제대로 가누지 못해 늘 오분 전 시곗바늘 같다.

언젠가 나는 학생백과사전에서 다운증후군이란 단어를 찾아본 적 있다. 염색체라는 게 몸속 어디에 있는 건지 모르겠지만 어쨌든 그게 잘못되어서 그런 증상이 나타나는 거란다. 까만 송충이 같은 것들이 쌍을 이루어 곤충채집한 것처럼 배열되어 있었다. 스물세 쌍의 염색체 가운데 스물한번째 염색체가 보통 사람보다 하나 더 많은 것이 다운증후군이란다. 그 송충이 같은 염색체 하나 때문에 온이는 괴상한 모습으로 태어난 것이다. 그런데 우리 엄마의 설명은 백과사전과는 전혀 다르다. 엄마는 하느님이 사람을 만들 때 너무 똑같은 일을 되풀이하는 것이 따분해서 한번씩 길게 하품을 하는데 바로 그때 만들어져나온 아이가 온이라는 것이다. 조물주인 하느님은, 자신이 실수해서 만든 새롭고 별난 창조물에 경탄을 금치 못했다고 한다. 하느님이 특별히 아끼는 몇 안되는 창조물이기 때문에 우리는 그런 아이를 귀하게 여겨야 한다는 것이다. 하지만 엄마의 얘기는 아무래도 좀 수상쩍다. 아무리 따분해도 그렇지 하느님이 그런 아이를 만들었을 리가 없다. 악마가 아닌 하느님이 왜 우리 모두를 괴롭히고 고통스럽게 하는 아이를 만들어 우리에게 주었겠는가 말이다.

온이와 내 사진이 걸린 옆쪽 벽면은 내가 받아온 상장들로 빼곡하다. 액자에 넣어져 질서정연하게 걸려 있는 모양이 마치 할아버지가 운떼기 할 때 늘어놓는 화투짝 같다. "내가 이 맛에 사는 기라." 할아버지는 화투짝 만질 때 하는 말을 상장 걸 때도 똑같이 했다. 사생대회나 백일장, 어떤 경시대회든 나가기만 하면 나는 상을 휩쓸어온다. 블록쌓기 대회에 나가 받아온 상장과 트로피도 있다. 할아버지는 내가 상을 받아올 때마다 아빠가 어렸을 적 이야기를 한다. 내가 아빠를 꼭 빼닮았다는 것이다. 할머니도 손님이 오면 은근슬쩍 내 방을 보여주며 "저기 다 우리 진이가 받아온 것들인 기라" 하며 자랑을 늘어놓는다.

하지만 우리 가족 가운데서 엄마의 반응은 백팔십도 다르다. 엄마는 네모난 상장이 다닥다닥 붙은 벽을 아주 질색한다. "네가 다 가지면 다른 애들은 어떡하니?" 엄마는 걱정스런 목소리로 말한다. 어떤 날은 내가 상받아 온 걸 자랑하면 "상이란, 남한테 자랑하라고 주는 게 아냐"라고 오히려 꾸짖는다. 다른 친구들은 상받아 가면 엄마가 선물도 사주고 파티도 열어준다는데 우리 엄마는 좀 별나다. 엄마는 나를 칭찬해주는 적이 별로 없다. 아빠 말대로 우리 엄마는 '딴지걸기'의 명수인 것 같다.

"진아, 빨리 가방 챙기서 내리가바라. 아빠 와서 기다리신데이."

할머니 목소리가 수돗물 소리를 뚫고 들려온다.

가방을 대충 정리하고 나는 마지막으로 레고 바구니를 챙겨

든다. 그리고 할머니한테 인사도 않고 현관문을 나선다. 할머니가 기어이 복도까지 따라나온다.

"우옛끼나 가자마자 숙제부터……"

할머니 말이 닫히는 엘리베이터 문에 싹둑 잘린다. 내가 잽싸게 닫힘버튼을 눌렀기 때문이다. 하지만 나는 그 뒤에 따라올 얘기까지 다 알고 있다. 어떤 때는 할머니 얘기가 마치 녹음테이프를 되풀이해 듣는 것 같다. 내 기억력이 할머니보다 훨씬 좋다는 사실을 할머니는 잘 모른다.

노란 은행잎들이 많이 떨어져 있는 마당 한쪽 편에 아빠 차가 나를 기다리고 있다. 나는 뒷좌석에 오른다.

아빠는 시동을 걸고 한참이나 내 표정을 살핀다.

"바구니는 옆에 내려놓지 그러냐?"

나는 둘러멘 가방을 벗고 블록 바구니를 옆에 놓는다.

"가을도 벌써 막바지구나."

아빠는 중얼거리며 차를 출발시킨다. 엄마 집을 향해 가는 것이다.

우리는 이산가족이다. 나는 할머니 할아버지와 같이 살고 엄마 아빠는 엄마 직장 근처에서 온이와 산다. 그래서 주말이면 나는 언제나 엄마 집으로 가서 휴일을 보낸다. 휴일은 즐겁기도 하지만 가슴이 답답한 날이기도 하다. 엄마 아빠와 같이 지내는 건 좋지만 온이랑 있으면 꼭 무슨 말썽이 생긴다.

언젠가 엄마와 함께 성모어린이집에서 온이를 데리고 올 때의 일이다. 평소에는 온이를 운동시키기 위해 걸어서 오는데 그날따라 녀석이 까탈을 부리는데다 빗방울까지 떨어지기 시작해서 엄마는 마을버스를 타자고 했다. 나는 기분이 좋았다. 성모어린이집에서 걸어서 집까지 가려면 한시간이나 걸리기 때문이다. 그러면 내가 좋아하는 만화영화를 꼭 놓친다. 온이 녀석은 도무지 똑바로 걸으려 하지 않는다. 엄마 팔을 잡은 채 온몸을 늘어뜨리고는 게처럼 옆으로 걷거나 자꾸 엉뚱한 데로 가려 한다. 그래서 나는 플라타너스 나무 열 그루마다 멈추어 서서 엄마와 온이를 기다려야 한다. 우리는 길 위에서 한바탕 씨름을 하면서 겨우 집에 도착하는 것이다. 그 시간이면 언제나 만화영화는 끝나고 나는 지쳐서 한참 동안 늘어져 누워 있다. 그 일이 짜증스러워 잘 따라나서지 않으려 하지만 혼자 집에 있어야 할 때는 어쩔 수 없다.

그날 우리가 탄 마을버스에는 빈자리가 하나도 없어서 우리는 버스 입구 쪽에 서 있었다. 엄마는 온이를 안고 천장 손잡이를 잡고 있었고 나는 엄마 옆에서 의자 등받이를 잡고 있었다. 차 안 공기는 정말 후텁지근했다. 차가 출발하고 얼마 안 있어 온이가 괴상한 소리를 내며 몸을 계속 뒤로 뻗대었다. "여기 앉으세요." 바로 뒤에 앉아 있던 아주머니가 자리를 양보해주었다. 그 아주머니가 일어난 옆자리에는 딸처럼 보이는 예쁜 여자아이가 앉아 있었다. 유치원이 끝나고 엄마와 함께 집으로 가는 길인 모양이었다. 아이는 치마 아랫단에 레이스가 둘러진 하얀 원피스를 입고 노란 유치원 가방을 어깨에 메고 앉아 있었다. 짙은 눈썹에 깊고 까맣게 반짝이는 눈이 꼭

인형처럼 생긴 아이였다. 일학년 때 짝꿍이었던 혜진이와 똑같은 모습이었다. "저 사진, 네 동생이니?" 차분하고 또렷한 목소리로 물으며 내 얼굴을 빤히 들여다보던 혜진이의 크고 까만 눈동자. 할머니 말대로 그 '간장종지'만한 눈이 떠오를 때면 나는 아직도 소름이 돋는다. 내 생일파티가 있던 날이었다. "아 참, 내 머리띠." 현관을 나서던 혜진이가 머리띠를 빠뜨리고 갈 뻔했다며 다시 내 방에 들어갔다. 혜진이는 책상 앞에서 멈칫했다. 상장으로 감쪽같이 가려놓았던 온이 사진이 훤하게 드러나 있었던 것이다. 가려놓았던 상장은 책상 위에 휴지처럼 떨어져 있었다. 아찔했다. "아, 아냐." 나는 부리나케 그애의 등을 떠밀어내고는 방문을 닫아버렸다. 얼굴이 화끈거리고 등에서 식은땀이 흘렀다. 하필이면 혜진이가 그걸 볼 게 뭐람. 문 손잡이를 꽉 움켜쥐고 나는 벽처럼 굳어 있었다. "진이야, 우리 간다. 잘 있어." 아이들이 닫힌 내 방문 앞에서 합창이라도 하듯 작별인사를 했지만 나는 끝까지 내다보지 않았다. 혜진이는 결국 책상 위에 놓인 머리띠를 가져가지 못했다. 그날 밤, 식구들이 다 모였을 때 나는 크고 분명한 목소리로 말했다. "나 학교 안 갈 거야!" 할머니 할아버지 엄마 아빠 모두들 번갈아가며 나를 달랬지만 나는 끝까지 고집을 꺾지 않았다. "정말, 죽어도 안 간다구!" 나는 고래고래 고함을 지르며 악을 써댔다. "나도 온이처럼 특수학교 같은 데나 보내줘!" 아빠의 커다란 손이 내 얼굴로 날아들었다. 뜨거운 것이 한방울 툭 떨어지더니 이내 코피가 쏟아졌다. 나는 머리가 지끈거릴 만큼 울다가 지쳐쓰러졌다. 그날 밤부터 일주일 동안 심하게 앓았다. 몸에서 열이 펄펄 났고 머리가 깨질 듯이 아팠다. 의사선생님이 내 편을 들어주어 한달 만에 나는 옆동네 학교로 전학을 했다. 그 뒤로 혜진이와는 연락이 끊겼다. 언젠가 한번 동네 유치원 앞에서 그애와 마주칠 뻔했지만 나는 나무 뒤로 숨어 다른 길로 돌아가버렸다.

아줌마가 양보해준 자리에 앉은 온이는 계속 몸을 버둥대며 한번씩 괴성을 질러댔다. 옆에 앉은 그 얌전한 여자아이는 온이의 발길질을 피해 구석 쪽으로 자꾸 몸을 움츠렸다. 엄마는 그 아이에게 피해가 가지 않도록 계속 온이 몸을 바로잡아주었다. 여자아이는 제법 의젓하게 굴었다. 저렇게 착하고 예쁜 동생이 하나 있었으면, 하는 생각이 들 정도였다. 눈치없는 온이 녀석은 그 아이의 얼굴 쪽으로 머리를 불쑥불쑥 들이밀기도 하고 아이의 치마를 잡아당기기도 하였다. 그때마다 엄마는 재빨리 온이를 막으며 똑바로 앉히곤 했다. 그러면 온이는 더 크게 괴성을 질러대었다. 그 아주머니 역시 어린 딸의 머리를 연신 쓰다듬고 치마를 바로잡아주며 신경을 썼다. 엄마는 그 아주머니에게 미안해하며 계속 온이를 다독이느라 땀을 뻘뻘 흘렸다. 비가 와서인지 차는 거북이걸음이었고 실내공기는 점점 더 불쾌지수가 높아지고 있었다. 숨이 막힐 것 같았지만 비가 들이칠까봐 아무도 창문을 열지 않았다. 평소 같으면 벌써 도착했을 시간인데 차는 여전히 종로를 못 벗어나고 있었다. 온이가 계속 질러대는 괴성에 뒷자리에서 불평하는 소리가 간간이 들려왔다. 자리를 양보해준 아주머니는 점점 후회하는 표정이었다. 온이는 계속 아이의 레이스 달린 옷을 잡아뜯거나 아이의 치마를 자꾸 들추었다. 엄마는 아주머니 눈치를 보며 안절부절못했고 나도 점점 초조해졌다. 차가 종로를 벗어나 인사동으로 들어섰다. 온이가 또 이상한 쇳소리를 질러댔다. 뒤에 앉은 누군가가 더는 못 참겠다는 듯이 짜증을 냈다. "애기 엄마, 애 좀 달래요. 마을버스 전세냈나, 원." 엄마가 미안해하는 표정으로 고개를 들었다. 붉게 변한 엄마의 얼굴은 땀으로 범벅이 되어 있었다. 그때 갑자기 자지러지는 비명소리가 들렸다. 온이가 그새 여자아이의 팔목을 물어뜯은 모양이었다. 얌전하던 아이가 찢어지는 듯한 소리를 내며 울어댔다. 아주머니가 놀란 표정으로 그 아이를 일으켜안았고 엄마는 그 순간 몹시도 허둥댔다. 불평하는 사람들 목소리도 점점 커졌고 급기야 운전하던 아저씨마저 짜증을 내기 시작했다. 온이의 괴성에다 그 아이의 울음소리, 여기저기서 터져나오는 불평에 마을버스는 여러 명이 동시에 전쟁게임을 하는 PC방 같았다. 엄마는 그 아주머니에게 연신 머리를 조아리며 사과했다. 갑자기 온이가 또 괴성을 질러대기 시작했다. 더 참지 못한 나는 온이의 머리를 정신없이 내리쳤다. 녀석이 죽이고 싶도록 미웠다. 온이가 버스 바닥으로 고꾸라졌다. 참으로 순식간이었다. 바닥에 엎어진 온이는 잠깐 아무 소리도 없더니 큭큭 울기 시작했다. 엄마는 다급하게 온이를 안아일으켰다. 온이를 일으켜안은 엄마는 어이가 없다는 표정으로 한참이나 나를 노려보았다. 나는 겁이 나 왈칵 울음을 터뜨렸다. 그 여자아이와 온이 울음소리에 내 울음까지 뒤섞였다. 차가 운현궁 앞에 멈추자 엄마는 갑자기 온이를 추슬러안고는 뒤도 돌아보지 않고 차문을 내려섰다. 갑작스런 일이었다. 나도 눈물을 훔치면서 재빨리 엄마 뒤를 따라 내렸다. 엄마는 나 같은 건 안중에도 없는 듯했다. 내가 차에서 내리지 않아도 상관없다는 듯이 뒤도 한번 돌아보지 않고 빠른 걸음으로 빗속을 헤치고 갔다. 나는 울면서 엄마 뒤를 따랐다. 한참을 가다 나는 엄마를 향해 악을 쓰며 소리쳤다. "난 집에 안 갈 거야!" 그래도 엄마는 뒤 한번 돌아보지 않았다. 쏟아지는 비를 맞으며 나는 그 자리에 멈춰섰다. "온이 있는 집에 절대로 안 가. 안 간단 말이야!" 빗속에서 나는 고래고래 고함을 지르며 서 있었다. 한참 뒤에 빗속의 엄마 모습이 보이지 않았다. 겁이 났다. 그렇다고 엄마 뒤를 쫓아갈 수는 없었다. 그냥 거리에서 고아가 되어버리는 게 낫겠다는 오기가 생겼다. 운현궁 처마에 쭈그리고 앉아 울면서 나는 엄마를 원망했다. 엄마는 언제나 온이만 챙길 뿐 나 같은 건 안중에도 없다. 나는 어쩌면 데려다 키우는 자식인지도 모른다는 생각이 들었다. 온이가 장애아니까 멀쩡한 나를 고아원에서 데려온 게 분명하다. 정말 닮은 데라곤 한군데도 없는 형제가 어떻게 같은 엄마 뱃속에서 나올 수 있겠는가 말이다. 결코 다시는 엄마 집에 돌아가지 않을 거라고 나는 몇번이나 결심했다. 머리가 지끈거리고 온몸에 기운이 다 빠질 때까지 나는 쪼그리고 앉아 울었다. 몸이 오슬오

슬 추워오고 졸음이 왔다. 누군가 나를 안아 들어올리는 듯한 따뜻한 느낌에 나는 깨어났다. 아빠였다. 아빠는 나를 차에 태워 집으로 데려갔다. 나는 며칠 동안 또 앓았다. 의사는 폐렴이라고 했다. 고열과 함께 목이 간질거리고 기침이 계속 났다. 기침이 심할 때는 꼭 숨이 막혀 죽을 것만 같았다. 콜록거리다 기침만 멎으면 나는 내내 그 생각만 했다. 우리집은 온이만 없으면 정말 남들처럼 행복한 집이 되었을 거라고, 콜록콜록…… 온이만 없으면 나도 세상에서 둘도 없는 착한 아이였을 거라고…… 온이만 없으면…… 콜록콜록…… 온이만 없으면……

줄지어선 은행나무에서 노란 잎들이 눈처럼 흩날린다. 은행나무만 보면 「환희의 송가」라는 곡이 떠오른다. 차를 타고 가다 에프엠에서 흘러나오는 그 곡을 처음 들었을 때였다. 그때 나는 엄마한테 '환희'가 뭐냐고 물었다. 엄마는 한참 생각을 가다듬다가 그 곡을 만든 작곡가 얘기부터 들려주었다. 베토벤이라는 위대한 음악가는 나중에 귀가 멀어 연주회 때 관객들의 환호를 듣지 못했다고 했다. "환희…… 귀먹은 사람이 늦가을 오후, 몇백년 묵은 은행나무 아래 섰을 때의 그 느낌일 거야." "엄마는 귀도 안 멀었으면서 어떻게 그걸 알아?" 하고 내가 묻자 엄마는 살짝 웃으며 말했다. "귀를 막고 그 아래 서 있어봤거든." 나는 귀를 한번 막아본다. 우선 자동차 소리가 들리지 않는다. 좀 답답하지만 참고 은행나무를 본다. 그리고 한참을 환희, 환희, 환희…… 라고 되뇌어본다. 답답하기만 하다. 한참 그러자 팔이 아파 나는 손을 귀에서 뗀다. 바로 그 순간, 가슴이 탁 트여오는 게, 환희가 밀려드는 것 같았다. 엄마와는 정반대로 귀에서 손을 뗀 바로 그 순간에 나는 환희를 느꼈다. 역시 엄마는 언제나처럼 남들과는 거꾸로 생각하고 있었다.

병정처럼 죽 늘어선 은행나무 가운데 어떤 것은 살을 다 발라먹은 생선가시처럼 앙상한 것도 있다.

"사내 녀석이 가을을 타나?"

아빠는 바깥 풍경에 정신이 팔려 있는 나를 거울 속으로 들여다보며 한마디 던진다.

"이제 온이 없으니 엄마한테 가는 게 좀 홀가분하냐?"

씨익 웃음을 지으며 아빠는 내 눈치를 살핀다.

"아니!"

나는 아빠의 물음에 뾰로통하게 대답한다.

"짜식, 뭔가 좀 찔리는 모양이지."

아빠가 허허 하고 웃는다.

우리 가족이 캐나다로 가려 했을 때의 일을 아빠는 아직 잊지 않은 모양이다.

사실 우리는 아빠 회사일로 외국에 가서 살 기회가 많았는데 그때마다 엄마가 계속 반대해왔다. "남들은 못 가서 안달인데…… 애들 교육도 다 해결되고 얼마나 좋아. 영어학원비만 해도 얼만데"라며 많은 사람들이 엄마의 고집을 이해하지 못했다. 어른들 얘기로는 미국이나 캐나다 같은 곳이 나는 물론

이고 온이한테도 천국이라고 했다. 하루는 내가 그런 어른들의 얘기를 꺼내며 우리도 외국에 가서 살자고 엄마를 졸라댔다. 엄마의 대답은 간단했다. "생각해봐, 진아. 천국 같은 곳이라면 얼마나 따분하겠니?" 엄마는 천국보다는 지옥이 더 살 만한 데라고 생각하는 것 같았다.

하지만 비를 맞고 오던 그날부터 엄마는 분명 마음이 조금씩 바뀐 것 같았다. 그날 밤 엄마와 아빠는 심하게 다퉜다. 나는 기침을 해대며 지끈거리는 머리를 베개에 묻은 채 엄마 아빠가 다투는 소리에 귀를 바싹 기울이고 있었다. "하나라도 제대로 키워야 할 거 아냐!" 아빠 목소리가 한번씩 크게 들렸다. "도대체, 어떤 게 잘 키우는 건데요?" 엄마 목소리도 만만치 않았다. 아빠의 높은 음성이 몇차례 더 들렸고 한참 후에 엄마는 흐느끼며 소리쳤다. "내겐 둘다 소중하다구요!"

엄마 아빠가 그 일로 몇날 며칠 다투는 동안 나도 내내 폐렴에 시달렸다. 할머니가 와서 병간호를 해주었고 나는 학교를 쉬어야 했다. "니 에미 고집도 참…… 아를 우째 이 지경으로 만들어놓노?" 하며 할머니는 퇴근해 돌아올 엄마를 단단히 벼르고 있었다. "니도 배울 만큼 배운 여자고 니 새끼들이라, 우리는 지금까지 등신들맨치로 입 딱 다물고 있었다마는, 인자는 안되겠대이." 엄마가 들어서자마자 할머니는 기다렸다는 듯이 마음에 담아놓았던 말들을 쏟아놓았다. 엄마도 상대가 할머니일 때는 언제나 아무 대꾸도 못한다. 그 일은 엄마 아빠, 할머니와 할아버지까지 복잡하게 얽혀들며 사람들 마음을 할퀴어놓았다. 우리 식구 가운데 아무렇지도 않은 사람은 온이뿐이었다.

그렇게 온 가족이 한바탕 전쟁을 치르고 얼마 뒤, 엄마는 아빠의 의견에 따르기로 했다. 아빠는 회사에 지원서를 냈고 두 달쯤 뒤 몬트리올 지사로 발령이 났다. 대사관에 입국 비자를 신청하고 차근차근 수속을 밟았다. 나는 한껏 마음이 부풀었다. 우리 반에도 외국으로 간 아이가 둘이나 되었다. 작별인사를 할 때마다 그애들이 그렇게 부러울 수 없었는데 드디어 우리도 외국으로 가게 된 것이다. 영어를 쓰는 나라로 말이다. "거기는 영어 불어 다 쓰는 나라래. 스키도 맘껏 탈 수 있고 차 타고 몇시간만 가면 나이아가라 폭포도 볼 수 있대." 나는 아이들한테 잔뜩 자랑을 늘어놓았다. "야, 방학때 너네 집에 놀러가도 되니? 가면 꼭 재워줘야 해." 아이들이 부러워하며 다들 나한테 잘 보이려고 애썼다.

하지만 얼마 뒤 우리의 꿈은 산산조각나고 말았다. 뜻밖의 일이 생긴 것이다. 다른 가족들은 모두 입국 비자가 나왔는데 온이 것만 나오지 않았다. "그 나라는 어린아이를 혼자 놔두기만 해도 부모가 처벌을 받는 나라예요." 대사관을 다녀온 아빠가 피곤한 기색으로 넥타이를 풀며 말했다. "얼라들보호법인지 믄지 그런 거 때문에 말이가?" 할머니의 말에 아빠가 고개를 끄덕였다. "장애인한테 워낙 혜택이 많으니까, 나라에서도 부담이 큰 모양이에요. 그러니 외국인까지 그렇게 쉽게 받아들이겠어요." 그날 저녁 식탁에서는 다들 맥이 빠진 표정이었다. 할아버지는 큰방에서 계속 화투짝으로 운을 떼고 있었고 나는 밥맛이 뚝 떨어졌다. 아빠는 방법을 찾느라 여기저기 수소문해 보았지만 뾰족한 수가 없다고 했다. 하늘이 내려앉는 것 같았다. 친구나 선생님한테 내 체면도 영 말이 아니게 생겼다. 나는 숟가락을 빨며 떠듬거리듯 말했다. "온이는…… 여기 두고 우리끼리만 가면 안 돼?" 다들 수저질을 멈추고 이상한 눈초리로 나를 쩨려보았다. "온…… 이는…… 보육원에…… 보내면…… 되잖아?" 내가 떠듬거리는 동안 모두들 눈을 내리깔고 수저질만 계속했다. 내 얘기에는 언제나 다들 콧방귀도 안 뀌었다. 나는 수저를 탁 소리나게 놓고는 내 방으로 와버렸다. 가족들 모두가 원망스러웠다. 온이는 평생 우리 가족을 따라다니며 괴롭힐 거라는 끔찍한 생각도 들었다. 온이가 있는 한 우리 가족은 아무것도 할 수 없을지도 모른다.

적선동 로터리에 오자 차가 제법 막힌다.

앞에 밀린 차들을 무심히 보고 있는 아빠에게 내가 물었다.

"아빠, 온이 있는 보육원 좋아?"

아빠는 한참 만에 대답한다.

"글쎄다…… 좀더 두고 봐야겠지."

캐나다로 가는 일이 수포로 돌아가고 얼마 뒤 아빠는 엄마를 설득해 보육원 문제를 다시 꺼냈다. 보육원은 온이를 집처럼 맡아서 키우는 곳이다. 특수교육도 시키고 온이를 그곳에서 데리고 자기도 하는 집과도 같은 곳 말이다. 온이를 보육원에 맡기는 일도 오랫동안 엄마 아빠 사이에 의견이 엇갈렸다.

아빠와 다른 가족들은 모두 온이를 보육원에 맡기는 게 좋겠다고 의견을 모았지만 엄마는 반대였다. 엄마는 한사코 온이를 직접 키우겠다며 고집을 부려왔다. "그렇게 세상과 떨어져 있는 데는 안돼요." 엄마의 말에 아빠가 대꾸했다. "그야 당신 희망사항일 뿐이지. 온이는 자기랑 비슷한 애들이랑 사는 게 더 행복할지도 몰라." 아빠는 정상적인 대다수의 사람에게 맞추어져 있는 세상에서 온이 같은 애가 어울려 살면 서로에게 피해가 된다고 말했다. 나도 아빠의 말에 찬성이다. 하지만 엄마는 늘 우리와 생각이 달랐다. "그애들은 엄연히 이 세상의 반쪽을 차지하고 있다구요. 이런저런 사람이 같이 어울려 사는 게 온전한 세상 아닌가요?" 엄마는 그 문제만 나오면 흥분했고 아빠는 계속 엄마가 뜬구름 잡는 소리만 한다고 나무랐다. "당신 태도는 세상을 바꾸려고 온이를 방패막이로 내세우는 것이나 다름없어." 엄마 아빠가 티격태격하는 것은 언제나 온이 때문이었다.

하지만 캐나다 가는 일이 수포로 돌아가고 얼마 뒤, 엄마는 결국 보육원에 대한 생각도 바꾸었다. 그리고 온 가족의 합의 아래 그저께 온이를 보육원에 맡기고 온 것이다. 이젠 우리도 다른 집처럼 엄마 아빠랑 같이 살 수 있게 될지 모른다. 온이 때문에 특수학교와 어린이집, 병원까지 왔다갔다하느라 엄마는 그동안 눈코뜰 새 없이 바빴다. 우리 엄마는 원래 외국은행에 다녔는데 온이 때문에 월급이 반도 안되는 학원강사로 자리를 옮겨야 했다. 이제 온이를 보육원에 맡겼으니 앞으로는 엄마도 나한테 좀더 신경쓸 수 있을 것이다. 학부형 모임이 있을 때마다 젊은 엄마들 사이에 할머니가 덧니처럼 끼여 있는 모습도 이젠 안 봐도 될 것이다.

"아빠 갔다올게."

아빠는 나를 집앞에 내려놓고 야근이 있는 날이라며 회사로 향한다.

나는 혼자 계단을 내려선다. 계단 아래쪽에 엄마 집 현관문이 보인다. 현관 한쪽 귀퉁이가 녹슬어 얼룩져 있고 구석 벽에는 여러 군데 금이 가 있다. 눅눅한 곰팡이 냄새도 풍긴다. 하지만 엄마 아빠가 여기서 살 날도 얼마 남지 않았다. 그러면 나도 토요일마다 이렇게 불편한 집으로 오지 않아도 된다.

벨을 누르자 엄마가 문을 열어준다.

"진이 왔구나."

엄마는 미소를 짓는다. 반쯤 그늘이 묻어나는 우리 엄마만의 묘한 미소다. 고무장갑을 벗으면서 엄마는 긴 허리를 숙여 내 뺨에 뽀뽀해준다. 화장품 냄새와 주방용 세제 뒤섞인 냄새가 난다.

"엄마, 나 오늘 상받았다!"

"그래? 무슨 상 받았는데?"

엄마의 표정이 좀더 밝아진다.

"응, 환경보호에 관한 글짓기상."

"무슨 내용이었을까?"

"공룡에 관한 글이야. 공룡이 살았던 시대에는 자연이 어땠

을까 하는 것에 관한 이야기. 공룡은 엄청나게 먹어댔대잖아."

"그래, 재미있겠구나. 나중에 엄마한테도 한번 보여줘."

"그런데 엄마, 이제 상장 걸 자리가 없어. 한쪽 벽이 꽉찼어."

엄마는 씨익 웃으며 대꾸한다.

"상장은 꼭 벽에 안 걸어도 돼, 진아. 남한테 보여주기 위한 게 아니니까."

역시 엄마한테는 기대하지 않는 게 나았다.

엄마는 내 머리를 한번 더 쓰다듬어주고는 다시 고무장갑을 낀다.

약간 김이 빠지는 기분으로 나는 안방으로 가서 가방을 내려놓는다. 그러고는 레고 바구니를 뒤집는다. 블록이 와르르 쏟아진다. 작은 블록들이 서로 부딪치며 바닥에 쏟아지는 소리는 언제 들어도 기분이 좋다. 더구나 이제는 시간 맞춰 온이를 데리러 가지 않아도 된다고 생각하니 마음이 홀가분하다.

블록으로 뭘 만들까 하다가 나는 공룡을 만들기로 한다. "사는 게 블록놀이처럼 그렇게 딱딱 들어맞는다면 얼마나 좋겠니." 언젠가 엄마는 내가 블록놀이를 할 때 그렇게 말했다. 아마도 엄마는 네모난 블록이 제구멍에 딱딱 맞아들어가면서 비행기로, 탱크로, 항공모함으로, 그리고 때로는 공룡으로 변신하는 놀라운 재미를 잘 모르는 모양이다. 하지만 엄마만 빼고는 내가 블록을 가지고 노는 걸 다 좋아한다. 아빠는 때로 나보다 더 근사한 비행기를 만들어주기도 한다. 할머니는 블록놀이가 머리를 좋게 만든다고 좋아하고 할아버지는 그게 금방 싫증내서 버리는 것이 아니기 때문에 좋은 장난감이라고 말한다. "맞아요, 할아버지. 이건 환경보호를 위해서도 좋은 장난감이에요." 그러면 할아버지는 "그래, 환경보호라는 게 돈도 벌게 해주니 얼마나 좋으냐"라고 말씀하신다.

"진아, 저녁 먹어라."

티라노싸우루스가 다 만들어졌을 때쯤 엄마가 부른다.

나는 그것을 보란 듯이 텔레비전 위에 놓고 밥먹으러 간다.

저녁 메뉴는 내가 좋아하는 스파게티다.

"엄마는 안 먹어?"

엄마는 수저도 들지 않고 그냥 내가 먹는 것을 보고만 있다. 온이가 없으니까 더 많이 먹어도 될 것 같았는데, 엄마가 계속 시무룩해 있어서인지 나도 별로 맛이 나지 않는다.

숙제를 다해놓고 나는 텔레비전 앞에 눕는다.

열시가 넘으니까 재미있는 프로도 안한다. 나는 리모컨을 이리저리 누르다가 텔레비전을 꺼버린다. 갑자기 온 집안이 조용하다. 집이 이렇게 조용하기는 정말 처음인 것 같다. 온이가 있을 때는 집안 곳곳이 어수선했는데. 너무 조용하니까 좀 이상하다. 꼭 처음 이사온 것처럼 엄마 집이 낯설게 느껴진다.

엄마는 열린 안방 문에 등을 기대고 앉아 술을 마시고 있다. 엄마 무릎 옆으로 위스키 병과 콜라 잔이 놓여 있다. 얼음이 잔뜩 든 기다란 콜라 잔에다 엄마는 위스키를 따른다. 지난번 아빠가 출장 갔다올 때 사온 술이다. 아빠는 그때 분명히 높은 사람한테 선물할 거라고 말했는데…… 술이 따라져나오면서 병 속에서는 뿡뿡 소리가 들린다. 아주 맑고 상쾌한 소리. 그러면서도 가슴 한쪽을 답답하게 하는 그 소리가 집안 전체를 울린다.

눈을 지그시 감은 채 엄마는 술을 조금씩 들이켠다. 술이 목구멍을 타고 넘어가면서 속은 짜릿짜릿하게 타들어갈 것이다. 언젠가 나도 그것을 한번 맛본 적 있다. 내가 궁금해하니까 엄마가 조금 맛보여주었다. 화끈거리는 게 정말 속에서 불이 난 것 같았다. 그 불덩이가 몸 속에서 차츰 번져 사람의 얼굴을 붉게 하는 모양이다. 엄마는 그 쓴 맛을 제대로 알아야 어른이 되는 것이라고 했지만 나는 커서도 술 같은 건 절대 먹지 않을 생각이다.

티라노싸우루스가 텔레비전 위에 우뚝 서서 나와 엄마를 번갈아 내려다보고 있다. 그 자리는 사실 온이 자리다. 온이가 늘 올라가 엎드려 있던 자리. 온이에게는 텔레비전이 보는 게 아니라 끌어안는 물건이다. 툭하면 텔레비전에 올라가 도마뱀처럼 붙어 엎드려 있다. 어떤 때는 온이의 팔이나 다리가 화면을 가려 짜증이 나는 때도 많다. 엄마는 내가 텔레비전 앞에서 3미터 이상 떨어지지 않으면 야단을 치면서도 텔레비전에 붙어 있는 온이를 나무라는 일은 없다. 온이는 어디든 올라가는 걸 좋아한다. 저번에는 혼자 씽크대에 올라간 적이 있다. "여보, 여기 좀 와봐!" 아빠가 소리쳤다. 엄마와 내가 주방으로 가보니 온이가 씽크대에 올라앉아 밥솥에 든 밥을 집어먹고 있었다. 손과 입가에 온통 밥풀을 묻히고 밥을 집어먹는 모습이 꼭 아기공룡 같았다. 하지만 엄마 아빠가 놀란 것은 그것 때문이 아니었다. 씽크대 밑에 온이의 작은 밥상이 놓여 있었던 것이다. 온이는 그걸 발로 딛고 올라간 모양이었다. 그날 아빠는 온이가 드디어 머리를 쓰기 시작했다고 몇번이나 감탄을 했다. 하지만 그것도 잠깐이었다. 얼마 지나지 않아 사고가 난 것이다. 씽크대에 올라간 온이가 뜨거운 압력솥에 손을 데고 굴러떨어진 일이 있었다. 그때 엄마는 온이의 작은 상을 없애버렸다.

나는 다시 리모컨을 들고 이리저리 채널을 바꾼다.

"진아, 잠이 안 오니? 잠잘 시간 지났는데."

엄마 목소리에서 술기운이 묻어난다.

"곧 잘 거야, 엄마."

나는 다시 텔레비전을 끈다. 온이는 지금쯤 곯아떨어졌을 거다. 원래 온이는 때와 장소를 가리지 않고 아무데서나 잘 자니까. 생판 낯선 보육원에서도 금방 적응할 것이다.

다시 술 따르는 소리가 뽕뽕 들린다. 엄마는 여전히 아무 말이 없다. 엄마도 나처럼 온이 생각을 하고 있는 게 분명하다.

"엄마, 온이 없으니까 허전해?"

나는 슬쩍 온이 얘기를 꺼내본다.

엄마는 대답은 않고 그저 희미한 웃음만 짓는다.

나는 약간 불안한 기분으로 다시 엄마한테 묻는다.

"그럼…… 온이 다시 데려올 거야?"

엄마는 여전히 말이 없다.

내가 계속 엄마 눈을 뚫어져라 쳐다보자 엄마는 한참 만에 긴 목을 천천히 가로젓는다.

하기야 그렇게 힘들게 내린 결정을 엄마가 쉽게 바꾸지는 않을 것이다. 이제 우리한테도 막 새로운 생활이 시작되려고 하는데 말이다.

"온이는 보육원에서 자라는 게 좋대잖아, 다들……"

나는 엄마를 안심시키듯 말한다.

엄마는 계속 아무 말 없이 술만 홀짝인다.

나는 다시 리모컨을 만지작거린다.

"그렇게 잠이 안 오니?"

엄마가 또 묻는다.

"응."

엄마가 내 곁으로 다가오더니 내 눈을 한참이나 들여다본다.

"너도 참, 촉수가 그렇게 예민해서 험한 세상을 어떻게 살아가려고 하니?"

엄마는 내 머리를 쓰다듬는다.

"엄마는 진이 네가 더 걱정이다."

엄마는 언제나 그렇게 말한다. 내가 더 걱정이라고. 다른 사람들은 모두 나를 칭찬하고 나에게 거는 기대가 크지만 엄마는 항상 내가 더 걱정이라고 말한다.

"누가 뭐래도 온이는 저 스스로 행복한 아이야."

엄마 목소리가 술기운에 촉촉이 젖어 있다. 엄마 말이 맞는지도 모른다. 온이는 나처럼 까탈을 부리는 성격도 아니다. 친구한테 따돌림받아도 혼자 구석에서 히죽거리며 잘 논다. 빈 방에 혼자 재워도 무서워하지 않는다. 아빠가 내게만 장난감을 사줬다고 질투하지도 않고 친구한테 한대 맞았다고 이를 갈며 오랫동안 기분 나빠하지도 않는다. 그리고…… 나처럼 엘리베이터에 이십분 동안 갇혀 있었다고 일년 동안 병원에 다니면서 정신과 치료를 받는 일 같은 것도 없다. 온이는 보육원에서도 별문제 없이 잘 자랄 것이다. 엄마 말대로 내가 더 문제인지도 모른다.

"엄마, 술 그만 마시면 안돼?"

엄마는 피식 하고 웃는다.

"알았어, 진아. 엄마, 잠이 안 와서 그러는 거야. 딱 한잔만 더 마시고 그만 마실게."

엄마는 내 옆에 비스듬히 누워 나를 꼭 껴안는다. 엄마 입에서 술냄새가 풍긴다. 아빠한테서 나는 술냄새와는 달리 향긋하다. 그런데도 그 향은 이상하게 내 마음을 들쑤시며 나를 불안하게 한다.

엄마가 나를 안은 채 계속 등을 토닥거린다. 나를 재워놓고 나서 엄마는 계속 술을 마실 모양이다. 엄마의 술냄새가 점점 깊이 파고든다. 잠은커녕 오히려 나는 정신이 더 말똥말똥해진다. 지난번처럼 엄마가 쓰러지기라도 하면 큰일이다. 몇달 전 엄마는 술을 마시다 쓰러진 적이 있다. 그래도 그때는 아빠가 있어서 다행이었다. 그날, 쓰러진 엄마를 태우고 아빠가 병원으로 가버리던 날 밤의 일이 자꾸 생각난다. 혼자 빈집에 남아 한쪽 구석에 뒹굴고 있는 술병을 보자 나는 덜컥 겁이 났다. 한밤중에 나 혼자 집에 있는 일은 처음이었다. 그것도 지하인 엄마 집에서 말이다. 현관문과 안방문을 꼭 걸어잠그고 이불 속으로 들어가 날이 밝기만을 기다렸다. 날이 밝으면 곧바로 엄마가 실려간 병원으로 쫓아가리라 마음먹었다. 창문 바깥에서는 계속 부스럭거리는 소리가 들렸고, 갈라진 벽 틈으로 풍뎅이만한 바퀴벌레가 기어나오는 게 보였다. 엘리베이터에 갇혔을 때처럼 자꾸 가위눌리는 기분이었다. 화장실 가는 것도 무서워 나는 그냥 꾹 참고 있었다. 아무리 잠들려고 해도 잠이 오지 않았다. 그때 갑자기 온이 생각이 났다. 옆방에 온이가 자고 있다는 생각을 미처 못했던 것이다. 나는 베개를 들고 온이가 자고 있는 작은방으로 갔다. 얼마나 몸부림을 쳐댔는지 이불과 베개는 한쪽 구석에 뒹굴고 있고 온이는 맨바닥에 그대로 엎드린 채 잠들어 있었다. 그 모습을 보자 무서움이 싹 가셨다. 나는 온이 옆에 베개를 놓고 누웠다. 온이가 내쉬는 거친 숨소리가 그렇게 편안할 수 없었다. 그제야 나는 잠들 수 있었다.

"진아, 엄마 물 한잔만 갖다줄 수 있겠니?"

엄마 얼굴이 많이 붉어졌다. 하얀 목에도 붉은 반점 같은 게 여기저기 얼룩져 있다. 부엌으로 가서 나는 식기건조기에서 컵을 하나 꺼내든다. 냉장고 문을 열려고 하는데 문에 붙은 녹색 테이프가 눈에 들어온다. 밤 아홉시가 넘으면 엄마는 언제나 냉장고 문을 테이프로 봉해놓는다. 온이 때문이다. 온이는 언제나 냉장고 주변에서 어정댄다. 냉장고 문이 안 열리면 온이는 테이프를 떼낼 생각은 못하고 무조건 사람 손을 잡고 냉장고 앞으로 끌고 간다. 온이가 내 손을 잡아끌 때는 냉장고에서 먹을 걸 꺼내달라고 할 때뿐이다. 틈만 나면 손을 빨기 때문에 그럴 때마다 온이의 침이 찝찝하게 내 손에 묻어난다. 온이가 가장 확실하게 기억하고 있고 좋아하는 것, 그것은 엄마도 아니고 아빠도 아니고 나도 아니다. 바로 냉장고다.

 냉장고 문을 여니 온이가 평소에 잘 먹던 게 잔뜩 들어 있다. 어린이용 칼슘치즈, 먹다 남은 새우깡 봉지, 요구르트, 우유…… 우유와 요구르트는 유효기간이 분명히 지났을 텐데도 엄마는 냉장고 정리를 하지 않았다. 나는 물병을 꺼내 컵에 물을 따른다. 그리고 물통을 다시 제자리에 넣은 다음 문을 닫는다. 문에서 손을 떼려는데 녹색 테이프의 접착면 한쪽이 손에 달라붙는다. 꼭 온이가 내 손을 잡아끄는 것 같은 느낌이다.

 나는 따라온 물잔을 엄마한테 내민다. 엄마가 힘겹게 손을 움직여 컵을 받아든다. 엄마 눈이 약간 거슴츠레해진 것 같다. 엄마는 물을 벌컥벌컥 들이켠다. 속이 많이 타는 모양이다. 그 모습을 보고 있으니 아빠 말이 떠오른다. "나는 당신이 더 걱정이야." 엄마가 나한테 그러는 것처럼 아빠는 엄마한테 곧잘 그 말을 한다. "당신은 뭔가에 비틀려 있어." 술 마시다 병원에 실려간 다음부터 아빠는 종종 그런 말로 엄마를 나무랐다. "비틀린 삶은 삶 아닌가요?" 엄마는 목소리에 날을 세우며 번번이 그렇게 대꾸한다. 티격태격 언성을 높이다가 엄마가 울먹이는 때가 되어야 싸움은 끝난다. 엄마의 마지막 말은 언제나 똑같다. "나는 너무도 번듯한 이 세상이 정말 숨막혀요."

엄마가 물잔을 내려놓는다. 붉은 얼굴색이 조금씩 가라앉는 것 같다.

아, 어쨌거나 엄마가 빨리 잠들었으면 좋겠다. 엄마가 쓰러지기라도 하면 나는 정말 끝장이다. 오늘밤은 정말 나 혼자다. 아빠도…… 온이도…… 없다.

열두시가 넘었지만 여전히 잠이 오지 않는다. 이런저런 생각이 자꾸 시소처럼 내 머릿속에서 오르락내리락한다.

내 방 벽에 걸려 있는 상장이 떠오른다.

사실, 내가 백일장이나 사생대회에 나가서 상을 탈 수 있는 건…… 온이 덕인지도 모른다. 오늘 내가 받은 상의 글짓기 내용이 공룡 이야기라는 건 거짓말이다. 그것도 온이 얘기였다.

온이는 내 글에, 그림 속에 언제나 빠지지 않는다. 온이가 내 팔을 깨문 이야기, 온이가 씽크대에서 떨어진 이야기, 온이가 어린이집에서 따돌림받는 이야기, 눅눅한 곰팡내 나는 엄마 집 이야기…… 온이와 냉장고 그림, 온이가 텔레비전 위에 도마뱀처럼 엎드려 있는 그림, 온이가 한쪽 구석에서 히죽거리며 혼자 손가락 빨고 있는 그림……

나도 잘 모르겠다. 이상하게 종이만 받아들면 왜 그 모습들이 그렇게 생생해지는지. 하얀 종이 앞에서는 꼭꼭 감추고 싶은 이야기들이 왜 그렇게 수돗물처럼 쏟아져나오는지. 정말 수수께끼 같은 일이다. 그래서 온이가 없으면 우리는 반쪽짜리 세상만 살다 갈 거라고 엄마가 얘기하는 걸까.

엄마 말대로 우리는 온이한테 빚지고 있는 걸까. 온이가 우리한테 빚지고 있는 게 아니고?

아무래도 그 일이 마음에 걸린다. 사실 엄마한테 오기 전에 나는 온이 사진을 벽에서 떼내었는데.

할머니가 그걸 발견했을까?

아, 잠이 오지 않는다.

온이는 정말 어디서 사는 게 좋을까? 보육원에, 아니면 우리 곁에……

—『작가들』 2003년 상반기

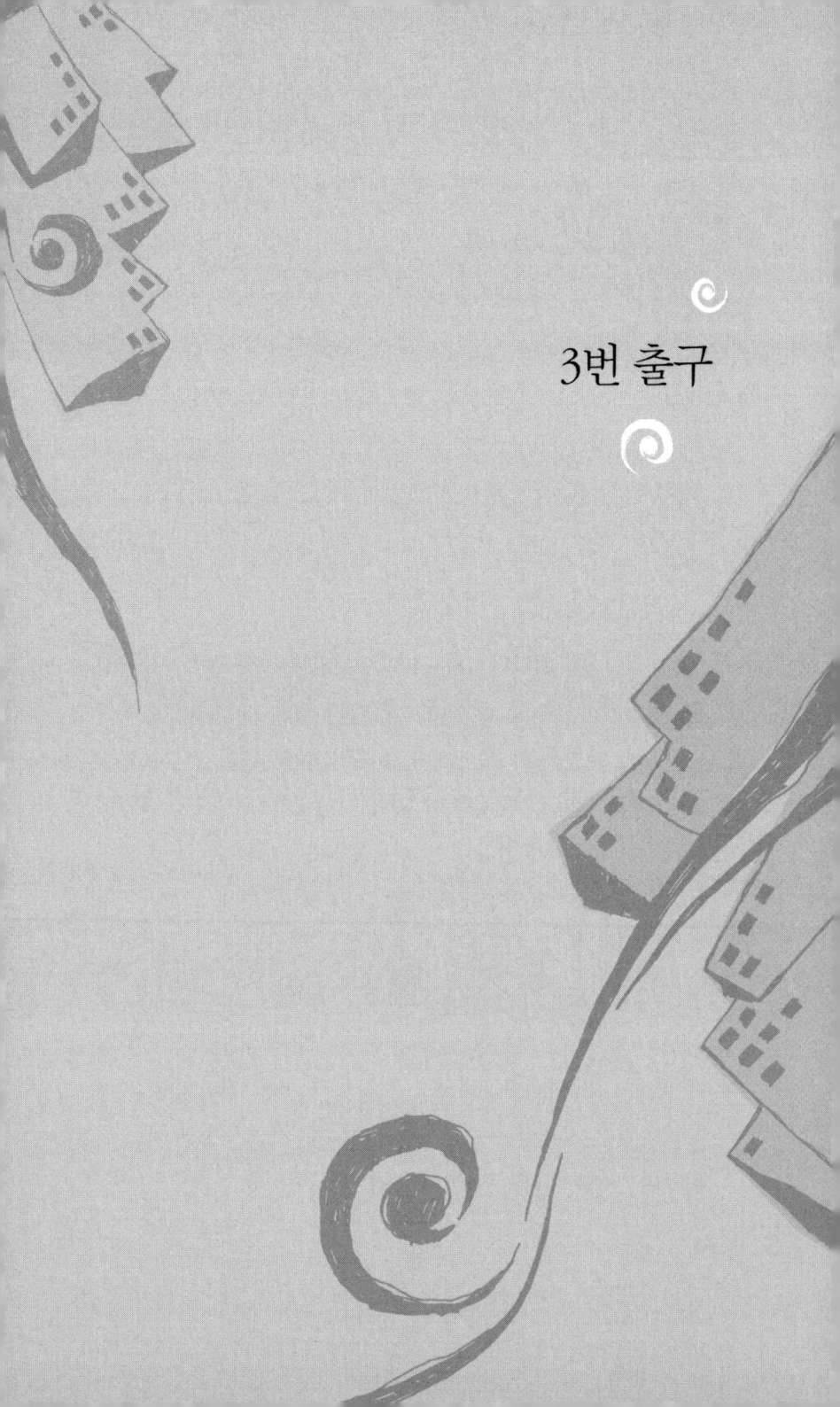
3번 출구

"얘, 또 늦을라 빨리 가거라."

 엄마는 나를 떠밀다시피 하고는 현관문을 닫는다. 그 속셈을 내가 모를 줄 알고? 엄마는 숨겨놓았던 거울을 꺼내놓고 느긋하게 화장을 하려는 게다. 며칠 전에도 내가 건강보험증을 깜빡해서 다시 들렀을 때 엄마는 당황하는 기색이 역력했다. 나는 엄마의 콧잔등에 밥풀처럼 묻은 크림 자국을 놓치지 않았다. 툭하면 빈약한 식탁 앞에서 아빠의 명퇴로 절반이나 줄어든 수입을 한탄하면서도 엄마 얼굴이 섭취하는 피부 영양식은 그대로다. "내가 이 나이에 뭐, 사치하고 싶어 그러는 줄 알아요? 혼기 찬 딸년도 있는데 푼수같이 우리집 사정을 얼굴에 써붙이고 다녀야겠냐고요." 갑자기 기운 집안형편 탓에 '사'자 붙은 사윗감을 코앞에서 놓쳤다는 여고동창의 예를 들어가며 엄마는 나를 방패막이 삼았다. "낼모레면 너도 서른이야, 서른." 엄마는 번번이 화살을 내게 돌리며 애물단지 신세를 일깨우곤 했다.

골목을 나서자 늦가을 햇살이 언덕길 위로 쏟아진다. 눈이 부시다. 이렇게 맑고 화창한 날, 찾아갈 곳이 고작 병원이라니. 의사 장에 대한 불만이 스멀거리기 시작한다. 그는 나랑 한참 실랑이를 하다 말이 막힌다 싶으면 간호사를 불러서는 딴 얘기를 꺼내거나 다른 차트를 뒤적거렸다. 수술 이후 내가 아무리 얼굴 양쪽 윤곽선이 균형이 맞지 않는다고 해도 눈도 깜짝하지 않았다. "다른 부위와 달리 얼굴 뼈는 뇌와 가깝기 때문에 다시 손댈 경우 치명적이에요." 그는 재수술의 위험을 들먹이며 거부 이유를 되풀이했다. 장은 퇴직금을 고스란히 챙겨들고 병원으로 달려온 사람의 절박한 심정에 대해서는 알려고 하지 않았다.

엄마는 십년 가까운 직장생활의 퇴직금을 성형수술에 고스란히 쏟아붓고 온 딸을 보고 아연실색했다. "아니, 너 정말 정신이 제대로 박힌 애니? 지금 우리가 어떤 형편인지 아냐구! 네 아버지 명퇴야, 명예퇴직자. 배고픈 거 잘 참으라고 달아주는 그 명예 말이야." 엄마는 그동안 억눌러왔던 불만을 나한테 옴팡 덮어씌울 기세였다. 엄마는 스물다섯번째 생일을 앞두고 나를 들볶던 일 따윈 까맣게 잊은 것 같았다. 그날, 얇게 썬 오이를 얼굴에 잔뜩 붙이고 있던 엄마가 어눌하게 떨구던 말은 뜻밖이었다. "이번 생일선물로 말이야." 반투명의 마싸지용 오이는 엄마의 반드르르한 얼굴에 오이답게 얌전히 붙어 있었다. "쌍꺼풀 수술 어떠니?" '쌍꺼풀' 할 때의 센 발음 탓인지 엄마의 인중에 붙어 있던 반쪽짜리 오이가 하나 떨어져나왔다. 유전자로 물려주지 못한 걸 의술로라도 보상하겠다는 듯한 엄마의 제안은 딸의 혼기까지 계산에 넣은, 일종의 투자에 가까운 것이었다. 사춘기 때부터 외모는 나의 유일한 콤플렉스이긴 했지만 엄마의 그런 속된 저의와 맞닥뜨리자 오히려 거부감이 생겼다. 엄마는 아직도 자신이 막내이모 정도의 외모만 타고났어도 명예퇴직당한 남편 때문에 노후 걱정하는 삶에 처해지진 않았을 거라는, 허황된 생각을 버리지 못하고 있었다. 나는 엄마의 제의에 코웃음쳤다. '잠자는 숲속의 미녀'나 '신데렐라'처럼 운좋게 타고난 외모로 운명이 한순간에 바뀌어버리는, 속된 말로 '한탕주의' 환상에 젖게 만드는 동화의 주인공들을 더없이 혐오해오던 나였다. "네가 의대만 들어갔어도 내가 이러겠니?" 엄마의 흥분한 목소리에 얌전히 붙어 있던 오이비늘이 일제히 일어났다. 그때까지도 엄마에게는 좌절된 꿈에 대한 앙금이 완전히 가시지 않았던 모양이다. 그랬던 엄마가 단숨에 날아간 딸의 퇴직금 앞에서 언제 그런 일이 있었냐는 듯 목에 파란 핏줄을 세웠던 것이다. "난데없이 직장을 때려치우더니, 그것 가지고도 부족해 그래, 피 같은 퇴직금을 그 잘난 의사들 아가리에다 고스란히 처넣고 와?" 엄마는 내가 의대 진학을 포기했을 때처럼 좀체 흥분을 가라앉히지 못하며, 분명 그때부터 시작되었을 것 같은 의사에 대한 골 깊은 적대감을 여과없이 쏟아내었다.

"성형이란, 미와 과학이 절묘하게 어우러지는 예술의 영역이라 할 수 있죠." 장은 자신의 직업을 미화하는 표현을 아주 자연스럽게 했다. 포토샵을 처음 접했을 때의 충격을 누구보다 잘 아는 나는 그의 자부심을 그리 과소평가하고 싶지도 않았다. 물감이나 붓 한자루 없이 클릭 몇번으로 모나리자의 미소를 자유자재로 변화시켜 제2, 제3의 모나리자를 만들어내며 모니터 앞에서 탄성을 연발했던 나처럼, 장 역시 모나리자의 눈썹을 짙고 선명하게 만들어낼 수 있는 자신의 창조력에 번번이 감탄했을 것이다. "잠깐 고개 좀 들어보세요." 상담을 마친 장은 내게 디지털카메라를 들이밀었다. "수술 후의 놀라운 변화를 비교해볼 수 있을 거예요." 사진촬영은 '애프터와 비포'의 효과 비교라는 목적 외에 수술결과로 인해 논란이 빚어질 경우를 대비한 증거물 확보의 의도가 더 크다는 걸 나는 잘 알고 있었다.

학교 정문 앞으로 길게 펼쳐진 골목길은 더없이 고요하다. 가게 행렬이 길 양쪽으로 이어져 있지만 가게 주인들도 학생들이 교실에 붙잡혀 있는 시간에는 꼼짝을 않는다. 백여 미터를 걸어가도록 마주치는 사람 하나 없다. 무심코 교회 앞을 지나치다 사람 모습이 언뜻 띄어 자세히 보니, 트럭의 백미러에 비친 내 얼굴이다. 은색 거울이 선명하게 내 얼굴을 되비추고 있다. "또 거울 타령이냐? 젊은 게, 하루종일 거울만 들여다보고 뭘 하겠다는 거야!" 엄마는 집안의 거울을 모두 치워버렸다. 아빠는 사뭇 심각한 어조로 말했다. "관상이라는 건 말이다, 옛날 노예시장의 거간꾼들한테서 시작된 게야." 나를 걱정하는 아빠의 말에는 아이러니하게도 세상이 이미 오래전부터 하나의 거대한 시장이었다는 사실을 전제하고 있었다.

백미러 각도를 조절해 얼굴을 비쳐본다. 역시 집에서 보던 거울과는 확연히 다르다. 귀 뒤로 넘겼던 머리를 다시 앞으로 내려본다. 왼쪽 얼굴 선이 자연스레 가려진다. 수술 후 내 가르마는 오른쪽으로 자리를 바꾸었다. 29년 동안 한자리를 지키고 있던 머리카락이 하루아침에 반대방향으로 바뀌자 수십만의 모근이 반항이라도 하듯 머리 밑이 들쑤시며 아팠다. 미미해 보이던 그것들이 시퍼렇게 살아 있음을 내게 처음으로 일깨워주었다.

수술 후 안면 윤곽선은 분명 부드러워졌다. "아주 성공적인 수술입니다." 확신에 찬 어조로 '달걀 모양의 곡선' 운운하던 의사 장의 말투는 꼭 파마를 하고 났을 때의 동네 미용사 같았다. "자격증 따기가 힘들어 그렇지 의사나 미용사나 장사치인 건 매한가지 아니냐." 엄마는 두 직업의 차이와 공통점을 날카롭게 지적했다. 나도 그 일이 파마 정도였으면 가벼운 마음으로 병원을 나왔을 것이다. "좌우균형이 맞지 않는데요." 한참 거울을 들여다보던 내가 심각하게 말했다. 전신마취 대신 굳이 부분마취를 하겠다고 우겼던 탓에 장도 조금은 긴장하고 있었을 터였다. "한달쯤 지나야 제대로 된 얼굴을 볼 수 있어요. 부기가 완전히 가라앉은 다음에요."

양쪽 귀에서 흘러내리는 턱선을 따라가며 좌우 양쪽을 비교해본다. 역시 왼쪽 선이 문제다. 자동차 거울이라 약간 과장돼 보이긴 하겠지만 그래도 왼쪽은 확실히 더 튀어나와 보인다. 한번만 더 손본다면 거의 완벽하게 균형이 맞는 선이 될 것이다. 완벽한 대칭, 그것은 인체의 기본요건 아닌가.

치르르 소리와 함께 갑자기 거울이 심하게 떨린다.

"뭐요?"

퉁명스런 목소리가 불쑥 뒷덜미를 잡아챈다. 작업모를 삐딱하게 쓴 운전기사가 차창으로 나를 빤히 내다보고 있다. 빈차가 아니었던 모양이다.

"아가씨, 이 백미러 세냈어요?"

트럭기사는 별 정신나간 여자 다 보겠다는 둥 느물거리는 웃음을 물고는 내가 돌려놓은 백미러를 큼지막한 손으로 다시 조절한다. 그가 계속 차창으로 내 모습을 구경하고 있었다는 생각이 들자 꼭 오이 꼭지를 씹은 기분이다. 삼십대 중반쯤으로 보이는 기사는 작업모를 뒤로 젖혀쓴 탓인지 광대뼈가 더 심하게 튀어나와 보인다. 턱선도 영 좌우균형이 맞지 않는다. "광대뼈야 동양인 얼굴의 특징으로 꼽을 수 있지. 오히려 얼굴에 입체감을 준다구." 유학파답게 박실장은 인종별 얼굴 특성에 관심이 많았다. "와아, 이건 정말 예술이다!" 입사 후 네번째 맞는 생일날, 부서 사람들은 모니터 앞에 모여서 탄성을 연발했다. 생일선물로 박실장이 광대뼈를 과장한 내 얼굴 캐릭터를 만들어 매킨토시 화면에 띄워놓은 것이었다. 그는 내 얼굴의 약점을 정확히 간파하고 있었다. "단점을 극복하는 그럴듯한 방법 중 하나는 말이야. 그 단점을 더 강하게 부각시켜 버리는 거야. 정면승부를 하는 거지." 그의 방법론이 설득력있게 들릴 정도로 나의 캐릭터는 매력적이었다. 엄마가 의술로 보상해주려 했을 정도로 취약한 외적 유전자를 타고난 나의 콤플렉스가 그의 빼어난 미적 감각으로 치유되는 느낌이었다. 내가 선택한 길에 확신마저 들 정도였다. 오래전의 악몽은 그저 추억으로 기억되었다.

"엄마, 나 의대 안 갈 거야." 재수생활 삼개월 만의 일이었다. 학원비를 받아 컴퓨터 디자인 학원에 등록하고 온 그날, 내가 한 선언은 엄마의 심장에다 북극의 얼음물을 한바가지 끼얹은 격이었다. 나는 엄마의 치밀한 계산에 따라 이년제 대학의 제법 경쟁력있는 학과에 합격한 다음 휴학 신청을 해놓고 의대 진학을 목표로 재수중이었다. 한동안 얼떨떨해하던 엄마는 내가 가방에서 디자인 관련 컬러 책자들을 하나씩 꺼내놓자 그제야 사태의 심각성을 깨달은 듯했다. 엄마는 나의 미래가 담긴 그 책들을 상대로 자신의 생각을 확실히 보여주었다. 갈기갈기 찢어진 책장으로 거실 바닥은 금세 대형 꼴라주가 되었다. 엄마는 한동안 분열증 환자 같은 반응을 보였다. 당근과 채찍이 어지러울 정도로 바뀌며 내 앞에 펼쳐졌다. "신념이라는 건 핍박과 함께 자라나는 법이지." 대학을 중도하차한 운동권 출신 학원강사의 말은 꼭 들어맞았다. 엄마 아빠의 반대와 내 신념의 강도는 정확히 비례해갔다. 원치 않는 학과에 진학한다는 것도 내키지 않았고 똑같은 내용의 지식을 또

다시 머릿속에 집어넣으면서 젊음을 낭비하기에는 인생이 너무 짧다는 현실을 나는 일찌감치 깨닫고 있었다. 더욱이 나는 의대 진학을 낙관할 정도의 실력도 아니었다. 그런 나의 통찰이 꿋꿋한 행동으로 나아가기까지는 학원강사의 선동가다운 조언이 꽤 큰 힘이 되었다.

'전문대 출신 최연소 디자인 팀장.' 사보에서는 나의 승진을 대문짝만하게 다루었다. 입사 칠년차 때였다. 나는 명문 미대를 나온 동료와 나란히 진급했다. 사보에서는 능력 위주의 인사관리라는 회사의 합리적이고 진보적 경영방침을, 신입사원 공채 때처럼 요란하게 선전해댔다. 그 결정이 있기까지 나를 추천했던 박실장이 인사과에 몇번이나 불려가 임시회의가 소집되었던 일 따위가 언제 있었냐는 식이었다. 명분에 걸맞은 철저하게 객관적 평가에 따른 것이었음에도 결격사유에 가까운 나의 학력은 부서 내에서 적지 않은 위화감을 불러일으켰다. 승진 대상에서 제외된 명문대 출신 동료 둘은 한달 간격으로 사직서를 냈다. 더 놀라운 일은 같이 진급했던 직원마저 사표를 던진 사실이었다. "그만둔 친구들 생각하면 마음이 편칠 않아. 일도 손에 잘 안 잡히고 말이야." 나와 같은 직위라는 사실이 결정적으로 그의 자존심을 건드렸음에도 그는 사직 이유를, 그만둔 동료에 대한 책임감이나 의리 때문인 것처럼 내비쳤다. 그 사건으로 사무실은 한동안 살얼음판을 걷는 분위기였다. 빙판의 미세한 균열이 선명히 보였다. 그 빙판의 한가운데 서 있는 이가 바로 나였다. 나의 승진으로 부서 내에서 구체화된 위계구도는 이전의 감정적인 갈등과는 전혀 성격이 달랐다. 연이은 사직의 여파로 자존심이 상할 대로 상한 나도 결국 석달 만에 사직서를 내밀었다. "그 친구들, 자신들 능력이 모자라니까 지레 겁먹고 그만둔 거야. 신경쓰지 말고 하던 일이나 끝내!" 박실장은 부서 내 사람들에게 다 들릴 정도로 버럭 화를 내며 내 사직서를 찢어 휴지통에 집어넣었다. 사건의 파문은 그렇게 일단락되었다.

"잘 가슈."

트럭기사는 눈을 찡긋해 보이더니 차를 출발시킨다. 트럭이 휑하니 사라진 자리에 교회의 붉은 담벼락이 떡 버티고 있다. 다이아몬드형 구멍이 규칙적으로 뚫린 벽돌담이 나를 향해 낄낄거리는 것 같다. 하필 차를 교회 담 옆에 세워놓을 건 뭐람. 나는 담벼락에다 연거푸 눈을 흘기고는 가던 길을 재촉한다. 도서대여점 진열대를 지나고 정육점과 분식점, 인터넷통신 광고문이 잔뜩 붙어 있는 전봇대 모퉁이를 꺾어돌아 좁은 골목을 빠져나온다. 넓은 길로 나오자 미용실, 세탁소, 가전제품 대리점 유리창이 차례로 지나간다. 길가의 자동차들까지…… 집을 나서니 세상은 온통 거울투성이다.

'JSA' 글자 위로 내 얼굴이 클로즈업되어 나타난다. 비디오가게 앞이다. 포스터 옆에는 한달 전부터 나붙어 있던 광고문이 아직도 버티고 있다. '강아지 분양합니다'라는 짙은 고딕글씨를, 복슬거리는 강아지 사진이 떠받치고 있다. 입 주변의 털은 검은색, 머리부분은 초콜릿색, 몸통은 황금갈색으로 절묘한 색의 조화를 이룬 외양이 언뜻 봐도 타고난 애완견이다. 빨간 리본으로 묶은 짙은 블론드 머리가 작은 분수처럼 솟아 있고 눈동자는 까만 유리구슬처럼 반들거린다. 강아지 사진 밑에는 필기체 글씨가 따라붙어 있다. '생후 한달 된 요크셔테리어종. 사진 속의 어미를 닮아 영리하며 늘씬한 몸매와 빼어난 미모까지 갖춘 강아지임.' 맨 밑에는 분양가격이 또렷이 박혀 있다. '암컷 30만원, 수컷 20만원.'

집 잘 지키고 주인 말에 순종하는 개의 시대는 이제 갔다. 타고난 유전인자나 주인의 재력에 의해 판가름나는 강아지 세계가 인간세상을 그대로 빼닮았다는 생각이 들자 갑자기 속이 메슥거린다. 개들의 세계까지 잠식해들어간 영장류의 지배욕이 가증스럽다. '온세상의 개들이여 단결하라!'고 외치고 싶은 심정이다. 하지만 그중에도 슬그머니 꼬리를 내리며 단결을 꺼리는 놈이 분명 있을 것이다. 주인의 사랑에 취해 분별력을 잃었거나, 기득권만큼은 죽어도 포기할 수 없다는 이기적인 놈도 있을 테니……

병원 대기실은 무척 한산하다. 뭉크의 「절규」처럼 어깨를 잔뜩 움츠리고 양손으로 머리를 감싼 사내 하나만 동그마니 대기실에 앉아 있다. 이곳은 장의 성형외과 대기실과는 아주 대조적이다. 예약 한달 만에 겨우 순번이 돌아온 까닭을 여실히 보여주듯 장의 대기실에는 젊고 기대에 찬 여자들로 붐볐다. 화려한 조명에 고급 대리석의 실내 인테리어가 백화점이나 호텔 로비를 연상시켰다. 짙은 썬글라스를 낀 여자, 콧등을 가로

지르는 긴 반창고를 붙인 여자, 수험생 역할을 성공적으로 치러낸 듯한 딸을 옆에 끼고 앉은 엄마도 더러 보였다. 그중에는 엄마의 성화에 마지못해 끌려온 듯 시종일관 부루퉁한 표정인 여학생도 있었다. 하지만 그 딸도 오랜 삶의 경험에서 나온 엄마의 현명한 판단에 고개를 끄덕일 때가 올 것이다. "가치란 것도 결국은 대물림되는 것이지. 나쁜 것일수록 더 그런 법이라고." 그 옛날 학원강사의 말을 떠올리며 나는 그들과 어깨를 나란히한 채 순서를 기다리고 있었다. "예쁘게 태어나지 못했으면 '빨강머리 앤' 같은 능력이라도 갖춰야 할 게 아니냐." 딸을 의사로 만들겠다던 엄마의 집착이 이해되는 순간이기도 했다. 또한 '앤'의 길이 얼마나 멀고 험난한 것인지도……

"김문호님."

간호사가 다음 환자를 호명한다.

상담을 끝낸 환자가 나오고 문 바로 앞에 앉아 있던 '절규'의 남자가 들어간다.

"또 늦었네요."

간호사가 내게 한마디한다. 그녀의 핀잔에는 아랑곳없이 나는 문 앞쪽으로 옮겨앉는다. 금방 일어선 남자의 온기가 엉덩이로 전해진다.

진료실 문에는 '신경정신과 전문의 임찬수'라는 아크릴 명판이 가로로 길게 걸려 있다. 명판 왼쪽이 약간 기울어져 있다.

"왜 그러세요?"

간호사가 명판을 고치려는 내게로 다가와 눈을 동그랗게 뜨고 묻는다.

"명판이 삐딱하게 걸린 것 같아서요. 바로하려고요."
"그거 접착제로 고정된 거예요. 안 움직여요."
정말 명판이 꿈쩍도 않는다.

간호사는 내 손을 잡아다 원래 자리에 앉힌다. 그러고는 아까 위치로 되돌아가 환자에게 약에 대한 설명을 계속한다. 의사는 환자에게 약물 처방을 내린 모양이다. 하기야 약물치료만큼 손쉬운 것도 없다. 프로이트처럼 환자와 오랜 시간 대화를 나누면서 저 깊은 곳에 억압되어 있는 무의식을 끌어내는 심리치료 같은 건 물 건너간 시대에나 가능했는지 모른다. 의료수가 앞세우며 환자 머릿수로 먹고사는 의사나, 돈없고 시간없는 환자 모두에게 프로이트라는 사내는 이제 정신과에서도 시대착오적 인물이 돼버렸는지 모른다.

진료실 문에 삐딱하게 걸린 명판이 다시 눈에 거슬린다. 또 일어나면 간호사가 짜증낼 것 같아 나는 그냥 눈을 감아버린다. 차라리 안 보는 게 속이 편하다. 아무래도 오늘은 의사와 담판을 지어야겠다. 손쉬운 해결책을 놓고 그들은 자꾸 우회로를 걸으려 한다. 상황을 자꾸 그렇게 몰고 가는 저의가 의심스러울 정도로 말이다.

"또 그 캐릭터 손질이에요?" 직원들은 이따금 내 모니터를 흘끔거리며 한마디씩 했다. 비아냥거림이 분명했다. 그들은 언제나 박실장의 신뢰를 한몸에 받는, 일중독자인 나에게 철저하게 금을 긋고 있었다. 회사란 오로지 나와 일의 관계였다.

유일한 인간관계가 박실장이었던 셈이다. 입사 초기에는 새로운 것들을 배워가느라 일에 파묻혔고, 어느 순간부터 삐걱거리기 시작한 인간관계가 나를 일로 내몰았다. 일의 세계는 오히려 편하고 자유로웠다. 그런 속사정은 모른 채 엄마는 대기업 입사와 빠른 승진이라는 번듯한 외양에서 나에 대한 예전의 기대를 조금씩 키워가기 시작했다. "네 뜻대로 전문직을 가졌으니, 이젠 괜찮은 신랑감만 만나면 나로서야 더 바랄 게 있겠니. 회사에 어디 쓸 만한 사람 없냐?" 엄마의 야심이 마침내 드러났다. 그 집요하고 속된 욕망에 코웃음치면서도 나는 그 순간 박실장을 떠올렸다. 사내 여직원들 사이에서 첫손 꼽히는 신랑감 후보가 박실장이었다. 깊고 그윽한 목소리에 고혹적인 눈빛, 세련된 매너와 따뜻함까지 갖춘 그는 타부서 사람들 사이에서도 관심의 대상이었다. 완벽에 가까운 조건을 갖춘 박실장이 그 나이까지 독신이라는 사실을 사람들은 잘 수긍하지 못했다. 여직원들 사이에서는 그가 서양식 라이프스타일에 젖어서 그렇다느니, 사람 보는 눈이 꽤나 까다로운 모양이라느니, 실연의 상처가 깊어서 그렇다느니 갖가지 추측이 난무했다. 나 역시 박을 동경하는 회사 내 수많은 여직원들 가운데 하나였다. "전산실 김인영씨? 그 친군 학벌이 좀 딸리지 않아?" "맞아, 실력하고 학벌하곤 또 별개니까." "홍보실 정선우? 그 여잔 세숫대야가 좀 처지잖아." 직원들은 경쟁력있는 사내 여직원을 하나씩 저울질해가며 박실장과 가상의 짝짓기를 틈틈이 즐겼다. 물론 나 정도는 후보에 거론되는 일조차 없었다. 그래도 나는 박실장의 총애를 한몸에 받는 부하직원이었다. "이번 공모전 안내문이야. 한번 훑어보라구." 그는 유명 공모전이 있을 때마다 귀띔해주며 나의 참가를 유도했다. 나에 대한 그의 신뢰는 가상의 짝짓기와는 비교도 안되는 위안이자 희망이었다. "이번 수상은 순전히 이정하씨의 독창적인 아이디어 덕분이었어." 그는 신뢰와 애정이 듬뿍 담긴 목소리로 나를 추켜세웠다. 그와의 공동작업이 몇차례 수상의 영예를 거머쥐면서 실제로 그는 나의 상사에서 차츰 환상적인 파트너로 변해갔다. 늦은밤 사무실에서 그와 단둘이 남는 날이 점점 늘어났고, 나는 작업을 매개로 그와의 관계에 차츰 기대를 갖기 시작했다. "좀 쉬었다 하지." 텅 빈 사무실을 울리는 그윽한 목소리와 함께 따뜻한 커피 한잔이 그의 손에 담겨 내밀어지기도 했다. 종이컵을 감싸쥔 그의 손은 여자 손처럼 섬세하고 부드러워 보였다. 둘이서 보내는 시간이 늘어나면서 그는 철옹성 같던 자신의 외벽을 조금씩 허물어갔다. "으흠, 멋진데……" 빨려들어갈 듯 모니터를 들여다보며 그는 내 머리카락을 쓸어내리기도 했다. 그럴 때마다 나는 아뜩아뜩 현기증이 일었다. 늦은밤 빈 사무실에서의 작업은 내겐 언제나 꿈같은 시간이었다. 감미로운 환상이 점점 현실에 닻을 내리고 있었다. 일과 사랑. 나는 그 두 가지를 한손에 거머쥘 수 있을 것 같았다. 나의 '앤'이 차츰 날갯짓을 하기 시작한 것이다.

"한 십분이면 끝나니까 조금만 기다리세요. 그리고 다음부터는 제발 시간 좀 맞춰오세요."

간호사는 시퉁스레 몇마디 던지고는 다시 진료실로 들어간다. 발걸음을 옮길 때마다 그녀의 하얀 가운 사이로 빨간색 미니스커트 자락이 살짝살짝 비친다. 간호사란 하나같이 의사의 끄나풀 같은 느낌을 떨칠 수 없다. "안면 윤곽선은 우리가 보기에 아무 문제 없습니다. 문제는 오히려 다른 데 있는 것 같군요." 의사 장은 '우리'라는 말로 자신의 판단이 객관적임을 내세우려 했다. 장은 내 주장이 아집에 지나지 않는다는 걸 증명하기 위해 몇번이나 자신의 하수인이나 다름없는 간호사에게 확인을 했다. "이분 양쪽 턱선이 균형이 안 맞는다고 생각해?" "아뇨, 전혀 흠잡을 데 없는데요." 그들은 꼭 연극을 하는 것 같았다. 간호사는 가까이 다가와 내 얼굴을 자세히 들여다보았다. 동시에 그녀의 얼굴도 내 눈에 또렷이 잡혔다. 성형외과 간호사답게 아니, 성형외과 의사를 애인으로 둔 여자답게 매력적인 얼굴이었다. 수술실은 그들의 밀회장소로 안성맞춤으로 보였다. 연푸른빛 휘장, 하얀 시트, 높낮이가 자유자재로 조절되는 침대, 눈부신 조명, 적당한 긴장감을 느끼게 하는 금속용 의료도구들, 콘돔을 연상시키는 수술용 고무장갑, 마취제나 소독약 등의 화학약품 냄새…… "지금까지 했던 안면 윤곽 수술 가운데 가장 잘된 것 같은데요." 간호사는 장을 돌아보며 아부하듯 말했다. 의사의 권위와 간호사의 교태가 극적으로 어우러졌다. 장은 내가 없다면 그토록 사랑스런 그녀를 무릎에다 앉히고는 스스럼없이 애정표현을 해댔을 것이다. 단둘이 있을 때 박실장이 가끔 내게 해오던 스킨십처럼.

어떤 관계든 수직 아니면 수평에서의 부등식 같은 것일 뿐이다. 평등한 관계란 언제나 인류의 이상일 뿐이었다. 간호사와 의사, 상사와 부하직원처럼 환자와 의사의 관계라고 다를 것도 없다. 장은 나의 재수술 요구를 계속 무시하더니 급기야 나를 이곳으로 넘겼다. 그때의 상황을 나는 또렷이 기억하고 있다. 그는 아주 진지한 목소리로 말했다. "수술 결과에는 아무 문제 없어요. 문제는 오히려 다른 데 있는 것 같군요." 장은 논리적인 목소리로 '신체이형증후군'이니 '망상장애'니 하며 의학용어를 들먹이더니 결단을 내리듯 말했다. "괜찮은 정신과 의사를 소개해드리죠."

간호사가 나온다.

"이정하님, 들어오세요."

나는 '신경정신과 전문의 임찬수'의 진료실로 들어간다.

의사의 손짓에 따라 나는 '전문의 임찬수'라는 명패가 정면으로 보이는 그의 책상 앞 의자에 앉는다. 나의 처지를 일깨워주려는 의도가 담긴 자리다. 아니면 내 얼굴을 자세히 보려는 속셈인지도 모른다. 나는 왼쪽 머리칼을 앞으로 더 쓸어내린다.

"진료실 문의 명판이 기울어져 보이던가요?"

간호사가 그새 의사에게 일러바친 모양이다.

나는 천천히 고개를 끄덕인다.

"그건 기술자가 수평을 정확하게 맞추어 붙인 명판입니다. 그리고 지금까지 아무도 그게 비뚤어졌다고 생각하는 사람은 없었죠. 환자들 가운데서도 말이죠."

그가 내 왼쪽 턱선으로 눈길을 주며 말한다. 매번 이런 식이다. 그는 항상 말을 돌려서 나의 오류를 지적하려 한다.

"어쨌든 제겐 이 치료가 별 의미가 없어요. 저희 집이 위기에 처했거든요."

"왜요?"

"그야 수술이 잘못되었으니……"

나는 당연한 질문을 왜 하느냐는 듯한 표정으로 그를 본다.

"가족이나 가까운 친구 중 누가 성형수술이 잘못됐다고 말한 적 있었나요?"

"아뇨, 그들이야…… 당연히 저를 배려해서 그러겠지요. 대놓고 그 사람의 상처를 건드리지 않는 건 상식 아닌가요?"

"실제로 아무 문제가 없기 때문에 그럴 수도 있죠. 제가 보기에도 얼굴은 아무 문제가 없어요."

그러면서 그는 내 왼쪽 턱으로 눈길을 돌린다.

"근데, 꼭 이렇게 마주보면서 얘길 해야 하나요? 영화 같은 데서는 의사와 환자가 나란히 한쪽 방향을 보거나 환자를 뉘어놓고 상담하던데요?"

"어떤 방법을 택하느냐는 담당의사의 판단에 달린 거예요."

의사는 자신의 권위에 손상이 갔다고 생각했는지 약간 신경질적인 목소리다.

"어쨌든 저한테 정신과 치료는 별 의미가 없어요. 좀더 근본적인 해결책을 찾아야 해요. 저를 장선생님에게 다시 보내주세요. 그러면 모든 게 해결돼요."

그는 내 얘기를 들으면서 이따금 뭔가를 끼적거린다. 내 얼굴을 이상하게 그리고 있거나 낙서를 하고 있을지 모른다. 진료 도중 의사들이 하는 일이 다 의료행위라고 생각하는 건 환자들의 착각일 뿐이다. 내가 처음으로 산부인과를 찾았을 때, 의사는 컴퓨터 앞에서 뭔가 열심히 하고 있었다. 그의 뒤에 놓인 책장 유리창에 컴퓨터 모니터가 비쳤다. 그는 고스톱을 치고 있었다. 내가 수술대에 올라가 눈부신 조명 아래 다리를 벌리고 누운 뒤 한참 후에야 그가 나타났다. 내 자궁 속에 막 자리잡기 시작한 우연의 산물을 긁어내면서도 그는 끝내지 못한 고스톱 생각을 계속했을지 모른다. 눈을 떠보니 회복실이었다. 내 몸속의 모든 것이 빠져나간 듯 허탈했다. 뭔가에 크게 속은 듯한 기분이었다.

"부분마취로 해주세요." 성형수술 때 나는 장에게 말했다. "윤곽술의 경우는 대개 전신마취를 해요." 그는 내 요구를 일축했다. 하지만 나는 아무것도 모른 채 몸을 의사들에게 내맡길 수 없었다. 내 몸의 일부가 어떻게 깎여나가는지, 그 뼈에 이르기까지 얼굴의 살은 어떻게 절개를 당하고 얼마나 많은 피를 흘리는지 보아야 했다. "부분마취도 의식이 흐릿하긴 마찬가집니다." 하지만 그건 죽은 듯 잠든 상태의 전신마취와는 엄연히 다르다. 무엇보다 그건 내 몸에 대한 최소한의 예의에 속했다. 또한 그건 내 직업의식과 관련한 일이기도 했다. 다빈치도 시체 수십구를 직접 손으로 해부할 정도로 인체에 집요한 관심을 보였다지 않은가. 디자이너인 나는 다빈치의 21세기형 후계자라고도 할 수 있다.

"으아아악—" 엄마는 욕실 타일이 다 퉁겨나올 정도로 비명을 질러댔다. 어스름 무렵, 골목 어귀 쓰레깃더미 사이에서 발견한 고양이 머리였다. 신경통에 시달리는 웬 노파가 고아먹은 고양이 같았다. 약으로 쓰였을 몸통은 당연히 없었다. 몸에서 떨어져나온 목 부위가 핏자국으로 시커멓게 말라붙은 머리였지만 그래도 까만 털은 유난히 반들거렸다. 입 주변에 깜찍하게 솟아난 수염을 보는 순간 나는 박실장의 '바비인형'을 떠올렸다. 기구하게 생을 마친 그 고양이 머리의 골격에 대한 호기심과 비참한 종말을 더 처참하게 만들고 싶다는 가학 충동이 머리통을 보는 순간 번개처럼 스쳤다. 평소 내가 존경하던 예술가의 해부 흉내를 잠깐 내었을 뿐인데, 엄마는 그때부터 나를 바라보는 눈초리가 심상치 않아졌다.

간호사가 다가오더니 의사의 귓속에다 뭔가 속삭인다. 그의 얼굴에 엷은 미소가 어린다. 내가 뚫어지게 쳐다보고 있는 걸 의식했는지 그의 표정이 다시 굳어진다. 앞에 나간 환자를 흉보는 이야기거나 둘만의 비밀 이야기인지도 모른다.

"전화 한 통화만 할게요."

의사는 내게 양해를 구하고는 전화기를 끌어당긴다. 버튼을 꾹꾹 누르며 어딘가 전화를 건다. 의사 장도 전화 한 통화로 간단히 나를 이 정신과 의사에게 넘겼다. 장은 나의 문제점과 상황을 설명하고 나를 잘 좀 부탁한다는 당부의 말도 잊지 않앉다. 그러더니 그는 맨 마지막에 이렇게 덧붙였다. "나중에 시간나면 소주나 한잔 하지." 둘은 친한 친구 사이처럼 보였지만 그 말로 거래관계라는 게 드러난 셈이다. 술자리에서 거래관계는 명확해진다. 박실장이 협력업체 사람들과 술을 마실 때, 언제나 협력업체 사람이 계산을 하는 거나, 신문사나 잡지사 기자와 마실 때 예외없이 박이 법인카드를 내미는 것과 같은 이치다.

"박실장님 취하신 것 같아서요, 이건 제가 다음에 전해드릴게요." 접대용으로 딸려온 것 같아 보이던 D광고사 디자이너가 박실장의 다이어리와 디자인 관련 책을 챙겨들고 일어서며 말했다. 재작년 겨울, 협력업체인 D사가 마련한 접대성 회식의 마지막 코스에서였다. 바비인형처럼 비현실적으로 보이는 외모의 여자 디자이너는 맨 처음부터 박실장 옆에 붙어앉아 갖은 애교를 떨었다. 박실장의 명성을 익히 알고 있는 듯한 눈치였다. 하지만 나와 박실장의 내밀한 관계까지 알 수는 없었다. 평소 박은 여직원들에 대한 태도가 깍듯했고 술자리에서조차 자세를 흐트리는 법이 없었다. 그의 세련된 매너와 합리주의 외피 속을 들여다본 사람은 나뿐이었다. 늦은밤 사무실 모니터 앞에서 그가 내 머리칼을 쓸어내리고, 따뜻한 손길로 커피를 쥐여주고 하는 모습을 누가 상상이나 하겠는가. 상식이 있는 사람이라면, 전문대 출신의 광대뼈 디자이너와 해외 유학파 엘리뜨 디자인 실장과의 관계는 코앞에 들이밀어도 납득하려 들지 않는다.

"이정하 선배님도 취하신 것 같은데요, 이건 그냥 제가 전해 드릴게요. 걱정 마세요." 바비인형은 박실장의 물건을 자기가 가져가겠다고 우겼다. "아니, 나 안 취했어요. 뭐 하러 번거롭게 그렇게 해요. 더구나 다이어리는 당장 내일 아침 회의 때도 필요한 건데……" 바비의 속셈을 간파한 나는 그녀의 손에 쥐어진 그것을 기필코 건네받으려 했다. "토요일 격주 휴무라고 들었는데, 내일 쉬는 날 아닌가요?" 바비는 그 짧은 시간에 치밀하게 정보를 그러모은 모양이었다. 그때였다. 바비와 나의 실랑이 한가운데로 박실장이 불쑥 끼여들었다. 언제나 내가 위기에 처했을 때 힘이 되어주던 그였다. 회사에서 유일한 인간관계이자 버팀목이었던 그가, 취기가 뚝뚝 묻어나는 손을 바비와 나 사이로 들이민 것이다. 그러더니 그는 내 손을 밀쳐냈다. 바비인형이 자신의 물건을 가져가도록 손을 들어준 것이다. 그의 억센 손힘이 전류처럼 신경을 타고 흐르면서 온몸의 피가 역류하는 느낌이었다. 입꼬리가 귀에까지 올라가는 그녀의 얼굴이 내 눈에 잡혔다. 지난 시절의 악몽이 되살아났다. "그 강사 나랑 사귀는 줄 정말 몰랐어?" 나의 첫사랑이었던 학원강사는 결과적으로 짝사랑에 불과했다. 내게 처음으로 페미니즘을 알려준, 내 스무살 시절 지식의 전도사였던 그 역시 수제자보다는 원생 중 가장 예쁜 여자를 택했다. "매순간 현실을 냉정하게 포착해내는 것 그것이 사회생활의 핵심이야." 한 시절 내 영혼을 온통 사로잡았던 그의 가르침은 삶에서 순간순간 빛을 발했다.

비로소 나는 내 처지를 제대로 깨닫게 되었다. 박이 나의 광대뼈를 강조한 캐릭터를 만들어준 진짜 의도를. 그는 교묘하게 나를 속였다. 내 외모의 결함을 강조해 그는 자신의 존재를 더 감동적으로 부각시키려 했던 것이다. 그것도 모른 채 나는 그에 대한 감미로운 환상의 늪에서 허우적거리고 있었으니…… 가벼운 스킨십 이상의 선을 절대 넘지 않으며 묘하게 유지되던 그와 나 사이의 거리 역시 그런 이유에서였다. 바비는 득의만면한 표정으로 박의 물건을 자기 가방에 집어넣었다. 그녀는 박과의 재회를 위한 합법적인 연결고리를 마련해놓고는 자기네 직원들과 유유히 그곳을 빠져나갔다.

"아, 그 프로젝트? 외주 처리하기로 했어. 참, 그리고…… 웹디자인을 전담할 새 팀장을 한사람 더 뽑기로 했어." 박은 일로 교묘하게 나를 따돌리며 내 입지를 좁히려 들었다. 크고 작은 변화가 서서히 내 눈에 잡혔다. D사가 어느 순간, 협력업체 일순위로 올라섰다. "나, 거기서 박실장님 봤다." 어느 날, 괌으로 여름휴가를 다녀온 다른 부서 직원이 해외토픽감이라도 되듯 말했다. 박이 스킨스쿠버 동호회원들과 같이 괌으로 가기로 했다며 여름휴가를 떠난 지 나흘 만의 일이었다. "거 왜 있잖아, D회사 디자이너, 바비인형. 그 여자랑 같이 왔더라니까."

"또 그 캐릭터예요?" 뒤늦게 내 캐릭터에서 치명적 결함을 발견한 나는 틈만 나면 그걸 손질하기 시작했다. 좌우대칭을 완벽하게 맞추기 위해서였다. 하지만 왼쪽을 다듬고 나면 오른쪽이 더 튀어나와 보이고 반대로 해도 역시 마찬가지였다. 아무리 다시 지우고 새로 그리고 해도 마찬가지였다. 급기야 나는 그것을 내 모니터에서 완전히 날려버렸다. 평소 지적 재산권을 누누이 강조하던 박의 창작물을 통째로 없애버린 것이다. 그런 순간의 통쾌함도 잠깐, 빈 화면 속으로 불쑥 내 얼굴이 들어앉았다. 그것 역시 캐릭터만큼이나 균형이 맞지 않았다. 그때부터 내 얼굴은 맨 꼭대기에 버티고 앉아 나를 지배하기 시작했다. 모니터 앞을 벗어나면 사무실 유리창으로, 화장실 거울로, 회전문을 돌 때⋯⋯ 끈질기게 따라붙었다.

"인사부장이 또 나를 보자고 하는구먼." 난처한 목소리와 함께 박은 내게 걱정 말라는 표정의 복잡한 제스처를 취했다. 우리의 관계가 뒤틀리기 시작한 건 그때부터였다. "실장님!" 나는 인사관리부로 향하는 그의 발길을 돌려세웠다. 나는 그의 입장을 충분히 이해한다는 표정으로 한껏 나직하게 말했다. "지난번 공모전 작품요, 마지막에 제 이름 빼고 출품했어요." 그는 담담한 얼굴로 돌아섰지만, 그의 발걸음이 분명 경쾌해지는 걸 느낄 수 있었다. 수상의 영예는 그때부터 오롯이 그에게 돌아갔다. 웹디자인상을 받은 우리 회사 홈페이지 디자인까지 완벽한 내 작품이라는 걸 아는 사람은 아무도 없었다. 거짓말을 확실하게 하는 방법. 그것은 그 거짓을 진짜처럼 믿어버리는 것이다. 그것이 몇년간 환상의 파트너였던 나와 박의 방법이었다. "축하해, 강미나씨, 그리고 이정하씨." 타부서보다 일주일 늦게 우리 부서의 승진 발표가 있었다.

의사는 약을 처방하는지 쪽지에 열심히 뭔가를 적는다. 간호사는 컴퓨터 본체 위에 놓인 외장모뎀을 만지작거리며 컴퓨터 옆에 붙어 서 있다. 의사가 쪽지를 간호사에게 건네자 그녀는 그걸 받아들고 진료실을 나간다.

"다음주 수요일 어때요?"

의사는 다음 예약을 잡으려 한다. 나는 고개를 끄덕인다. 하지만 다시 이곳을 찾는 일은 없을 것이다. 다음에도 이 자리에 앉게 되고 의사가 자꾸 내게 혐의를 씌우려 한다면 그의 옆에 놓인 저 컴퓨터 외장모뎀이 무슨 불행한 일을 당할지도 모른다. 으윽— 박실장은 굵고 짧은 비명을 토하며 얼굴을 감싸쥐었다. 외장하드는 그의 머리를 거쳐 의자 손잡이를 거쳐 바닥에 떨어졌다. 6개월간 나의 작업이 고스란히 들어 있는 외장하드였다. 머리를 감싸쥔 그의 손가락 사이로 피가 흘렀다. 괴기스런 모습이었다. 적어도 박이 나를 모델로 만든 광대뼈 캐릭터를 훨씬 능가할 정도의. 내 손의 외장하드가 어떻게 그의 머리 위로 떨어졌는지 나도 납득할 수 없었다. 하지만 그의 모습을 보는 순간, 어떤 아이디어가 전광석화처럼 스쳤다. 바로 이런 모습의 캐릭터를 만들어 그가 컴퓨터를 켤 때마다 모니터 화면 가득 자신의 엽기적인 자화상을 목격하도록 하고 싶다는……

"이번엔 거울인가?" 화장실 거울 속으로 사람들 얼굴이 쉴 새없이 나타났다가는 사라졌다. 크고작은 발걸음 소리와 옆사무실 총무부 직원을 다급하게 부르는 소리…… 한 무리의 소음이 화장실을 지나 엘리베이터 앞으로 모여들었다. "실장님, 괜찮으세요?" 웅성거림과 나직한 신음소리가 다급한 발소리에 뒤섞여 또다시 화장실을 훑고 지나갔다. 변기에 쭈그리고 앉은 나는 점점 숨이 막혀오는 걸 느꼈다. 여기저기서 변기 물 내리는 소리, 말발굽처럼 다급한 발걸음 소리, 복도 벽에 반사되는 웅성거림이 나를 압박해왔다. 똑똑— 똑똑— 우두두두— 모든 것이 나를 향해 쫓아오고 있었다. 하지만 나는 좁은 벽에 갇혀 꼼짝도 할 수 없었다. 호흡이 가빠왔다. 누군가 점점 내 목을 세게 조여왔고, 나는 벗어나려 발버둥쳤지만 번번이 두 손은 미끄러져내렸다. 그때였다, 탈출구가 눈에 띈 건.

'당신의 삶을 바꾸어드립니다.'

내 목을 조르던 손아귀의 힘이 조금씩 풀렸다. 막혔던 숨통이 틔고 호흡이 되살아났다. '당신의 삶을 바꾸어드립니다.' 화장실 문에 붙은 낯선 스티커 문구. 전날까지만 해도 '금주의 명언'이 붙어 있던 자리였다. 나는 숨을 몰아쉬며 그 문구를 찬찬히 들여다보았다.

'이젠 삶도 디자인시대. 당신의 삶을 디자인하세요. 최첨단 의료장비, 5명의 성형외과 전문의의 세분화된 분과별 진료. 찾아오시는 길, 3호선 압구정역 3번 출구.'

나는 변기의 물을 내리고 일어섰다. 화장실 문을 밀치고 나와 3번 출구를 향해 정신없이 내달렸다.

"그래도 드센 성격이 좀 수그러들어 보이는 게…… 훨씬 여성스러워졌다." 엄마는 본전 생각이 들기 시작했는지 내 얼굴을 찬찬히 들여다보며 성형수술의 효과를 인정해갔다. 아마도 혼기 찬 딸이 이제 현실감각을 익혀가는 중이라 생각한 모양이었다. 어쩌면 엄마는 철든 딸이 신데렐라 같은 변신을 통해 집안의 위기를 단번에 물리쳐줄 거라는 희망을 가졌는지도 모른다. 하지만 엄마의 그런 기대가 그리 오래가지는 않았다. 고양이 사건 이후 엄마는 그것이 스스로의 착각에 불과하다는 걸 깨달은 모양이었다. "아무 생각 말고 병원 치료나 열심히 받아라. 사람은 뭐니뭐니 해도 정신이 건강해야지."

진료실을 나오자, '절규'의 남자가 여전히 머리를 감싸쥔 채 대기실 의자에 앉아 있다.

"아저씨……"

그가 머리를 풀고 나를 올려다본다.

"바로 앉으세요. 왼쪽 어깨가 처져 보인다구요."

그는 고분고분 자세를 고쳐앉고는 다시 본래의 모습으로 돌아간다.

병원을 나서자 왕복 8차선의 도로가 한눈에 펼쳐진다.

현기증이 인다. 길게 뻗은 차선들이 전혀 간격이 맞질 않는다. 보도 블록도 들쭉날쭉한 게 도무지 평탄하질 않다. 그럼에도 차도 사람도 아무렇지도 않게 흘러가고 있다.

나는 병원 입구에서 잠시 망설인다.

또 저 길을 가야 하나.

—『창작과비평』 2002년 가을호

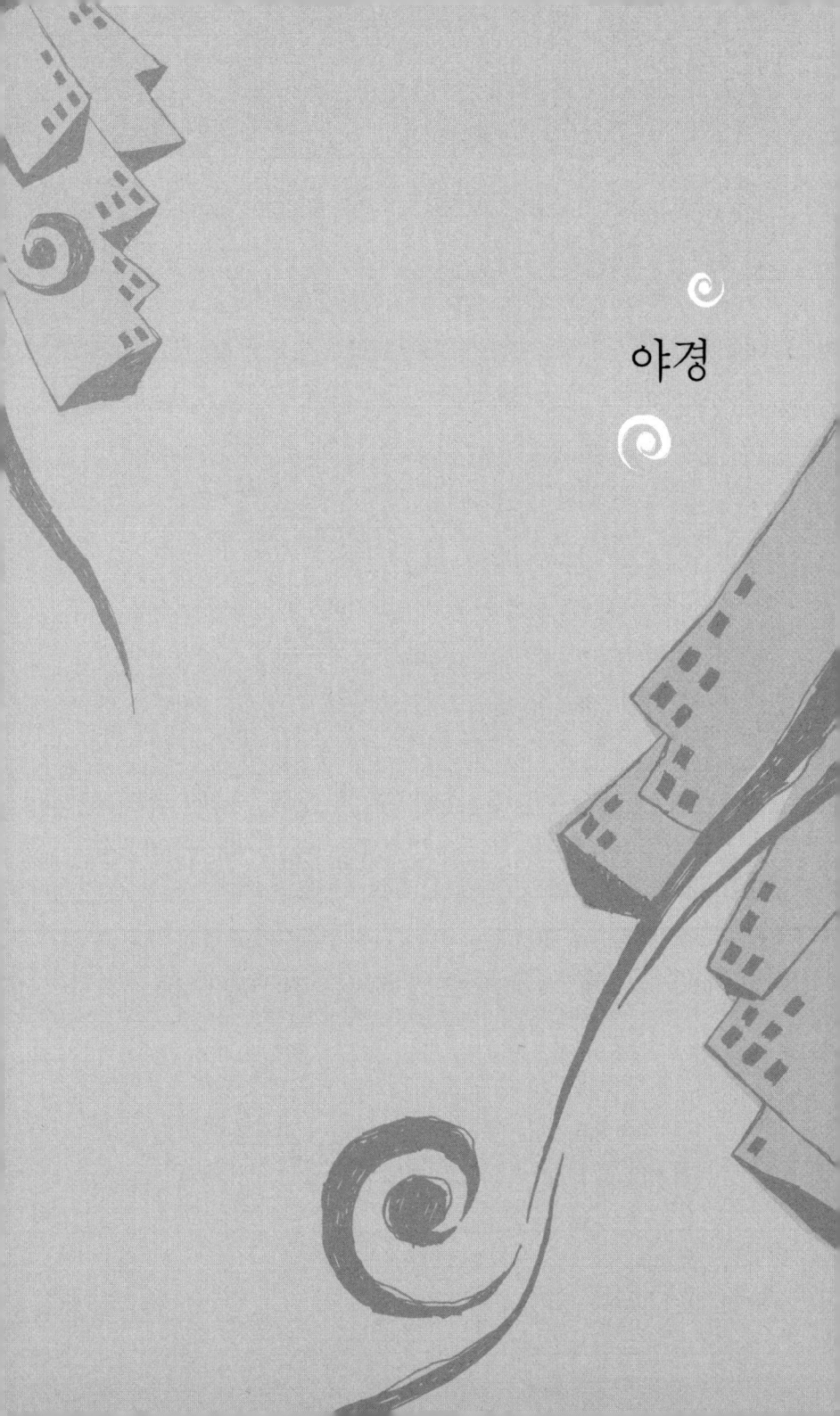
야경

엄마는 텔레비전을 켜둔 채 잠이 들었다. Y는 베개 한쪽 귀퉁이에 간신히 걸쳐 있는 엄마의 머리를 바로 누일까 망설이다 그냥 두기로 한다. 리모컨으로 텔레비전만 끄고 안방을 나온다. 비로소 그녀의 하루 일과가 끝난 셈이다. 오늘도 집안 구석구석 도사리고 있는 곰팡이와 엄마의 살갗을 파고드는 세균과 끈질기게 씨름한 하루였다. Y는 욕실로 가 수영가방을 챙기기 시작한다.

엄마의 등에 욕창이 번져가기 시작한 건 장마 중반 무렵이었다. 욕창 방지용 매트리스와 에어컨 덕에 그동안 별탈 없이 지내왔건만 폭우가 빚은 몇시간의 정전이 화근이 된 모양이었다. 몸속 어디서 그렇게 물이 생겨나는지 반투명의 수포막이 연신 부풀어올랐다. 얇은 막을 터뜨리면 희부옇게 곪은 물이 기다렸다는 듯 흘러나왔다. 곪은 물을 내뱉고 허옇게 가라앉은 부위를 알코올로 닦아내고 수시로 마싸지하지만 그것도 별 효과가 없었다. 팔꿈치나 발꿈치, 엉덩이 부위가 그런가 하면 욕창은 이내 어깨와 등 쪽으로 걷잡을 수 없이 번져갔다. 처음엔 피부가 창백해지는가 싶더니 장밋빛 반점으로 붉어지다 차츰 물집이 생겨나기를 되풀이하며 그것은 끈질기게 나고 자랐다. 놀라운 번식력하며 부패해가는 단백질의 쾨쾨한 냄새까지 곰팡이와 다를 게 하나도 없었다. 장마철 낡은 반지하집에서의 생활은 그랬다. 구석구석 곰팡이의 세력이 미치지 않은 곳이 없었다. 손이 잘 닿지 않는 씽크대 구석 쪽을 닦고 나면 바닥의 곰팡이가, 그걸 지우고 나면 찬장 주변 곰팡이가 눈에 들어왔다. 벽지의 꽃무늬처럼 바닥, 천장, 벽 가릴 것 없이 면이란 면은 모조리 곰팡이 얼룩이 장악해갔다. 장마철 내내 그녀의 생활이란 질긴 생명력을 과시하는 잡균들과의 지긋지긋한 싸움이었다. 그렇게 진저리나던 장마가 오늘로 막을 내린 것이다. 장마구름이 한반도를 완전히 빠져나갔습니다. 오늘밤부터 맑고 쾌청한 날이 당분간 지속되겠습니다. 아홉시 뉴스 기상캐스터는 믿음이 가는 목소리로 장마의 종말을 선언했다.

  Y는 수영가방을 챙겨들고 현관을 향한다. 녹으로 얼룩진 철제 현관문을 밀자 뻑뻑한 문에서 한참이나 신경 긁는 소리가 난다. 고문실이라도 빠져나오듯 그녀는 서둘러 계단을 오른다. 계단을 하나씩 밟고 올라설 때마다 지하의 무겁고 눅눅한 공기가 허물처럼 벗겨져나간다.

  보름달이 선명하게 걸린 밤이다. 창덕궁 돌담길로 접어들자 짙은 숲의 향기가 물씬물씬 담장을 타넘어온다. 수십 수백만 모공 속으로 풀내음이 파고든다. 단조롭고 지루한 노역에서 비로소 풀려나는, 그 자체만으로도 위안과 활력이 샘솟는 시간…… Y에게 밤은 밝아오는 새벽처럼 생기 넘치는 시간이다.

어렴풋이 인기척이 들리는가 싶더니 돌담 옆 가로등 아래로 사람이 나타난다. 부부로 보이는 중년의 남녀가 돌담길을 따라 조깅을 하면서 다가온다. 근처 공원에서 가벼운 운동을 마치고 돌아오는 모양이다. 부부의 발걸음 소리와 가쁜 숨소리가 화음을 이루며 Y 곁을 스쳐간다. 밤운동이 건강에 좋다는 말이 텔레비전에서 흘러나온 뒤부터 도시의 밤은 운동하는 사람들로 술렁거리기 시작했다. 이 돌담이 끝나는 지점에 있는, Y가 다니는 수영장도 예외는 아니었다. 회원들의 끈질긴 요청으로 수영장은 지난봄부터 심야시간에 개방했다.

발소리가 멀어지는가 싶더니 이내 테크노 음악으로 쿵쾅거리는 빨간 스포츠카가 밤공기를 뒤흔들어놓으며 지나간다. 소리의 파장이 그녀의 몸을 훑고 간다. 그 생생한 소리의 결이 불러일으키는 감흥에서 채 깨어나기도 전에 또다른 굉음이 밀려든다. 다다다다다— 헬멧도 쓰지 않은 노랑 머리의 폭주족이 오토바이 모터소리를 거침없이 토해놓으며 어둠속을 질주한다. Y는 크게 심호흡을 한다. 도심의 밤이 이따금 연출하는 돌발적이고도 강렬한 에너지의 분출을 접할 때마다 한번씩 숨통이 틔는 느낌이다. 밤은 과장되고 거친 듯하면서도 울울한 영혼을 일시적이나마 해방시켜주는 이상한 힘을 가지고 있다. 쉽게 잠들지 못하거나 대문 밖을 나서지 않고는 못 배기는 그런 사람들로 밤은 언제나 새롭게 태어난다. 저마다의 방식으로 그들은 세상의 절반이 어둠이라는 진실을 일깨우는 것이다.

 불빛이 흘러나오는 수영장 입구가 나타난다. 그 빛을 휘적이며 누군가 걸어나오고 있다. 늘 이 시간이면 수영을 끝내고 집으로 가는 여자다. 기껏해야 스물대여섯쯤으로 보이는, 짙고 윤기 흐르는 머리칼과 매끄러운 피부가 건강미를 물씬 풍기는 여자. Y로 하여금 자신에게도 저런 시절이 있었던가 돌이켜보게 하는 여자다. 그럴 때마다 기억은 아지랑이처럼 가물거린다. 사월의 새순처럼 풋풋하고 싱그러운 스무살, 그런 인생의 한 시절이 자신에게도 있었던가…… 그녀의 기억은 어떤 한 시기에서 맴돌기만 할 뿐 더 나아가지 않는다.

 여자는 샴푸광고의 모델처럼 윤기나는 머리칼을 찰랑이며 경쾌한 걸음을 옮겨놓는다. 젊음의 기운이 뚝뚝 듣는 걸음걸이다. 여자는 창덕궁 담장 옆에 기대놓은 자전거를 일으켜세우고 그 위에 사뿐히 오른다. 앞뒤 바퀴의 균형을 잡는가 싶더니 천천히 페달을 밟으며 멀어져간다. 안정된 바큇살의 움직임을 따라 여자의 머리카락이 여운처럼 흩날린다. 젊음의 향기를 맘껏 발산하며, 여자의 자전거는 이내 모퉁이 포장마차를 지나 시야에서 사라진다. 저 모퉁이만 돌면 여자의 자전거는 금방이라도 날개를 펴고 하늘로 날아갈 것만 같다.

 Y는 수영장 입구 회전문을 밀고 들어선다. 회전문에 실려온

야경 97

바깥 공기와 걸음소리가 로비의 고요를 일시에 흩뜨린다. 꼬박꼬박 졸고 있던 프런트 여자는 인기척을 느끼고 몸을 움찔한다. 여자의 등 뒤쪽에 걸린 벽시계의 바늘이 자정을 향해 가고 있다. 카운터 여자는 들고 있던 『바람과 함께 사라지다』를 전화기 옆에 내려놓고 엉거주춤 일어선다. 한달 내내 여자가 붙들고 있는 책이다. 그 불후의 명작은 누렇게 바랜 종이에 활판으로 인쇄된 글자들이 깨알처럼 박혀 있다. 더욱이 세로쓰기다. 요즘은 헌책방에서도 찾아보기 힘든, 그 모양새만으로도 단연 고전 중의 고전이라 할 만하다.

 Y는 회원증을 내민다. 여자는 수백개의 작은 붙박이 칸막이 중 하나에 Y의 회원증을 밀어넣고 열쇠를 꺼낸다.

 "36번이에요."

 여자는 목소리에 힘을 실으며 열쇠를 건네준다. 부스스한 얼굴에 토끼처럼 충혈된 눈일지라도 직업의식만큼은 잊지 않고 있다는 태도다. 여자는 다시 자리에 앉으며 수면제 역할을 할 게 분명한 그 책을 집어든다. 사막을 굴러다니는 검불더미 같은 여자의 퍼머기 풀린 머리가 다시 안내데스크 아래로 박힌다. 여자는 빽빽한 수백개의 붙박이 열쇠함처럼 언제나 그 자리에 짜맞춰진 듯 앉아 있었다. Y가 수영장을 드나들기 시작한 게 오년 전이었으니 여자가 그 자리에 들어박힌 지도 최소한 오년은 넘었을 터였다. 어쩌면 십년이 넘었을지도 모른다. 권태로 똘똘 뭉쳐진 게 바로 삶이 아니냐는 진실을 코앞에 들이밀듯 여자는 늘 그 자리에 웅덩이처럼 고여 있었다.

"아 참, 그 남자 말이에요, 바닥에 거꾸로 처박힌……"

 여자는 뭔가 중요한 걸 잊고 있었다는 듯 다급하게 고개를 쳐들며 Y의 걸음을 돌려세운다.

 "아직도 병원에 있대요."

 얼마 전 다이빙하다 사고당한 남자 얘기인 모양이다. 남자는 거의 수직으로 물속에 뛰어들었는지 바닥에 머리를 부딪히면서 척추가 부러지는 부상을 당했다.

 "평생 못 일어날지도 모른대요."

 Y는 등골이 서늘해진다. 그런 삶이란 죽음보다 나을 게 없다는 걸 누구보다 잘 알고 있는 까닭이다.

 조금 전까지 풀려 있던 여자의 눈이 어느새 반짝인다.

 "젊은 사람이 참 안됐어요. 더구나 신혼이라던데……"

 여자는 연거푸 혀를 차지만 안쓰러움 따위는 전혀 배어 있지 않은 목소리다. 여자는 다시 『바람과 함께 사라지다』를 펼쳐들면서 흥얼거리듯 한마디 더 덧붙인다.

 "그 새댁은 인제 어떡하나, 한창 깨가 쏟아질 때 그런 사고를 당했으니……"

 여자의 말에서 은근히 쾌감이 묻어난다. 그럴 때만큼은 여자의 표정과 목소리에도 생기가 돈다. 회원 A와 B가 놀아났다는 이야기, 어떤 강사가 뭘 잘못해서 목이 잘렸다는 이야기, 청소 아줌마가 곗돈을 떼였다는 이야기…… 그런 활기 넘치는 얘기들이 여자를 이곳에 붙들어놓게 하는 힘인지도 모른다. 여자가 Y를 맞을 때마다 짓는, 이 시간에 혼자 수영하러

야경 99

오는 치들의 속사정쯤이야 훤히 꿰고 있다는 듯한 표정과 눈빛은 마치 Y를 자신의 내밀한 유희의 공범자로 여기는 것처럼 끈적거렸다. 여자는 Y에게서 어떤 끈끈한 유대감 혹은 연민 따위를 느끼고 있는지도 모른다. 젊은 남녀 회원들을 심심찮게 골탕먹이는 것으로 악명높은 여자의 히스테리가 Y에게만큼은 적용되지 않았던 것이다. 적어도 이 심야시간대에 수영장을 드나드는 이들은 그녀의 공격대상이 아닌 게 분명하다. 고아원 출신 노처녀라는 둥 결혼 석달 만에 소박맞은 이혼녀라는 둥 여자의 신상에 관한 얘기가 간간이 청소 아줌마들의 입을 통해 흘러나왔지만 정작 그녀 자신은 한번도 자신의 얘기를 내비치지 않았다. 체념인지 달관인지가 적당히 버무려진 무기력한 중년의 모습으로 그저 같은 자리에 끈질기게 머물러 있을 뿐이다.

풀은 언제나처럼 텅 비어 있다. 넓은 사각의 풀에 감도는 익숙한 클로르칼크 냄새가 Y를 차분하게 가라앉힌다. 빛의 굴절은 푸른 타일 바닥을 수면으로 성큼 끌어올려놓았고 투명한 풀은 사각의 틀에 갇힌 그림처럼 고요하다. 예측할 수 없는 바람도 조류도 물풀의 흐느적거림이나 물고기의 게으른 유영조차 없는, 물의 세계…… 매끈한 타일로 둘러싸인 거대한 수조 속으로 조명 빛이 깊숙이 흘러든다. 빛은 물 표면의 미세한 일렁임이 만드는 엷은 그림자와 어우러져 블루 톤의 바닥에 물결 무늬를 이룬다. 빛이란 그지없이 명료하고 차가운 법이어서, 사라질 땐 아무 흔적도 남기지 않는다. 감쪽같이 제 자취를 거두어간다. Y에겐 빛의 그러한 성질이 늘 매혹적이다. 시간의 무게 앞에서도 결코 미련을 갖거나 집착하지 않는, 순간적으로 자신을 거둘 줄 아는 담백하고 깔끔한, 그러한 관계의 방식을 빛은 지니고 있다.

경주의 출발선에 서듯 그녀는 다섯 개의 레인 맨 가운데 자리에 선다. 얼마 전까지만 해도 스타트 발판이 있던 자리였다. 사고가 나자 발판은 곧바로 철거되었고 벽과 바닥에 '다이빙 금지'라는 문구가 크게 나붙었다. 사고를 낸 남자는 의욕에 넘치거나 요령이 없는 사람 같았다. 무엇보다 그는 흐르지 않는 물의 성질을 몰랐던 모양이다. 사각의 풀 속에 갇힌 물은 정면 충돌 같은 건 달가워하지 않는다. 자연스럽게 물을 비집고 들어가야 한다. 그러기 위해서는 자세를 낮추는 게 중요하다. 낮추되 수면과의 마찰을 최대한 줄일 수 있는 각도를 유지하는 것도 잊어서는 안된다. 사소해 보이는 부주의가 때론 엄청난 결과를 낳을 수도 있는 것이다.

Y는 스타트 준비를 한다. '다이빙 금지'라는 문구는 적어도 이 심야시간대를 이용하는 사람에게는 별다른 구속력이 없다. 유일한 관리자이기도 한 프런트 여자 역시 기꺼이 방관자가 됨으로써 일탈은 자연스러워진다. Y는 어깨너비만큼 다리를 벌리고 상체를 앞으로 구부린 다음 입수 지점을 확인한다. 절벽에 선 것 같은 순간이다. 무수한 뛰어내리기의 반복도 이 순간의 두려움을 없애진 못했다. 딛고 있는 발을 바닥에서 떼는 것에서부터 허공을 향해 몸을 날리는 일까지 어느 하나 결코

야경 101

익숙해지지 않았다. 마지막엔 물속 깊이 곤두박질친다는 생각까지. 넉넉한 물의 양과 충분한 깊이, 그리고 날카로운 바위나 몸을 휘감을 수초도 없는 매끄러운 바닥과 부력까지 떠올리며 스스로 최면을 걸지만 그런 노력도 푸른 바닥을 내려다보는 순간 사라져버린다. 하지만 결국은 뛰어내려야 한다. 이곳에선 이상 어쩔 수 없는 일이다.

 Y는 발끝에 힘을 주고 바닥을 힘껏 밀어젖히며 허공을 향해 몸을 날린다. 공중자세가 성공적이었다고 생각하는 순간, 몸은 세찬 마찰음과 하얀 물보라를 일으키며 물을 비집고 든다. 물은 언제나처럼 편안하게 그녀를 받아들인다. 바닥을 향해 치닫던 몸이 완만한 곡선을 그리며 상승흐름을 탄다. 가지런히 뻗은 두 다리와 허리의 유연한 반동으로 물을 헤치고 나아가면 그녀는 잠시 물고기가 된 듯한 환상에 젖는다. 하늘거리는 지느러미와 살랑대는 꼬리가 만들어내는 한가로운 유영, 그 뒤로 따라붙는 크고작은 물방울들. Y는 발끝에 달라붙을 무수한 기포를 그려본다. 사랑하는 이의 심장에 차마 꽂을 수 없었던 칼을 버리고 스스로 물속으로 뛰어든 인어의 마지막 자취를 닮은, 소멸의 물거품. 인어공주가 선택했던 건 결국 사랑이 아니라 자유였던가.

 호흡이 가빠온다. Y는 급히 상승곡선을 그리며 수면 위로 향한다. 풀 밖은 여전히 무거운 고요 속에 드리워 있다. 물속에서의 환상이란 현실에 비하면 언제나 찰나에 불과하다. 찰나인만큼 강렬한. 그녀의 거친 숨소리가 잠시 수면 위를 떠다니더니 풀은 차츰 정적에 휩싸인다. 블루 톤의 매끈한 사각형 타일의 행렬, 그 정연한 사각의 푸른 틀 속에 고요가 젤리처럼 응고되어간다. 이럴 때면 그녀는 수조 어느 한쪽에서 꼭 물이 새나가고 있는 것 같은 느낌에 사로잡힌다. 물에 몸을 오롯이 담그고 있어도 이 적막한 풀은 한번씩 사막처럼 느껴질 때가 있다. 삼십년 혹은 오십년에 한번씩 내리는 비를 기다리며 마르고 거친 바람을 견뎌야 하는 사막, 그 한쪽 귀퉁이에 나뒹굴고 있는 모래알갱이 하나 같은 존재가 자신처럼 느껴지는 것이다.

차르륵 차르륵—

호수에 파문이 일듯 물 휘적이는 소리가 문득 들려온다. 옆쪽 B풀에서 들리는 소리다. 강습이 끝난 뒤에는 A풀만 남겨놓고 B풀 사용은 금하지만, 반드시 지켜지는 건 아니었다. Y는 그 금기를 깨뜨리는 이가 누구인지 잘 알고 있다. 이 시간에 간간이 볼 수 있는 절름발이 남자다. 유리 벽면을 통해 희미하게 흘러드는 A풀 불빛에 의지해 그 남자는 언제나 침침한 B풀에서 수영을 했다. 카운터 데스크 여자는 그 일도 전혀 개의치 않는다. 회원을 대하는 그녀의 평소 태도에 비추어본다면 꽤나 너그러운 처사다.

Y는 처음 그 남자와 마주쳤을 때의 충격을 잊지 못한다. 텅 빈 수영장, B풀의 어둠을 등에 지고 남자는 목발을 짚고 천천히 걸어오고 있었다. 수영복 하나만 걸친 남자의 알몸은 괴기스러웠다. 유난히 검고 야윈 몸에 성치 않은 한쪽 다리가 빨랫

줄에 걸린 스타킹처럼 흔들리고 있었다. 무릎과 복숭아뼈 관절이 앙상하게 드러나 있는 그의 병든 다리는 성한 다리의 절반 굵기밖에 되지 않았다. 가까워올수록 남자의 다리는 기형적으로 마디가 튀어나온 대나무 장대 같아 보였다. 조류의 물갈퀴 같은 그의 퇴화된 발은 바닥에서 한뼘 정도 거리를 둔 채 아래로 축 늘어져 있었다. 걸음을 옮겨놓을 때마다 그의 성치 않은 다리는 목발과 성한 다리 사이에서 일정한 리듬으로 흔들렸다. 모두들 잠든 밤, 현관문을 살짝 열고 나올 때의 짜릿함과 함께 시작되는 밤외출의 매력을 그도 알고 있는 게 분명했다. 남자가 내는 물소리는 번번이 Y의 호기심을 자극했다. 대나무 장대 같은 그의 한쪽 다리와 물갈퀴 같은 발이 물을 어떻게 휘젓는지, 그런 몸으로는 어떻게 헤엄을 치는지 몹시 궁금했다. 하지만 그 호젓한 어둠의 세계를 들여다볼 엄두는 나지 않았다. 그저 물소리로 가늠할 뿐이다. 세찬 마찰음이나 역동적인 물소리는 들리지 않았다. 남자가 내는 소리는 그저 손으로 물을 휘휘 휘적이거나 낮게 철벅거리는 정도다. 그럼에도 텅 빈 풀을 팽팽하게 긴장시키는 그 가라앉은 소리의 결을 Y는 생생하게 느낄 수 있다. 울울하고 메마른 영혼이 젖어드는 소리.

　Y는 자유형부터 시작하기로 한다. 타일벽의 매끈한 감촉을 느끼며 힘껏 벽을 박찬다. 몸은 견고한 반동에 힘입어 물을 가르며 앞으로 쭉 뻗어나간다. 자유형, 말 그대로 물속에서 맘껏 자유를 누리는 영법이다. 초보자 시절엔 그 말만으로도 가슴

이 벅찼다. 우선은 물에 대한 두려움을 없애야 해요. 노란 보조 키판을 꼭 껴안은 채 불안한 눈동자를 굴리고 있는 신입회원들을 향해 강사가 말했다. 여러분은 모두 물에서 태어났어요. 그는 희부연 양수 속에서 비대한 머리와 균형이 맞지 않는 몸을 잔뜩 웅크린 채 거꾸로 매달려 있는 태아의 시절까지 떠올리게 했다. 하지만 오래전에 떠나온 곳으로 되돌아간다는 것이 어디 쉬운 일인가. 호흡은 서툴렀고 울컥 물이라도 먹으면 죽음의 공포가 불쑥불쑥 덮쳤다. 죽는 거 그거 등돌려 눕는 것처럼 간단한 거다. 언젠가부터 엄마는 남의 집 강아지 얘기하듯 죽음을 들먹이기 시작했다. 수술이 무사히 끝나고 회복기에 들 무렵, 엄마는 퇴원하라는 담당의사의 말에, 흰 가운을 와락 붙잡으며 병원에 더 남아 있게 해달라고 애원하던 일 따윈 까맣게 잊은 것 같았다. 의사가 돌아가고 난 뒤 눈물로 범벅이 된 엄마의 손에는 의사의 가운에서 떨어져나온 단추가 하나 쥐어져 있었다. 감전사라는 게 말이다, 겉은 멀쩡하지만 내장은 숯덩이처럼 된다더구나. 엄마는 텔레비전에 시선을 고정한 채 소울음처럼 느리고 둔중한 말을 늘어놓았다. 온종일 텔레비전과 2미터 이상을 벗어나지 않는 삶을 엄마는 십년째 이어오고 있다. 엄마에겐 하나뿐인 딸도 그 낡은 텔레비전 같은 존재였다. 화면은 흙탕물이 콸콸 흘러드는 지하도와 가로등, 전봇대를 번갈아가며 보여주고 있었다. 올 장마철 최대의 사고였다. 야심한 밤에 뭐 하러 나다니누, 비까지 퍼붓는데. 자신이 잠들고 나면 어김없이 집을 나서는 딸에게 에둘러 하는 불평 같기도 했다. 남의 손을 빌리지 않고는 꼼짝도 할 수 없는 엄마에게 Y의 부재는 적지 않은 스트레스임이 분명했다. 엄마는 몸 어느 한쪽 부위가 썩어들어가고 있는 사실에는 무감각하면서도 간병하는 딸의 들고남에 대해서는 거의 동물적인 감각으로 예민했다. 그렇다고 대놓고 불평하는 법은 없었다. 엄마는 매일 거의 정확한 시간에 잠들었다.

 두 다리와 팔의 연속된 동작으로 Y는 천천히 물을 헤치며 나아간다. 갈퀴 같은 손으로 당겨진 물은 뒤로 밀려나며 작은 흐름을 이룬다. 끌어당기기와 밀어내기, 앞으로 나아간다는 것은 물을 흘려보내는 것에 다름아니다. 수영의 원리란 간단해요. 흐르려고 하는 이 물의 성질을 이용하는 거예요. 수영강사는 오랫동안 물을 관찰해온 사람처럼 말했다. Y는 발차기를 빨리 하며 끌어당긴 물을 허벅지까지 힘껏 밀어낸다. 물의 흐름이 거세지고 추진력은 더 빨라진다. 한때는 그녀도 속도의 마력에 사로잡혀 수영을 하던 때가 있었다. 고여 있는 물을 세차게 흘려보내면서 옆사람보다 빠르게 획획 나아가는 것은 신나는 일이었다. 강하게 부딪치는 물과의 마찰도, 그 역동적인 소리와 하얗게 일어나는 포말도, 온몸으로 밀려드는 물의 압력도 좋았다. 거친 호흡과 땀으로 범벅이 된 몸과 그 열기를 가라앉혀주는 물의 교류만이 있을 뿐 마음을 갉아먹는 생각 같은 건 끼여들 틈이 없는, 그야말로 무념무상의 순간이었다. 한동안의 세월을 Y는 그렇게 물처럼 흘러왔다. 흐르는 것은 세월이나 물만은 아니었다. 어떤 이는 모든 영법을 익히고 나면 수영장을 떠나 강이나 바다로 갔다. 누구는 스킨스쿠버를 또 어떤 이는 수상스키를 하겠다고 나섰으며 또 누구는 더이상 배울 게 없다는 이유로 떠나기도 했다. 결혼을 하거나 직장을 옮기거나 이사를 하는 등의 신상변화로 사라지는 사람도 많았다. 해진 수영복이 몸을 떠나가듯 그렇게 한번 떠난 사람은 다시 돌아오지 않았다.

멀리 가지 마라. 어릴 적 엄마는 늘 그렇게 말했다. 엄마 원피스에 밴 숨막히는 장미향에서 풀려난 어린 Y는 힘껏 백조의 페달을 밟았다. 찰랑찰랑 물소리와 함께 백조는 반짝이는 강물 위를 신나게 헤엄쳐갔다. 멀리 가지 마라. 다시 들려오는 엄마의 다그침. 그것은 어디든 제발 멀리 좀 갔다오렴, 하는 말의 다른 표현처럼 들렸다. 아이보리 원피스 차림의 엄마 옆에는 안경 낀 낯선 아저씨가 바짝 붙어앉아 손을 흔들어 보였다. 백조가 옆으로 방향을 틀 즈음 아이는 뒤를 살짝 돌아보았다. 엄마와 낯선 아저씨가 나무 뒤로 사라지는 모습이 보였다. 엄마는 어린 딸을 떠나보내려 한 게 분명했다. 현기증이 나고 숨이 찼지만 어린 Y는 더 힘껏 페달을 밟았다. 다시는 돌아오지 않을 곳으로 도망가기로 결심했다. 자신도 엄마를 버리고 떠날 수 있다는 걸 보여주고 싶었다. 통쾌하게 복수하고 싶었다. 엄마가 눈물을 뚝뚝 흘리고 가슴을 쥐어뜯으며 괴로워하는 모습을 달콤하게 상상하며 어린 Y는 열심히 페달을 밟았다.

어느새 푸른색의 매끈한 타일 벽이 Y의 눈앞에 버티고 있다. 건너편 벽에 다다른 것이다. 이제 턴을 할 차례다. 공벌레처럼 몸을 말면서 Y는 힘차게 회전한다. 삶에서도 이런 순간은 번번이 닥친다. 완전히 방향을 바꿔야 할 때. 탈출에 실패하거나 완전한 결별을 하거나, 혹은 한 사람의 여생을 오롯이 책임져야 할 상황에 처했을 때. 엄마가 쓰러지셨다. 스무살 시절, 새로운 세계를 찾아 떠나려 할 때였다. 엄마의 마지막 연애의 상대는 다시 Y에게 엄마를 건네주었다. 좀더 서둘렀어야 했다. 그 남자의 삶 속으로 엄마가 자연스레 미끄러져 들어갔을 때 곧바로 떠났어야 했다. 떠나는 데 준비 같은 건 필요치 않다. 가장 중요한 건 시간이다. 떠날 거라면 뒤돌아보는 일 따윈 하지 말아야 한다. 내 삶에서 남자가 목적인 적이 한번이라도 있은 줄 아니? 이십년이 넘도록 Y를 외로움에 떨게 만들었던 일을 엄마는 한마디로 부정했다. 엄마는 그것이 어쩌면 Y와의 영원한 이별이 될 거라는 사실을 깨달았는지 모른다. 네가 없었다면 일찌감치 포기했을 삶이었어. 엄마는 끝까지 딸을 삶의 명분으로 삼으려 했다. 사춘기 때부터 Y는 자신의 존재가 엄마 삶의 담보물은 아닌지 늘 헛갈렸다. 하지만 Y는 엄마가 오롯이 자신의 삶 속으로 미끄러져 들어온다는 사실에 조금씩 마음이 기울었다. 묘한 이율배반이었다. 빠리행 비행기표는 결국 서랍 속에서 빛을 보지 못했다. 막 날아오르려던 스무살은 날개를 접었다.

  B풀은 다시 잠잠하다. 남자는 수영을 멈추고 지친 다리를 쉬고 있는 것일까. 아니면 그는 Y가 내는 물소리를 듣고 있거나 그녀의 존재에 대해 생각하고 있는지도 모를 일이다. Y는

문득, 자신이 지금껏 한번도 그를 이성으로 생각해본 적이 없었다는 사실을 깨닫는다. 두려움도 느껴본 적이 없었다. 그는 그저 심야시간대의 B풀 이용자, 한쪽 다리가 성치 않은 어떤 남자일 뿐이었다. 일찍부터 그녀는 남자란 자신의 삶과는 별 연관이 없는 그저 반대의 성을 가진 개체로 여기는 데 익숙했다. 넌 정말 남자에 관심없니? 사춘기와 이십대를 거치면서 잠깐씩 사귀었던 친구들은 의아해하며 Y에게 그런 질문을 해오곤 했다. 하지만 엄마는 한번도 그런 걸 문제삼지 않았다. 정작 엄마 자신은 달랐다. 자존심 강하고 여성스러우며 예민한 성격의 엄마는 외모를 가꾸는 데도 유별났다. 철저한 관리를 통한 엄마의 몸매와 피부는 나이에 걸맞지 않게 늘 십년은 젊어 보였다. 처음 보는 사람들은 모녀지간으로 생각지 못할 정도였다. 엄마가 투병생활 내내 두려워한 건 어쩌면 죽음보다는 스러져가는 육체의 처참한 몰골을 본다는 사실이 아니었을까. Y는 한번씩 그런 의심이 들었다. 입원해 있는 동안에도 엄마는 일주일에 두 번은 야채팩을 해야 했고 아침에 일어나면 꼭 화장을 했다. 엄마의 외모를 닮지 않았다는 사실이 Y는 오히려 다행스러웠다. 아름다움을 지속시키기 위해 치러야 하는 고달픔과, 언젠가는 속절없이 스러져갈 육신의 덧없음 때문만은 아니었다. Y에게 아름다움이라는 것은 관계를 만드는 데 필요한 연결고리쯤으로 보였다. 담당의사가 회진을 돌 때쯤이면 엄마는 환자복만 걸쳤을 뿐 마치 외출 직전의 여자 같았다. 엄마는 담당의사와의 불륜을 꿈꾸었는지도 모를 일이다. 엄마의 몸에서는 교태를 유발하는 성적 호르몬이 암세포와 치열한 싸움을 벌이고 있었는지도 모른다. 하지만 싸움은 이내 결판이 났다. 항암제 투여 이후, 엄마의 희고 매끈하던 피부는 이내 퇴색해갔다. 지는 목련처럼 처참한 색으로.

 다시 건너편 벽이다. 25미터 풀에서의 수영이란 벽과 맞닥뜨리는 것의 연속이다. 벽을 차고 돌아서면 또다시 눈앞에 버티고 서 있는 벽. 하지만 그것이 벽이 아니라 안전한 울타리일 수 있다는 걸 깨닫는 데까진 그리 오랜 시간이 걸리지 않는다. 그 벽의 불가항력을 절감할수록 그런 깨달음은 더 빠른 법이다. 엄마는 딸의 그러한 변화를 눈치채지 못했다. 너, 나 때문에 속이 타는 모양이구나. 엄마는 사소한 일에도 신경을 곤두세우는 일이 잦아졌다. 왜 맨날 밥을 찬물에 말아먹는 게냐. 여름이 시작되면서 Y는 밥을 물에 말아먹기 시작했다. 반찬은 늘 풋고추와 된장이었다. 꼭 삼십년 전 어린 딸과 엄마의 자리가 바뀌어 있었다. 가시를 발라낸 하얀 생선살을 엄마는 딸의 밥숟가락에 얹어주었다. 단백질을 많이 먹어야 키가 쑥쑥 큰단다. 그러면서 엄마는 어린 딸의 밥숟가락에 계란말이며, 고기볶음, 생선살을 번갈아가며 올려주었다. 아이가 밥을 다 먹고 나면 엄마는 늘 밥을 찬물에 말아 풋고추를 된장에 찍어먹었다. 입맛없는 여름엔 이게 최고지 뭐. 대답도 마찬가지였지만 그럴 만한 속사정도 그리 다르지 않았다. 엄마가 자리에 눕고는 이년에 한번씩 올려받은 전세 차익이 고정 생활비였다. 어쩌다 집에 문제가 생겨 크게 보수공사라도 하는 달이면 물을 벗어난 물고기처럼 한참을 허덕였다. 작년에는 급기야 전세 차익을 더 챙기기 위해 집의 맨 아래층인 반지하로 옮겼다. 번듯한 집은 세입자들에게 내줄 수밖에 없었다. 사층짜리 다세대주택의 주인이던 그들 모녀는 지난 십년간 맨 위층에서 계속 한층씩 내려앉았다. 넓고 전망 좋던 꼭대기층에서 그 절반 넓이인 삼층으로, 삼층에서 다시 옆건물의 그늘에 가려지기 시작하는 이층으로, 또다시 이층에서 받던 빛의 절반만 들어오는 일층으로, 그리고 어둡고 눅눅한 지하로…… 어느 순간부터 삶이란 내려앉기의 연속이었다. 한층씩 내려앉을 때마다 심한 우울증을 보인 엄마는, 급기야 지하층으로 옮길 때는 그것이 이제는 정말 막다른 골목임을 절감하는 듯했다. 다음으로 갈 곳이 어딘지 알겠구나. 체념과 절망의 바닥에 닿아 있는 엄마의 목소리는 오히려 담담했다. 이젠 무덤밖에 더 남았겠니. 엄마의 메마른 입술에서 처음으로 죽음과 관련된 말이 흘러나오던 순간, 그 말은 더없이 감미롭고 고혹적이어서 마치 이 세상의 언어 같지 않았다. 물속 같기도 하고 혹은 피안의 집 같기도 한, 영원한 안식의 공간…… Y는 엄마를 제치고 자신이 먼저 그곳에 닿고 싶었다. 생에 대한 집착이 강한 쪽은 언제나 엄마였고 일찍부터 그런 엄마의 삶의 태도에 의아해했던 것은 Y 자신이었다.

남들이 어떻게 살든 그건 그 사람들 삶이야. 그리고 남을 의식할 필요도 없어. 우린 우리 식대로 살면 되는 거야. 어릴 적부터 귓불이 닳도록 엄마에게서 들은 말이다. 남의 삶에 끼여들거나 기웃거리지 않는 것, 그것이 타인의 삶에 대한 예의라고 Y는 생각해왔다. 하지만 엄마도 그런 시선에서 완전히 자유롭지는 못했다. 부담스러운 비용을 감수하고 엄마가 일인실로 병실을 옮긴 것도 그 때문이었다. 여러 사람의 관계 속에 얽혀드는 육인 병실은 엄마를 더 고통스럽게 했다. 친척도 없어요? 늘 뭔가 얘깃거리를 갈망하는 눈빛의 환자와 보호자들은 병문안 오는 손님 수로 자신들의 인간됨을 과시하려 들었고 환자답지 않은 엄마의 태도를 못마땅해하는 기색이 역력했다. 그러한 사람들의 시선은 모녀에겐 사실 일찍부터 익숙한 것이었다. 사생아라느니 늙은 부자의 애첩이었다느니, 엄마와는 확연한 이해(利害)관계에 놓인 세입자들이나 이웃의 쑤군거림에 Y는 일찍부터 단련돼 있었다. 그럼에도 병이 악화되면서 엄마는 점점 예민해졌다. 모이면 남의 험담이나 늘어놓는 몰상식한 인간들하고는 도저히 한방을 못 쓰겠어. 일인실로 옮겨가야겠다. 타인과의 관계에서 자유롭기 위해 치러야 하는 비용 역시 그들 모녀에겐 늘 만만치 않았다. 맨 꼭대기에서 지하층까지 끊임없이 내려와야 했던 데는 그런 이유도 한몫했다.

 건물은 점점 낡아가고 앞으로 전셋값을 더 올려받을 수 없게 될지도 모른다. 오랜 세월 든든한 가장 역할을 해주던 그 집이 언젠가는 공중분해될 거라는 걸 엄마도 모를 리 없었다. 제발 내 앞에서 그런 궁상 좀 떨지 말아라. 욕창과 곰팡이와 날마다 씨름해야 하는 Y에게 물기 없는 밥을 목구멍으로 넘기기란 힘들었다. 엄마도 그것을 모르고 있지는 않을 터였다. 엄마의 불평은 오히려 딴데 있는지도 모른다. 그런 빠듯한 살림에도 몇년째 수영장 출입을 거르지 않는 Y의 생활방식에 심사가 뒤틀려서인지도…… 꼼짝 못하는 환자를 재워놓고 하루도 거르지 않고 밤외출을 나서는 그 뻔뻔스러움을 꼬집는 것인지도 모른다. 하지만 엄마는 밥상 앞에서의 불평 이상은 넘어가지 않는다. Y에게 수영이 어떤 의미를 갖는지, 그것마저 빼앗을 경우 엄마 스스로 감당해야 할 몫이 무엇인지 너무도 잘 알고 있다. 그것이 각자 생존을 위한 마지노선이라는 걸 엄마가 모를 리 없다. 엄마는 날마다 정확한 시간에 일부러 잠드는 척하는지도 모른다.

 삶의 집착은 섬뜩할 만큼 교활한 얼굴을 수시로 들이민다. 물기와 단백질을 숙주로 삼은 세균은 흉측한 몰골로 호시탐탐 건강한 살을 노렸다. 크고작은 수포들이 여기저기 분화구처럼 생겨나는가 하면 붉은 얼룩이 살갗을 야금야금 파먹으며 번져갔다. 다행인지 불행인지 엄마는 등 뒤편에서 일어나는 육체의 참상에는 무감각했다. 소독약의 세례에 허옇게 거품을 토해놓으며 발버둥쳐대는 세균들의 몸부림. 생명은 몸서리쳐지도록 집요했다. 한때는 뭇 남성들을 사로잡았고 어린 딸의 자랑이기도 했던 매혹적인 엄마의 몸은 어느새 온갖 병균의 숙주덩어리로 변해버렸다. 하루에도 몇번씩 엄마를 일으켜세워 잡균들이 파먹어들어가는 그 심란한 등을 들여다보노라면 Y 자신의 몸도 어느 순간 스멀거리기 시작했다. 근질거리고 스멀거리는 몸을 염소 소독물에 담그지 않는 생활이란 상상할 수 없었다.

 물 위에 드러누우며 Y는 배영을 시작한다. 바닥으로부터 등 돌리기, 그녀는 배영을 그렇게 정의한다. 물의 표면장력이 더없이 편안하고 숨쉬기도 자유로운 영법이다. 언젠가 야외수영장에서 바라보던 하늘의 구름처럼 천장의 조명등이 천천히 흘러간다. 고즈넉하고 평화로운 순간, 숨어 있던 소리들이 하나둘씩 깨어난다. Y 자신의 숨소리, 스판 수영복이 탄력을 잃어가는 소리, 조명등의 조도가 낮아지는 소리, 물분자가 공기 속으로 사라져가는 소리, 타일 벽 닳는 소리…… 미세하게 존재하는 시간의 소리, 숨죽인 시간들이 아우성치며 깨어난다. 이대로 영원히 잠들어버렸으면…… 사랑하는 연인들이 첫 포옹을 하면서 흔히 한다는 충동을 Y는 물 위에 드러누워서 느낀다. 이대로 물거품처럼 사라진다면. 툭, 타일 벽이 머리를 친다. 어느새 반대편 벽에 다다른 것이다.

 시간은 자정을 훌쩍 넘어서고 있다. B풀에서 다시 물소리가 들려온다. 차르륵 차르륵. 한결 여유있고 한가롭게 들리는 소리. 남자는 지금쯤 나무 다리의 구속에서 벗어난 자유를 누리고 있을까. 바닥에 뉘어져 있을 목발 두 개가 Y의 눈에 어른거린다. 배영할 때 Y 자신의 모습처럼 축 뻗은 채로. 아니, 어쩌면 남자는 그 구속을 더 절감하고 있는지도 모를 일이다. 사방 25미터 공간 속에서 누리는 자유도 누군가에게는 벅찬 것일 수 있다. 사람 키만한 물의 깊이가 심연처럼 느껴질 수 있는 것이다. 하지만 어떤 자유도 그 이상을 넘어서긴 힘들다는 것도 Y는 잘 알고 있다. 집과 수영장을 시계추처럼 오가듯 누구든 학교와 집, 또는 직장과 집을 헉헉대며 왕복달리기하는 삶을 살고 있지 않은가.

B풀의 남자가 어느새 A풀로 들어선다. 수영을 다 끝낸 모양이다. 두 개의 목발과 그의 성한 다리와 병든 다리가 일정한 리듬으로 앞을 향해 나간다. 한뼘의 결핍이 마치 그의 다리를 땅의 구속에서 풀려나게 한 것처럼 그의 병든 다리는 허공에서 편안하게 흔들린다. 그의 걸음은 언제나 정확했다. 남자와 처음 맞닥뜨렸을 때 당황한 것은 Y 자신이었다. 남자에게 길을 내주어야 한다는 생각에 그녀는 잠시 허둥대었다. 하지만 남자는 한치 흐트러짐 없이 정확하게 앞으로 나아갔다. 물속의 빛처럼 명료한 걸음이었다. 그 명료함만큼이나 그림자는 길고 짙었다. 유난히 길고 짙은 제 그림자를 거두며 남자는 썰물처럼 빠져나간다. 다음엔 기필코 남자가 수영하는 모습을 훔쳐보리라. 남자의 그림자가 마지막으로 머물던 자리에 시선을 고정시킨 채 Y는 습관과도 같은 다짐을 또 되뇐다.

풀은 다시 정적에 휩싸인다. Y는 접영을 하기로 한다. 가라앉는 기분을 띄우기에 그보다 좋은 영법은 없다. 두 팔과 어깨의 힘찬 전진, 다리와 허리의 반동으로 물과 허공을 번갈아 넘나들며 이루어내는 S자 곡선이 유난히 매혹적인 영법, 버터플라이. 물의 일렁임과 하얀 포말, 경쾌하고도 세찬 물소리, 힘과 유연성의 어우러짐이 새나 나비의 날갯짓을 연상시키는, 수영의 모든 영법 가운데 단연 꽃이라 할 만한 것이다. 무엇보다 그것의 매력은 바다에 나선 것처럼 황홀한 착각을 하게 한다는 점이다. Y는 날개라도 펼치듯 몸의 씰루엣을 화려하게 살려내며 접영을 시작한다. 고요하던 풀이 생동감있게 살아나며 드넓은 바다로 변신한다. 타일 벽이 사라지고 멀리 수평선이 펼쳐진다. 새하얀 구름 사이로 얼핏얼핏 태양이 비치고 한가로이 갈매기들이 허공을 가르는, 푸른 물결 넘실대는 바다. Y는 그 바닷물을 슬쩍슬쩍 스치며 새처럼 난다. 철썩철썩 경쾌한 파도소리가 들린다.

『바람과 함께 사라지다』

수영을 끝내고 나왔을 때 Y의 눈에 가장 먼저 들어온 건 데스크에 엎어져 있는 책의 제목이었다. 분명 네댓 페이지 이상은 넘어가지 못했을 법한 책이 데스크 위에 납작하게 엎드려 있다. 책 제목에 모든 걸 내맡긴 듯 프런트 여자는 온데간데없다. 안내데스크는 텅 비어 있고 한쪽 로비 등은 이미 꺼져 실내는 어슴푸레하다. 한참을 기다리지만 여자는 나타나지 않는다. 어쩌면 여자는 영영 이곳에 나타나지 않을지도 모른다. 무엇보다 책의 제목이 그걸 또렷하게 설명해주고 있지 않은가.

Y는 몸을 잔뜩 수그리고 안내데스크 안으로 들어간다. 붙박이장에서 직접 회원증을 꺼내고 열쇠를 밀어넣는다. 여자는 도대체 어디로 사라진 걸까. Y의 눈길은 주인 잃고 엎어져 있는 책에 한참이나 머문다. 그녀는 자신이 어쩌면 이런 순간을 내심 바라왔는지도 모른다는 생각을 한다. 여자의 탈출을 축복이라도 해주고 싶은 심정이다.

Y가 회전문에 발을 들여놓으며 수영장을 나서려던 순간.
"내일 봐요."
바람처럼 나타난 여자의 목소리가 Y의 등으로 달라붙는다. 반사적으로 고개를 돌리자 화장실 쪽에서 안내데스크 여자가 치맛자락을 추스르며 나오는 모습이 얼핏 잡힌다. Y는 인사말도 떨구기 전에 회전문에 떠밀려 밖으로 나온다.
밤바람이 Y의 젖은 머리를 살짝 흩뜨리며 지나간다.
보름달은 하늘 꼭대기에 여전히 선명하게 박혀 있다.
밤의 심장 깊숙이 질주해 들어가는 폭주족의 오토바이 소리가 멀리서 들린다. Y는 집을 향해 걸음을 옮긴다.

—『창작과비평』 2001년 겨울호

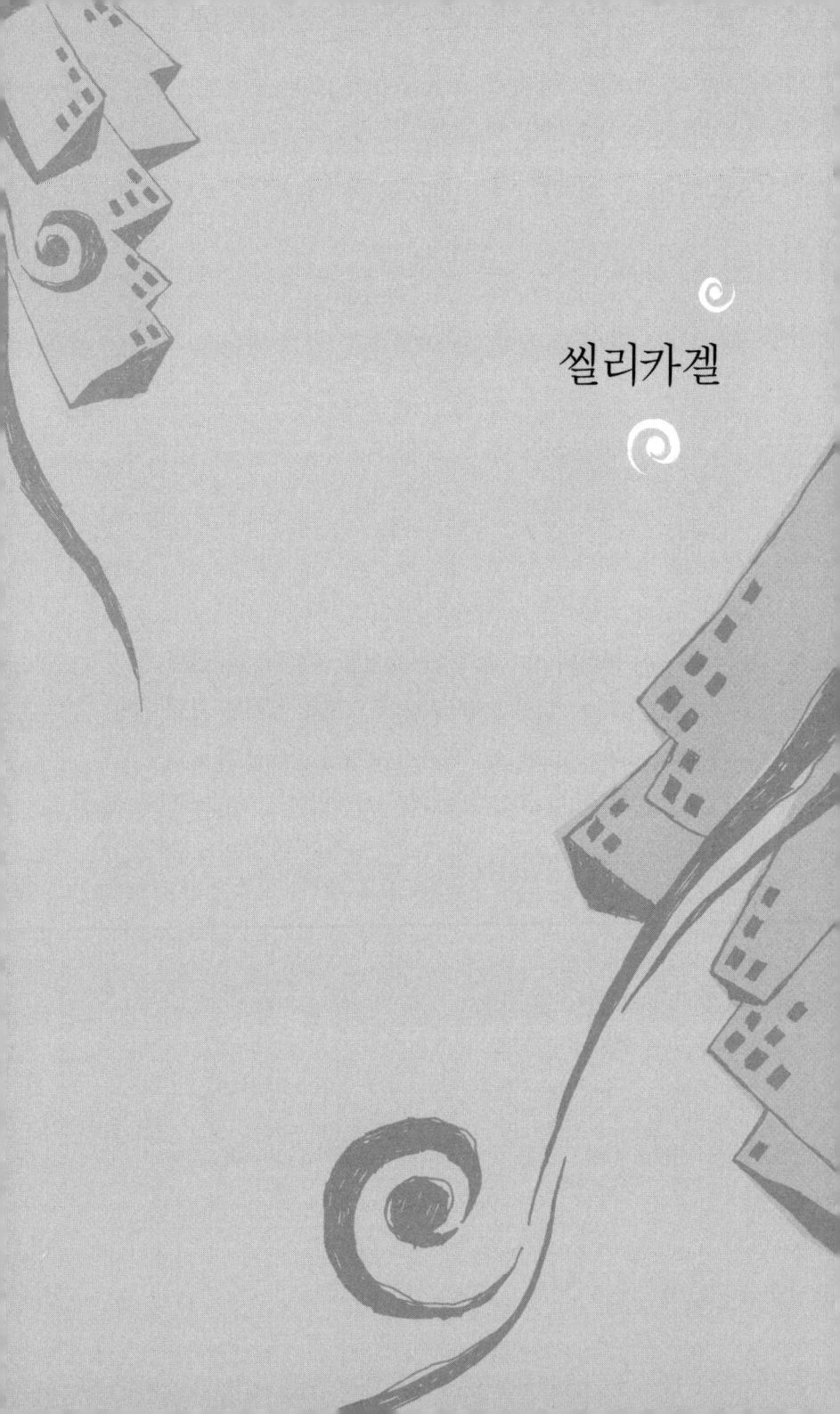
씰리카겔

여자는 부엌으로 들어선다. 조리대 벽면에 걸린 은빛 조리기구들이 희번덕이며 흘러드는 햇살을 되쏘아내고 있다. 맨위의 가위, 국자, 뒤집개에서부터 포크류와 육류용 식칼, 톱니 모양의 빵칼, 과도에 이르기까지 갖가지 금속성 도구들이 2단으로 정연하게 걸려 있다. 여자의 시어머니는 부엌에 발을 들여놓을 때마다 "부엌이 왜 이리 살벌하냐"며 못마땅해했지만 여사는 그것들을 보면 마음이 든든했다.

여자에게 부엌은 조종실의 거대한 계기판처럼 여겨진다. 그곳에서 이루어지는 여자의 손길 하나하나가 식구들 각자의 피와 살과 뼈로 연결되는…… 묵직한 육신을 거느린 그들을 제어하고 오롯이 통제할 수 있는 힘을 갖게 해주는 곳. 그곳으로 들어서면 여자는 비온 뒤의 잡초밭처럼 생기가 나고 삶의 의지가 샘솟는다.

언젠가부터 부엌은 여자에겐 더없는 안식처가 되었다. 침실보다는 오히려 그곳이 더 온기가 묻어났다. 해외출장중인 남편의 서랍을 정리하다 여권을 발견한다든가 세탁기에 든 남편의 바지 주머니에서 낯선 손수건이 나오거나 하는 날. 빈 침대가 불러일으키는 소모적인 망상에 시달리거나 가위눌림에 식은땀을 흘리며 잠에서 깨어날 때, 여자는 가끔씩 베개를 들고 부엌으로 잠자리를 옮겼다. 식탁과 의자다리 사이로 발을 뻗고 누워, 은빛 개수대를 타고 흐르는 달빛을 받아 주방도구들이 희뜩희뜩 빛을 되쏘는 모습을 보고 있노라면 어수선하던 마음이 차차 누그러들었다. 음식냄새가 옅게 밴 어두운 공기를 타고 전해오는 냉장고의 규칙적인 기계음은 등을 돌리고 누운 남편의 거친 숨소리가 묘하게 신경을 긁어대는 것에 비한다면 오히려 자장가에 가까웠다. 그런 날은 푸른 가스 불꽃이 활활 타오르며 지글거리는 프라이팬 위로 형형색색의 요리 재료들이 하얀 김을 뿜으며 획획 공중곡예를 하고 국자나 뒤집개 같은 것들이 벽에서 떨어져나와 허공을 휘젓고 다니는 경쾌한 꿈을 꾸곤 했다.

  여자는 묵직한 냉장고 문을 연다. 캐비닛만한 대형 냉장고에는 야채와 과일, 생선과 육류에 이르기까지 어느 하나 빠진 것 없이 각각의 칸 속에 차곡차곡 들어차 있다. 그것들은 다소곳이 여자의 손길을 기다리고 있다. 풍성한 식재료를 볼 때마다 여자는 가슴 저 깊은 곳으로부터 위안을 느낀다. 그것들은 단 몇분 만에 그녀의 손끝에서 맛깔스런 요리로 변신할 수 있다. 그 음식이 가족들의 몸을 살찌우고 그 에너지로 살아가게 만든다는 권능으로 여자는 스스로 고무되기도 한다. 그럴 때마다 여자는 자신이 바로 집안의 중심임을 확인하는 것이다.

여자는 맨 밑에 있는 야채칸에서 갖가지 야채와 양념거리를 꺼내 놓으며 김치 담글 준비를 한다.

김치 담그는 일은 유난히 여자를 긴장시킨다. 다달이 치르는 생리처럼 가벼운 우울증까지 동반한 묘한 심리상태로 몰아간다. 그것은 김치가 한달 이상 밥상을 지켜내야 하는 빠뜨릴 수 없는 밑반찬이라는 부담 때문이기도 했고, 양념재료가 워낙 다양하게 들어가고 손이 많이 가는만큼 맛의 변수가 많은 것도 원인으로 꼽을 수 있다. 하지만 그런저런 이유로도 시원스레 설명되지 않는 그 무엇이 김치 담그는 일에는 있는 것 같다. "김치 잘 담는 사람치고 요리 못하는 사람 있던?" 처음 여자가 담근 김치를 맛본 시어머니는 한마디로 며느리의 솜씨를 퇴짜놓았다. 진짜 이유는 정작 다른 데 있다는 걸 여자도 알고 있었다. 여자가 두번째 유산을 겪었을 때였다. "그놈의 손주 한번 보기 힘들구나. 몇푼 되지도 않는 돈 버느라 나다니지 말고 집에 들어앉거라." 시어머니는, 마감 열흘 전부터 야근에다 철야로 한달에 네댓새는 집에도 들어오지 못하는 며느리의 납득할 수 없는 일의 성격이 유산의 결정적 원인이었다고 생각한다는 걸 여자도 알고 있었다. 불평과 원망이 섞인 시어머니의 권유는 점점 여자의 귀를 파고들었다. 마침내 여자는 그걸 변신의 기회로 삼기로 했다.

여자는 배추를 손질하기 시작한다. 흙이 묻은 거친 이파리를 두어 겹 벗겨내고 밑동에 칼집을 넣은 다음 손으로 배추를 가른다. 배추의 속이 훤히 드러난다. 희고 노르스름한 겹겹의 이파리들이 갑작스런 노출을 낯설어하고 수줍어하는 것 같다. 안쪽으로 갈수록 노란색이 짙어지고 더 촘촘해지는, 타원형으로 단단히 오므려진 그것은 언뜻 여성의 음부를 연상시킨다. 겹겹이 둘러싸인 배추 이파리들은 마치 그 노란 속대를 보호하기 위해 생겨난 것처럼 보인다. 여자는 속대의 가운데 부분에 힘주어 칼을 꽂고 그것을 한번 더 가른다. 노르스름한 고갱이를 드러내며 배추는 깔끔하게 네 등분 된다. 낱낱의 이파리가 속대에 깊이 뿌리를 내리고 있는 배추는 보란 듯이 이파리 하나 떨어져나오지 않는다.

여자는 사등분한 배추를 넓은 그릇에 담는다. 김치를 한가지로 통일해 담그기 시작한 것도 얼마 되지 않은 일이다. 한동안 여자는 김치를 세 종류로 담갔다. 평안도가 고향인 시어머니가 좋아하는 백김치, 남편이 좋아하는 겉절이까지 각자 취향에 맞추어 종류별로 담갔던 것이다. 언젠가 며느리가 장봐온 김칫거리를 뒤적이던 시어머니가 날을 잔뜩 세워 한마디했다. "우리는 젓갈 넣은 것 안 먹는다. 비려서 그걸 어떻게 먹네?" 신의주 태생인 시어머니는 그동안 사흘이 멀다 하고 가자미식해며 돼지순대를 찾아 시내 유명 음식점을 헤집고 다닌 일에 대해서는 하얗게 시치미를 떼었다. 여자는 그때부터 젓갈 넣은 김치와 안 넣은 김치를 구분해 담그기로 했다. 다른 음식도 마찬가지였다. 조미료 맛을 좋아하지 않는 시어머니와 좋아하는 자신과 남편, 또 얼큰한 것을 좋아하는 자신과 매운 것을 잘 먹지 못하는 남편과 시어머니, 약간 짜게 먹는 남편과 싱겁게 먹는 시어머니, 각자 입맛이 달라서 여자는 김치는 물론이고 어떤 때는 같은 반찬도 양념에 따라 구분해 만들었다. 시어머니는 처음엔 그것도 못마땅해했다. "너도 참 대단하구나야. 여자가 결혼하면 시댁 식구 식성에 따라야지 어떻게 자기 입맛을 포기할 줄 모르네." 친정엄마가 살아 있었더라도 분명 시어머니 편을 들었을 것이다.

하지만 여자는 어릴 적부터 엄마가 살아온 방식에는 넌더리가 났다. 결혼을 한다면 어떤 사소한 것이라도 자기 것을 포기하는 어리석은 일 따위는 하지 않을 거라고 일찍이 다짐하였다. 사소한 것의 양보가 야금야금 삶을 파먹으면서 십중팔구 살림하는 여자의 일생을 공허하고 실체 없는 것으로 만들어놓는다고 생각했다. "여자가 자기를 양보할 줄 모르는 것도 자식을 낳아 길러보지 않은 탓이다." 김치를 담글 때마다 시어머니는 양념처럼 한마디 보탰다.

여자는 굵은 소금을 한줌 집어 노랗게 드러난 배추의 속살 모서리를 향해 열심히 뿌려댄다. 싱싱한 배추 이파리 사이사이로 사륵사륵 소리를 내며 소금 알갱이들이 떨어져내린다. 기세등등하던 이파리들은 곧 물을 뱉어놓으며 숨죽어갈 것이다. "살아가민서 이래 소금을 확 디집어쓰는 것 같은 고비들이 몇번씩 있는 기라." 팔팔한 배추 위로 소금을 뿌려대며 엄마는 말했다. 돌이켜보면 그리 길지 않은 여자의 결혼생활에도 그런 일들이 있었다. "나이도 있고, 자궁이 워낙 약한 상태라…… 다시 임신을 기대하기는 좀 힘들겠어요." 두번째 유산이 되었을 때 담당의사가 말했다. 여자가 한참이나 아무 말도 못하는 동안 안경 너머로 안쓰런 눈빛만 흘려보내던 의사는 조심스럽게 다시 말을 이었다. "인공수정이라는 방법이 있긴 하지만…… 그것 역시 성공할 확률이 낮은데다 산모 나이가 있어서……" 희망 따위는 이제 물건너갔다는 말에 다름아니었지만 여자는 지푸라기라도 잡듯 인공수정이라는 것에 자꾸 집착하게 되었다. 여자는 마지막으로 남편에게 의지하기로 했다. 그리 달가워하지 않는 시어머니의 생각을 꺾고 가난한 집 딸인 여자를 기꺼이 선택해준 남편에 대한 고마움과 신뢰를, 평생 잊지 않을 거라고 다짐하며 한 결혼이었다. 융자받은 학비를 갚느라 결혼 후 한참이나 자신의 월급을 축낸 일에도 불평 한마디 없던 남자. 하지만 현실은 달라져 있었다. "나도 알 만큼은 알아. 비용은 둘째치더라도, 그것의 성공확률이 얼마나 낮은지." 여자의 희망을 일시에 무너뜨리며 남편은 두번 다시 그 얘기를 꺼내지 않았다. 그제야 여자는 환상에서 깨어났다. 오히려 그것에라도 희망을 걸려는 사람은 시어머니였다. "대리모라는 것도 있잖네. 무슨 방법을 쓰든간에 나한테 손자만 하나 떡하니 안겨주라우. 그뒤는 내가 다 책임질 테니께니." 그것의 가능성에 대해서도 고려하지 않은 건 아니었지만 시어머니의 입을 통해 그 말이 나오는 순간, 대리모라는 의학용어가 마치 씨받이를 일컫는 것처럼 들려 여자는 등골이 서늘했다. "내가 고향 떠나서 지금까지 얼마나 외롭게 살았는지 아네? 아들 하나밖에 얻지 못한 것도 나한테는 두고두고 한맺힌 일이었어야. 그런 내가 어드렇게 손주를 포기할 수 있간." 시어머니는 손주를 얻기 위해서라면 무슨 일이든 할 기세였다.

  배추를 절여놓고 식탁 의자에 앉아 잠시 허리를 펴던 여자는 문득 라디오를 켜지 않은 사실을 깨닫는다. 부엌에 들어오면 라디오부터 켜는 습관을 오늘따라 깜빡한 것이다. 직장 다닐 때도 늘 그랬다. FM 주파수에 맞추어진 작은 오디오에서 음악이 흘러나오고 커피향이 사무실을 적시면 일에 대한 의욕이 새록새록 살아났다. 부엌에서도 여자는 그 습관을 버리지 않았다. 그러한 분위기의 연출은 무엇보다 가사일을 작업의 성격으로 끌어올리는 듯한 효과를 낳았다. 벽면에 죽 늘어선 주방도구의 행렬도 그런 효과에 한몫했다. 활시위가 당겨진 것 같은 그런 팽팽한 긴장감을 여자는 즐겼다. 마감일이 닥칠 때마다 누군가는 "마감만 없으면 잡지일은 정말 할 만할 텐데…… 마감만 없으면 기자란 정말 최고의 직업인데……"라는 말을 늘 입에 달고 살았지만 여자는 마감 전 일주일의 시간이 묘하게도 그 일의 매력으로 느껴지곤 했다. 가사일에서도 그런 팽팽한 긴장감을 즐기고 싶었다. 시어머니처럼 남의 손을 빌리는 일 없이도, 여자는 꽤 넓은 이층짜리 단독주택을 훨씬 깨끗하고 반들거리게 만들어놓았다. 가전제품만으로 해결되지 않는 부분은 손일로 메워가며 일의 완성도를 높였다. 소매와 칼라깃은 손으로 비벼 빨았고, 락스에 의존하던 속옷은 매번 폭폭 삶았다. 빨래는 바람과 햇빛을 받으면서 늘 눈부시도록 하얗게 건조대에 널려 있었고 새시 문틀은 손으로 문질러봐도 먼지 하나 묻어나지 않았다.

하지만 요리만큼은 쉬운 일이 아니었다. 더욱이 시어머니와 남편은 넉넉한 집안 사람답게 대단한 미식가였다. 날이 갈수록 시어머니는 며느리의 음식솜씨에 점점 불만을 드러내었다. "경상도식인지 뭔지 네 손맛엔 정말 적응하기 힘들구나. 나도 이 나이에 낙이라는 게 먹는 건데 말이다. 이렇게 음식이 입에 맞지 않아서야 건강인들 지탱하잖니?" 시어머니는 한동안 집에서 수저를 드는 일이 거의 없었다. 어떤 날은 퇴근해 들어오는 아들을 현관에서 억지로 돌려세워 외식하러 나서곤 하였다. 효자인 외아들은 시어머니의 얄망궂은 태도에도 늘 순종적이었다.

그런 날이면 여자는 넓은 식탁에 혼자 앉아 밥을 먹었다. 입맛이 뚝 떨어졌지만 여자는 식탁에 차려진 밥과 반찬을 꾸역꾸역 다 먹어치웠다. 텅 빈 식탁을 견뎌내는 방법은 그것밖엔 없었다. 생목이 올라오고 급기야 화장실로 내달아 속을 다 게워내는 일이 있을지라도 식탁을 그대로 물릴 순 없었다.

"저 외고집을 누가 꺾을랑고." 상고를 가라는 부모의 간곡한 부탁을 무시하고 인문계에 원서를 내고 온 날, 엄마는 한숨을 내쉬며 말했다. 대학생활 내내 공부와 아르바이트를 번갈아가며 하느라 남들보다 삼년 늦게 졸업장을 손에 쥔 것도, 시어머니의 반대를 무릅쓰고 결국 부잣집 외아들인 남편과 결혼한 것도 다 그것 때문에 가능한 일이었다.

"애, 너도 이젠 집안일에 너무 그렇게 나서지 말고 좀 쉬어라." 비꼬는 심사가 뚝뚝 묻어나지만 시어머니는 며느리를 위한다는 투로 말했다. "바깥에서 사먹는 것도 이제 신물이 난다야. 내가 메누리 때문에 이 나이에 다이어트해야갔어?" 두어 달 외식에 의존하던 손큰 시어머니는 그것마저 싫증이 났는지 가정부를 들여놓겠다고 했다. 여자는 그것이 시어머니가 점점 자신의 입지를 좁히려는 의도라고 생각했다.

시어머니가 들여다앉힌 초로의 아낙인 전주댁은 호감이 가는 인상만큼이나 손끝이 여물고 정갈했고 손맛도 뛰어났다. 여자로서는 흉내도 못 낼 정도의 솜씨였다. 맛뿐만이 아니었다. 어떤 음식이든 재료의 빛깔이 그대로 살아나 식탁은 언제나 꽃밭처럼 화사했다. 소금으로 간하는 것과 간장으로 해야 할 것의 구분이 뚜렷했고 어떤 음식에 무슨 양념을 넣으면 오히려 맛이 덜하다는 것도 알았다. 설탕, 소금, 간장, 고춧가루, 마늘 등 여러 양념으로 야채를 비무릴 때 어떤 순서로 넣어야 맛이 살아나는지도 정확하게 알고 있었다. 그렇게 어깨너머로 요리의 기본을 익히는 데 한달은 적지 않은 시간이었다.

처음엔 전주댁도 자신을 따르며 시중드는 여자를 기특하게 생각하는 것 같았다. 하지만 차츰 여자의 속내를 알아채게 되었다. "새댁이 있응게 내가 할 일이 별로 없구만이라." 여자는 결코 틈을 주지 않았다. 음식 만드는 것 외에는 전주댁의 손이

가기 전에 모든 것을 미리 완벽하게 처리해놓았다. 집안청소나 빨래는 물론이고 부엌일까지도 손을 놓지 않았다. 찬거리는 밤새 씻어서 깨끗하게 다듬어 냉장고에 넣었고 찬장이나 씽크대도 전주댁이 없는 틈을 타 흐트러짐 하나 없이 정돈해두었다.

음식 만드는 일 외에는 별로 할 일이 없는 그네는 날이 갈수록 안절부절못하더니 다행히 상황을 일찌감치 파악하고는 일을 그만두겠다고 했다. "사모님, 우리 메누리는 이집 새댁만큼 부지런하지도 야무지지도 않아서라, 손주새끼 하나 키우는 걸 을매나 힘들어 해쌓는지…… 그라고 여게 있으믄 그노무 손주새끼가 자꾸 눈에 밟힌당게요." 마지막 인사에서 전주댁은 여자를 향한 속시원한 복수의 말을 빠뜨리지 않았다.

불편한 심기를 감추지 못한 시어머니는 그날 저녁, 저녁밥도 마다하고는 횡허케 옆집으로 건너가버렸다. 취한 아들보다 더 늦게 돌아온 시어머니는 잔뜩 흥분한 목소리로 말했다. "세상에, 수근네 강아지가 새끼를 세 마리나 낳디 않았갔어. 그 쬐그만 것이 글쎄, 그새 어미가 되어 있더라니. 내 그저 고 귀여운 것들한테 정신이 팔려 시간가는 줄도 몰랐어야." 곤드레만드레가 되어 소파에 쓰러져 있는 아들에게 시어머니는 옆집 강아지 얘기만 끈질기게 늘어놓았다.

그 강아지라면 여자도 잘 알고 있었다. 그 전해 여름, 옆집 가족이 휴가를 떠나면서 일주일간 여자의 집에 맡겨놓은, 요란스레 치장한 푸들이었다. 손바닥만한 얼굴에 왕방울 같은 눈동자가 깍쟁이처럼 또록거리는, 오로지 사랑을 받기 위해 세상에 난 듯한 녀석을 보살피느라, 오지랖 넓은 시어머니는 일주일 동안 외출 한번 하지 않았다. 머리카락 하나만 발견해도 무거운 청소기를 꺼내오며 유난을 떠는 시어머니는 털이 연신 묻어나는 그놈을 일주일 내내 품에서 떼어놓을 줄 몰랐다. 머리에서 발끝까지 온갖 재롱을 떨어대며 시어머니 곁에서 살살 꼬리를 치던 녀석은 여자에게만큼은 경계의 빛을 띠며 가까이 오려 하지 않았다. 어쩌다 여자가 그 곁을 지나치면 녀석은 여자의 내밀한 적의를 눈치채기라도 한 듯 으르르거렸다.

"어드렇게 사람들이 한달을 못 넘기네?" 전주댁이 나간 뒤로도 시어머니는 두어 차례 더 사람을 물색해 들여놓았다. 하지만 누구든 한달을 넘기지 못했다. "남의 식구 부리는 건 주인의 심성에 딸린 거 아니갔어. 남 보기 챙피해서라두 난 더는 사람 못 구하갔다야. 니가 다 알아서 하라우." 그동안 요리학원까지 다니며 극성에 가까운 열의를 보이는 며느리에게 시어머니는 결국 손을 들고 말았다.

여자는 냉장고에서 묵은 김치통 하나를 꺼낸다. 얼마 남지 않은 그 내용물을 다른 그릇에다 쏟아 통을 비운다. 새콤한 김치냄새가 온 부엌에 진동한다. 시어머니와 남편은 신김치에는 손도 대지 않았다. 어쩌다 냉장고에 든 신김치를 보면 시어머니는 질색을 했다. "김치냄새 때문에 냉장고 문 열기가 겁난다. 애, 제발 이 군내나는 김치 좀 버려라. 넌 어드렇게 이런 걸 먹을 생각을 다 하네. 얼마나 비위생적인 줄이나 아네?" 신의주여고 출신으로 신식교육을 받은 사실을 곧잘 내세우는 시어머니는 어쩌다 한번씩 뒤틀린 위생관념을 나타냈다.

하지만 여자는 신김치를 좋아했다. 익을 대로 익어서 맛이 완전히 가기 직전의 군내 풍기는 김치에는 묘한 맛이 있었다. 그런 김치를 먹을라치면 여자는 부엌바닥에 따로 상을 차리거나 식구들과 식사시간을 피해야 했다. 시어머니는 그런 김치를 먹는 여자를 마치 미개인 취급하듯 했다. "그러니까 옛말 하나도 그른 거 없어. 결혼은 서로 형편이 맞는 사람끼리 해야 디." 시어머니의 말대로 환경의 차이는 식성에서만 나는 건 아니었다. 신혼 초 시어머니를 따라 장에 간 여자는 시어머니가 야채를 고를 때 이상하게도 작은 것들로만 골라담는 게 의아해 물었다. 시어머니는 기가 막힌다는 표정으로 여자를 쳐다보았다. "아니, 애호박이나 가지 같은 건 크면 씨가 생겨 맛이 없다는 걸 여태 몰랐단 말이냐?" 여자는 그런 사실을 그때 처음으로 알았다. 어릴 적부터 엄마의 치맛자락을 잡고 시장에 따라다니길 좋아했던 여자가 보기에, 엄마는 물건을 고를 때면 어떤 것이든 가장 굵은 것, 가장 큰 무더기로만 골라담았던 것이다.

어떤 이에게는 양의 문제가 누구에게는 질의 문제가 되기도 하면서 진실을 달리한다는 걸 여자는 처음으로 깨달았다.

쏟아놓은 김치에서 나는 시큼한 냄새에 여자는 갑자기 허기를 느낀다. 아침을 먹지 않았다는 사실이 떠오른다. 식전 댓바람부터 시어머니가 외출 준비를 서두른 탓에 여자도 아침상 차리는 걸 포기했다. 지금쯤이면 시어머니도 아침 거른 사실을 후회하며 꼬르륵거리는 배를 달래러 조용한 식당을 찾아들지도 모른다. 별난 쇼핑에 계속 마음이 들떠 있을 시어머니를 떠올리며 여자는 김치 한포기를 보시기에 담아 식탁에 앉는다.

여자는 손으로 김치를 길게 죽죽 찢는다. 어릴 적, 겨울철 찬 없는 밥상의 단골 메뉴였다. 엄마가 손으로 김치를 찢어놓으면 아이들은 그걸 밥 위에 걸쳐 먹었다. 트림할 때 이따금 신물이 올라오긴 했지만, 늘 굶주려 있던 혀에 그것은 언제나 꿀맛이었다.

맛에는 특별한 기억이 같이 녹아 있다. 처음 버섯볶음을 먹었을 때, 육질의 신비스러움을 잊지 못하듯이 여자에게 실 대로 시어빠진 김치 맛 또한 그랬다. 여섯, 아니면 일곱살쯤 되었을 그해 겨울의 김치맛을 여자는 결코 잊지 못한다. 다섯 식구가 둥근 양철판에 둘러앉아 저녁을 먹을 때였다. 그날도 군내나는 김치볶음이 밥상에 올랐다. "이거 고마 올리지 못하겠나!" 아버지는 일주일째 되던 날 급기야 그 김치볶음이 담긴 접시를 엎었다. "아이들 영양실조 걸리라꼬 맨날 이런 거나 맥이고 카나!" 밥상에 앉아 있던 오빠와 어린 여자, 그리고 막내까지 자식들 셋은 다들 수저질을 멈추고, 눈망울을 굴리며 아버지가 엎어놓은 김치쟁반을 물끄러미 들여다보고 있었다. 또한 그것을 반찬으로 만들기까지 엄마가 기울였던 정성어린 손길도. 양념이 털려나간 군내나는 김치포기를 한참이나 물에 담가 냄새가 빠지고 나면 엄마는 그것을 채반에 널어 정성껏 말렸다. 그것을 다시 잘게 썰어 갖은 양념으로 조물조물 무친 다음 기름에 볶은 것이었다. 온갖 양념과 참기름 몇방울로 간신히 반찬으로 변신한 그것은 반쯤은 상 위에, 튀어나간 나머지는 아이들의 무릎과 구멍 뚫린 양말 위로, 방바닥으로 흩어져 있었다. 평소 말이 없던 오빠는 그날따라 유독 아버지의 눈을 똑바로 쳐다보았다. "우리는 맛있게 잘 묵고 있는데예." 오빠의 침착하고 또렷한 말에는 아버지에 대한 골깊은 원망이 도사리고 있었다. 모두 그 군내나는 김치의 원인을 잘 알고 있었다. 그해 김장철이 다가올 무렵, 엄마는 아버지에게 뒤란에다 김칫독 묻을 땅을 좀 파달라고 부탁했다. 차일피일 그 일을 미루던 아버지는 김장하기 며칠 전부터 집에 들어오지 않았다. 아버지의 바람기가 다시 도진 것이었다. 제때 땅속을 찾아들지 못한 그해 김장김치는 푹한 날씨까지 겹친 탓에 일찌감치 익어버렸다. 설이 되기 훨씬 전부터 맛이 간 김치는 어느날 김칫독에서 나와 커다란 고무함지에 쏟아졌다. 양념이 씻겨나가고 갈색으로 변한 포기김치가 풀이 죽은 채 물속에 너부러져 있었다. 검누르죽죽한 김치포기는 영양부족에 피곤기가 늘 묻어나는 엄마의 얼굴을 보는 듯했다. 오빠는 그 엎어진 접시를 바로 돌려놓고는 쏟아진 김치를 젓가락으로 하나하나 주워 담기 시작했다. 숨죽인 채 그 광경을 지켜보던 아이들은 김치가 다 담기자 기다렸다는 듯이 달려들어 그것을 먹어치웠다. 그때 오빠의 도전적인 눈빛을 여자는 잊을 수 없었다. 온몸을 짜르르 훑고 지나가던 통쾌함. 소금을 뒤집어쓴 것 같은 삶의 순간과 맞닥뜨릴 때면 여자는 그 기억을 떠올렸다. 그러면 묘하게도 삶의 욕구가 다시 샘솟는 것이었다.

"글쎄, 수근이네 강아지가 죽었다더라. 젖도 아직 안 떨어진 것들 놔두고, 에미가 죽어서 어쩌네." 그 무렵 뻔질나게 그 집을 드나들던 시어머니는 마치 그 집 안주인이 죽기라도 한 듯 안타까워했다. "입맛이 얼마나 까다롭고 영리한 놈인데, 글쎄 뭘 잘못 먹었는지…… 아이구, 불쌍하기도 하지." 놈의 식성이 까다롭다는 걸 여자는 잘 알고 있었다. 먹다 남은 생선찌개에 비빈 밥도 잘 먹지 않았다. 애완견답게 녀석은 사료와 말린 무화과를 좋아했다. 쪼글쪼글 노랗게 말린 무화과의 빈 속에는 개미떼 같은 까만 씨가 말라붙어 있었다. 불면증에 시달릴 때면 여자는 그 속에다가 수면제를 박아넣고 잘 씹어먹었다. 건과일의 단맛과 쫄깃쫄깃한 육질에 씁쓸한 알약이 같이 씹히면서 나는 맛은 아주 기묘했다. 전날 밤, 한참을 뒤척이던 여자는 잠을 청하기 위해 그것을 몇개 씹어먹었다. 그러다 여자는 기발한 생각을 떠올렸다. 여자는 부엌으로 갔다. 씽크대 맨 위칸에 있는 씰리카겔 병을 꺼냈다. 그동안 알뜰히 모아두었던 것들이다. 여자는 투명한 씰리카겔 알갱이를 무화과 열매에 빼곡히 박아넣었다. 그러고는 그 죽음의 묘약을 옆집 마당에 여러 개 떨어뜨려놓았던 것이다.

길게 찢은 김치를 똬리틀듯 밥숟가락에 올린 다음 여자는 입을 크게 벌려 그것을 밀어넣는다. 김치의 섬유질과 곰삭은

맛을 깊이 음미하며 밥을 꼭꼭 씹는다. 튀어나온 부리의 아래 위 턱을 열심히 부딪쳐가며 말린 무화과를 씹어댔을 옆집 강아지의 마지막 모습이 여자의 눈앞에 어른거린다. 다음날 아침 시어머니는 상에서 숟가락 놓기가 무섭게 옆집으로 달려갔다. "에미가 없으니 이제 새끼를 데려와도 될게야." 젖만 떨어지면 새끼 한마리를 분양해주기로 한 그 집 주인의 약속에 내내 들떠 있던 시어머니는 아침밥을 먹으면서 퍼뜩 그 생각이 스친 모양이었다.

얼마 후, 발걸음도 가볍게 현관을 나선 시어머니는 잔뜩 풀이 죽은 표정을 하고는 빈손으로 털레털레 들어섰다. "에미 품이 무섭긴 무서운 모양이디." 시어머니는 한숨을 길게 내쉬었다. "내 팔자에 새끼는 먼 새끼. 강아지 새끼도 피해가는 팔잔가부다." 엄마 품을 잃은 새끼강아지 모두 지난밤에 죽었다는 것이다. 속절없이 혀만 몇번 더 차다가 시어머니는 안방으로 들어갔다.

여자로서도 의외의 성과였다. 젖먹이들에게 고스란히 영양분을 빼앗기던 어미가 그 열매를 몹시도 달게 씹어먹는 광경이 연신 떠올랐다. 어미의 젖꼭지를 찾아 안간힘을 쓰며 파고드는 새끼들. 어미의 젖을 통해 흐르는 그 과실의 농축된 단맛에 어울리는 씰리카겔의 맛을 새끼들도 즐겼을 게 분명했다. 달콤한 잠의 세계로 이끄는 묘약. 그 맛이 부드러운 혀끝을 지나 어리디어린 창자에 흡수되어 온몸 구석구석을 파고들었으리라. 그러다 새끼들도 어미처럼 잠의 세계로 영원히 빠져들었으리라.

여자는 다시 일을 서두른다.

배추는 소금에 절여져 나른한 모양새로 늘어져 있다. "팔팔하던 배추 이파리야 쉽게 부시러지지만 이래 짠 소금을 뒤집어쓰고 쓴물 단물 다 빼논 배추는 보드랍고 질긴 기, 절대로 안 부시러지는 기라." 절여진 배추포기의 아래위 순서를 공평하게 바꿔놓으면서 엄마가 말했다. 엄마는 언제나 펄펄 살아있는 배추 이파리 같은 딸이 걱정스러운 모양이었다. "이래 숨이 죽어야 배추는 김치가 될 준비가 된 기라. 애벌레가 막 나비가 될라 카는 그런 때 같은 기제." 엄마는 부잣집으로 딸을 시집보낸다는 사실이 즐겁지만은 않은 것 같았다. "겉절이맨치로 금방 담근 김치도 싱싱하고 풋풋한 맛이사 있제. 그래도 컴컴한 장독에서 몇달은 시상 모르고 푹 삭아든 김치맛에 어데 비하겠더나."

여자는 배추포기의 아래위 순서를 바꾸어놓는다. 물기를 내놓으면서 배추는 하나의 포기로 점점 조밀하게 뭉쳐들고 있다. 겉이파리는 더 푸르게 속은 너 선명한 노란색으로 변해간다.

여자는 양념 준비를 한다. 생강을 까고 파를 다듬고 무 껍질을 긁어내고 당근은 필러로 벗긴다. 흙묻은 껍질이 차례로 벗겨져나가면서 선명하고 깨끗한 속살들이 드러난다. 차갑고 단단한 땅속을 비집어들며 영글어간 시간을 호소하듯 물기 머금은 껍질들이 자꾸 손에 달라붙는다. 여문 씨앗이 터져 싹이 나고, 한여름 뙤약볕과 시린 바람을 맞으며 성장한 푸릇푸릇한

줄기들과 긴 어둠의 날을 견뎌야 했을 구근들. 어둠에 삭인 쓰리고 아픈 기운이 농축된 듯한 향이 눈을 아리게 한다. 여자도 그런 결실의 날을 꿈꾸던 때가 있었다. 작은 물방울 하나, 아니면 참깨 하나 정도 크기였을 그 생명의 씨앗은 외계인이 교신을 해오듯 끊임없이 자신의 존재를 알려왔다. 부은 잇몸으로, 부풀어오른 편도선으로 또는 헛구역으로. 그렇게 강렬하고 선명한 꿈을 꾸기는 처음이었다. 눈부시게 쏟아지던 빛, 빛의 폭포. 투명한 강물 속에 잠겨 반짝이는 진주를 주워올리던 꿈. 두 손 가득 그 영롱한 결정체를 주워올리던 순간, 하늘에서 빛이 일제히 쏟아졌다. 눈을 제대로 뜰 수가 없었다. 한참 만에 눈을 떴을 때, 진주는 오간데 없고 빈손만 덩그러니 남아 있을 뿐이었다. 태몽이 분명했다. 사라진 태아의 꿈.

"이번에 감상하실 곡은 아르페지오네를 위한 쏘나타입니다. 미샤 마이스키의 첼로……" 아나운서의 멘트에 이어 피아노 음이 밀려든다. 여자의 손끝이 잠시 떨린다. 아마도 마늘의 매운맛이 손톱 끝으로 스며든 모양이다. 아침바다의 파도처럼 부드럽고도 힘있게 밀려드는 피아노음을 첼로 선율이 휘감아돈다. 입덧이 심하던 어느날, 남편이 퇴근길에 키위 한상자와 함께 사들고 온 CD테이프에 담겨 있던 곡이다. 좁쌀 같던 물고기알이 까만 점과 빨간 실핏줄이 생기면서 치어가 되어가듯 그 음악을 듣고 있노라면 뱃속의 태아에게도 감성과 영혼의 실핏줄이 아름답게 만들어지는 것 같았다. 남편도 시어머니도, 세상 모든 것이 여자의 뱃속에 든 태아에게로 집중되던 시절이었다. 신혼 초의 사소한 갈등 같은 건 물건너간 듯 그 시절 시어머니의 눈에는 며느리에 대한 대견함과 애정이 듬뿍 흘러넘쳤다. "야야, 너무 힘들지 않네? 제발 좀 쉬어가면서 하라우." 여자의 손에 쥐어진 걸레를 빼앗고 소파에 끌어다 앉히며 시어머니는 말했다. "빈혈 생길라. 어여 이거 마시고 가거라." 아침마다 시어머니는 야채 생즙을 크리스털 잔에 담아 내밀었다. 시퍼런 무청 같던 시어머니가 미나리처럼 야들야들 변해 있던 시기였다. "시간 맞춰 회사 앞으로 갈게." 출퇴근 때마다 남편은 충실한 기사 역할을 하루도 빼놓지 않았다. 공통된 관심사 하나가 그토록 가족을 튼튼하게 묶어놓는다는 것도 놀라운 경험이었다. 한없이 여유있고 평화롭던 시절…… 그것은 잠깐이었다.

여자는 마늘을 찧기 시작한다. 손목에 실리는 힘이 변덕을 부려서인지 매끈한 마늘이 연신 밖으로 튀어나간다. 언젠가는 자신도 이 마늘들처럼 이 집안에서 튕겨져나갈 것이라며 가슴 졸이던 때가 있었다. "야야, 대리모라는 것도 있잖네. 이러다 내가 죽기라도 하믄 조상들 낯을 어떻게 보라는 기야?" 시어머니는 주기적으로 한번씩 악몽을 들추었다. 그럴 때면 여자는 속으로 번번이 시어머니의 즐거운 환상을 비웃었지만 그래도 가슴 한구석에 웅크리고 있는 불안의 그림자를 완전히 걷어낼 수는 없었다.

시어머니의 태도가 하나의 명분 혹은 빌미를 제공하기라도 한 듯 언젠가부터 남편의 출장은 잦아지기 시작했다. 해외지

사의 확장으로 업무성격이 바뀐 점도 있지만 그중의 일부는 꼭 비즈니스 목적이 아니라는 걸 여자는 차츰 깨달아갔다. "나, 내일 출장이야." 어느 순간 남편의 출장은 회식 통보 같은 것이 돼버렸다. 언제 돌아오며 어디로 간다는 얘기 같은 건 자연스레 생략되었다. 여자가 꼬치꼬치 캐묻지 않는 일도, 손수건까지 날짜 수에 맞춰 꼼꼼하게 챙기던 출장가방을 꾸리지 않게 된 일도 자연스레 뒤따랐다. 남편은 여권을 버젓이 서랍 속에 남겨둔 채 해외출장을 나서는 일도 잦아졌다. 사흘 전에도 그렇게 남편은 출장길에 올랐다. 그런 날이면 시어머니는 대견한 듯 아들의 등을 연거푸 쓸어내리며 대문까지 배웅을 나섰다. 어쩌면 그는 출장에서 돌아오지 않을지도 모른다. 남편의 등을 보며 여자는 번번이 그런 생각을 떠올렸다. 정말 남편은 돌아오지 않을지도 모른다. 아니면 어느날, 갓난아기를 보듬어안은 채 현관문을 열고 불쑥 들어설지도 모른다. '내 자식이야'라는 말 대신 남편은 '대를 끊을 순 없잖아'라는 명분을 아이와 함께 들이밀지도 모른다. 그러면 시어머니는 '이제 죽어도 여한이 없다'며 구세주라도 만난 듯 감격의 눈물을 흘리면서 남편의 환상적 조연자가 될 것이다. 그리고 옆집 강아지에게 보였던 백배 천배에 달하는 정성으로 그 어린 핏줄에 집착할 것이다.

"너거 엄마 채리주던 밥상 한번 받아봤으마……" 한달 가까이 포도당과 주사에 연명해 숨을 이어가던 친정아버지가 의식 있을 때 했던 마지막 말이었다. 석달간의 병실생활에서 아버지를 사로잡은 것은 죽음에 대한 두려움 같은 추상이 아니었다. 뼈와 가죽만 남은 아버지의 야윈 몸과 허약해진 마음을 송두리째 거머쥐고 있던 것. 그것은 바로 엄마의 손맛, 삶의 집착만큼이나 끈끈하고 깊었던 맛에 대한 욕망이었다. 애벌레 시절 먹던 잎의 맛을 잊지 못해 평생 그 나무 주위를 떠돈다는 나비의 생리 같은 것. 늘 곽곽하고 여유없던 반백년의 결혼생활, 그리고 그 반을 불화로 살았던 세월이었건만, 그래도 집안에서 삶의 고삐를 단단히 쥐고 있던 이는 결국 엄마였다는 사실을 여자는 한시도 잊은 적이 없다.

양념 준비를 끝낸 여자는 배추를 뒤적거려본다. 물을 적당하게 내놓은 배추는 알맞도록 숨죽어 있다. 노란 속대를 하나 뜯어 여자는 입에 넣는다. 간이 적당히 밴 속대에서 씹을수록 고소한 맛이 배어나온다. 맛있는 김치가 될 것 같은 예감이 든다. 한동안 감기몸살로 입맛을 잃고 누워 있던 시어머니는 기운을 차리면서 새김치가 먹고 싶다고 요 며칠 부쩍 성화였다. 시어머니는 분명 여자의 손맛에 조금씩 길들여져가고 있었다.

"얘, 나 충무로에 좀 다녀오마." 아침 일찍 시어머니는 모처럼 외출을 서둘렀다. 옆집 강아지 사건 이후로도 시어머니는 강아지에 대한 미련을 계속 떨치지 못했다. 감기몸살로 일주일 가까이 집안에서 무료하고 갑갑한 날을 보내면서 더 절실해진 건지도 모른다. 기력을 되찾은 이틀 내내 시어머니는 여기저기 전화로 수소문하던 끝에 드디어 애완견센터가 많은 충무로행을 결정한 것이다.

물기를 완전히 거둔 배추 이파리를 하나씩 들추며 여자는 양념을 바른다. 창백한 이파리들이 생기를 띠며 화사해진다. 양념이 골고루 묻은 배추를 가지런히 쓰다듬어 뿌리 쪽에서부터 배추를 만 다음 겉 이파리로 빈틈없이 감싼다. 단단하게 감싼 포기들을 여자는 김치통에 차곡차곡 쌓는다. 이제 배추는 긴긴 어둠속에서 시간을 나게 될 것이다, 발그레하게 잘 익은 속을 수줍게 드러내면서 도마 위에 펼쳐질 그 날을 꿈꾸며. 그런 날이 자신에게도 올까…… 여자는 자신의 얕은 감상에 피식 웃음을 흘린다.

양념 묻은 손을 씻으며 여자는 출장중인 남편을, 그리고 외출한 시어머니를 떠올린다. 여자는 씽크대를 연다. 맨 위칸을 버젓이 차지하고 있는, 씰리카겔이 가득 든 병이 눈에 들어온다. 눈물이 모이고 모여 결정이 된 듯한 투명한 씰리카겔 한 병, 그리고 시커멓게 탄 숯검댕이 같은 까만 씰리카겔 한 병. 음양의 조화라도 이루듯 두 병의 씰리카겔이 나란히 서 있다. 여자의 상상력이 날개를 달고 날아오른다. 부엌에서 아이의 이유식을 만들고 있는 자신의 모습이 펼쳐진다. 시어머니가 챙겨주는 온갖 영양식 재료가 들어간 이유식. 하지만 정작 금을 만들어내거나 사랑의 묘약을 만드는 연금술사 혹은 마녀 역은 여자 자신이다. 난생 처음 만들어보는 이유식에도 여자는 자신만의 요리비법을 살릴 것이다. 이 세상에서 오로지 여자 자신만이 만들 수 있는 특별한 이유식. 결코 비약(秘藥)을 빠뜨려선 안된다. 씰리카겔 한 알, 씰리카겔 두 알…… 지나치게 건강하거나 끈질긴 생명력의 아이라면 점점 내성이 생길지도 모른다. 자라나는 체세포 사이로 차곡차곡 들어앉을 씰리카겔의 성분. 자라면서 아이도 차츰 여자의 손맛에 길들여질 것이다. 맘 내키는 어떤 날엔 남편의 해장국에도, 시어머니의 보양식에 넣을 수도 있다. 씰리카겔 한 알, 씰리카겔 두 알, 씰리카겔 한 숟가락……

완벽한 평화 혹은 온전한 행복에 대한 환상 같은 건 버린 지 이미 오래다. 삶에 늘 도사리고 있는 불화의 씨앗, 생활 한쪽 구석에서 끊이지 않고 풍겨나는 약간의 군내 같은 것. '절대 먹지 말 것'이라고 씌어진 씰리카겔이 음식물과 나란히 들어 있는 상황. 그것이 삶의 맨얼굴인지도 모른다.

딩동 딩동. 초인종 소리가 빠르고 경쾌하게 들린다.

시어머니가 돌아온 모양이다.

여자는 다시 한번 부엌을 휘이 둘러본다.

조리대 벽면의 은빛 조리기구들이 여전히 날카로운 광채를 발하며 걸려 있다.

—『문학판』 2002년 여름호

누드 에스컬레이터

5층 증권사 박대리, 18층 보험사 송과장, H기획 노처녀 카피라이터, 명퇴 대상 일순위 A보험사 부장, K사 노조위원장, 영화사 홍보실장과 수다쟁이 여경리, 18층 보험사 인턴사원, 헤드헌터, 십억대 연봉의 CEO, 면도한 남자, 안한 남자, 전날 술 마신 남자…… 안내 107은 데스크에 꼿꼿이 선 채 회전문으로 쏟아져들어오는 사람들을 열심히 분류해댄다. 버스 타고 온 사람, 지하철 타고 온 사람, 아침밥 먹은 사람, 못 먹은 사람, 상습 지각꾼……
　어지러이 돌아가던 회전문이 차츰 뜸하게 움직이는가 싶더니 열시가 가까워오면서 거의 멈추어 있다. 일층 로비는 정적이 감돌기 시작한다. 안내 107은 중요한 업무라도 끝낸 듯 한숨을 몰아쉰다. 시간이 멈춘 듯한 이런 순간이 안내에겐 가장 지루하고 힘든 때이다. 하지만 안내의 자질은 바로 이 시간을 어떻게 넘기느냐에 따라 판가름난다는 걸 107은 잘 알고 있다. 어설픈 신입들은 감시카메라에 가장 잘 포착되는 책이나 휴대폰에 지나치게 의존하다가 근무태도를 지적받곤 한다.

삐비— 삐비— 휴대폰의 문자메씨지 신호음이다.

'정은영님, 오늘 네시 진료예약 잊지 않으셨죠? 나리 정형외과.' 글자 맨 끝에 나리꽃 같은 간호사 캐릭터가 방긋방긋 웃고 있다. 그제야 107은 진료예약 사실을 떠올린다. 계단을 오르내릴 때 쉽게 접질리고, 무릎이 시큰거리고 다리가 붓는 증상이 요즘 부쩍 심해졌다. 최악의 경우, 수술이라는 방법이 있긴 하지만 좀더 두고 봅시다. 그러면서 의사는 앉은 자리에서 자신의 다리를 들어 시범적으로 발동작을 보여주었다. 이걸 하루에 삼백번씩만 반복해요. 의사의 말은, 뾰족한 치료방법이 없으니 참고 지내라는 것이나 다름없었다.

천장의 카메라에 잠시 눈길을 주던 107은 시선을 현관 쪽으로 천천히 옮긴다. 힘차게 내리꽂히는 장대비 같은 짙은 블랙의 바코드 줄무늬가 로비 출입구 바닥을 장식하고 있다. 아니, 장악하고 있다는 말이 더 어울린다. 이 건물을 드나드는 이라면 누구든 그것을 피해갈 수 없으므로.

삐비— 삐비— 또 메씨지 신호음이다.

팀장 언니, 잘 지내죠? 이따 들를지도 모르겠어요.

지난주에 그만둔 103이 보낸 메씨지다. 뜻밖이다. 그녀는 퇴사 바로 다음날부터 새 직장으로 출근한다면서 자신이 주인공인 송별회식에서도 일차만 끝내고는 깍쟁이처럼 사라졌다. 서

운함에, 그보다 곱절은 더 되는 질투심으로 다들 그녀의 등에 눈을 흘겨댔지만 그 순간부터 103의 빈자리를 절감해야 했다. 103 없는 노래방은, 마이크가 돌아다니는 고문실이었다.

107의 눈이 다시 로비 바닥의 바코드 빗살 무늬에 머문다. 이 빌딩의 컨셉트를 한눈에 보여주는 기발한 착상이 아닐 수 없다. 103이 그만둔 이유가 저 바코드 문양 때문이래요. 며칠 전, 이 건물의 보안을 맡고 있는 205가 알려주었다. 107도 그녀가 그 문양에 민감해하는 걸 일찌감치 알고 있었다. 저걸 보고 있으면 이따금 섬뜩한 생각이 들어요. 그러면서 103은 하이힐 신은 발을 바코드 위로 옮겨갔다. 바로 그때, 삐빅거리는 바코드 판독음이 들리는 것 같았다. 사람을 완전히 분류하는 것 같잖아요. 몸무게와 혈액형과 학력, 집안환경, 재산 정도, 심지어 예전의 남자관계까지 모두 읽혀져 어딘가에 기록되는 것 같다고요. 107은 103의 지적에 고개를 끄덕여주었지만 그녀의 생각과는 정반대였다. 107은 안내데스크 일을 재미있게 해내는 한가지 방법을 더 발견한 셈이었다. 그 위를 지나다니는 사람을 분류하고 읽어내는 것. 107은 한단계 업그레이드된 것 같은 자신의 일에 회심의 미소를 보냈다.

이제 정말 취직했다는 느낌이 들어요. 처음 이곳에 섰을 때, 103은 신분을 훌쩍 뛰어오르기라도 한 듯 흥분된 목소리였다. 아홉시 출근에 여섯시 퇴근, 그리고 정해진 날짜에 통장으로 자동 입금되는 월급에다 유명 의류회사 상표가 부착된 세련된 디자인의 유니폼까지…… 국제도시 서울의 무수한 초현대식 건물 중에서도 첫손 꼽히는, 탁월한 예술성을 인정받는 이 빌딩의 첫인상 역할을 하는 안내데스크 자리, 그것이 103의 새로운 일자리였다. 이곳에 오기 전에는 24시간 편의점에서 일했어요. 103은 별로 자랑거리도 못 되는 자신의 시급제 일자리를 늘어놓았다. 삼각김밥, 컵라면, 캔맥주, 요플레, 포장김치, 훈제 달걀 등등 계산대에 올려진 물건들이 103의 손에 들린 바코드 스캐너를 스치는 모습이 연상되었다. 그와 동시에 삐빅거리는 전자음이 연속적으로 들렸다. 삐빅— 삐빅— 삐빅— 근무환경도 정말 환상적이네요. 아무렴, 라면냄새 풀풀 풍기는 편의점에서 새벽녘 취객들을 상대하며 시간당 급료를 받는 일하고야 같을라고. 107은 발그레하게 상기된 103의 순박한 얼굴을 보며 속엣말로 중얼거렸다.

 지하 7층 지상 24층의 이 초현대식 건물은 세계적 명성을 자랑하는 외국계 증권회사와 국내 유명 보험사와 광고사, 영화사 사무실이 들어와 있다. 이들 회사의 CEO는 기록적인 연봉의 수령자로, 또는 경제관련 인터뷰 대상으로 심심찮게 언론에 오르내린다. 사람뿐만이 아니다. 입구에 들어서면서 맞닥뜨리게 되는 대리석 바닥의 기발한 착상의 바코드와 정면 벽면 전체를 장식하고 있는 수백개의 작은 나무 타일에 그려진 화려한 벽화는 사람들로 하여금 다른 빌딩과는 격이 다르다는 걸 단번에 느끼게 해준다. 아니, 건물 외관에서부터 사람들은 압도당할 수밖에 없다. 유리와 메탈의 조화가 돋보이는, 실내가 훤히 비치는 24층짜리 투명건물과 바로 옆에서 그 건물을 수호하고 있는, 그로테스크하면서도 모던한 분위기의 조형물은 거리를 지나치는 이의 시선과 발길을 주춤거리게 할 만하다. 건물 5,6층 높이의 키는 족히 됨직한 그 거대한 조형물은 해머 든 광부를 연상시킨다. 프랑크푸르트 어느 빌딩 앞에도 쌍둥이 모형이 있다는 그 광부 조형물은 해머 든 손을 둔중하게 끊임없이 움직이고 있다. 까마득한 시절의 노동을 떠올리는, 그것도 지난날에 대한 향수 따위가 아니라 철저히 현대적으로 보여주는 방식이 빌딩 이미지와 절묘한 조화를 이루고 있다. 느릿느릿 힘겹게 그러나 결코 멈추는 일 없이, 자신의 정체성과도 같은 망치질을 반복해댄다. 꼭 우리를 보는 것 같아. 열 명의 보안 중 하나가 언젠가 조형물을 올려다보며 말했다. 아냐, 그건 망치질 때문에 갖는 선입견일 뿐이야. 저 씰루엣은 여자가 분명해. 안내 중 하나는 그 얼굴 윤곽이 여자가 틀림없다고 주장했다.

   보안 205는 생각에 잠긴 듯 느릿느릿 자신의 자리를 오간다. 정문 로비를 맡았으니 안내데스크에서 엘리베이터 타는 곳까지가 그의 동선이자 행동구역인 셈이나. 오늘따라 그는 앞쪽 가운데 머리가 많이 치켜올라가게 무스를 발랐다. 꼭 아톰처럼 보인다. 귀 뒤로 살짝 넘겨진 하얀 리씨버 선과 그의 손에 쥐어진 안테나 무전기도 그런 분위기에 한몫하고 있다. 103이 없으니 왠지 허전하네요. 오늘도 그는 출근 직후 103의 얘기를 떠올렸다. 혹시 그는 그동안 103을 마음에 두고 있었던 건 아닐까. 남녀관계란 청첩장이든 이혼서류든 활자화되어

박히기 전까지는 누구도 예측할 수 없는 일이다.

  지난달에도 보안 204와 안내 101이 눈이 맞아 나란히 회사를 그만둔다고 했을 때 사람들은 깜짝 놀랐다. 그들은 반년 동안 사람들을 감쪽같이 속여온 것이다. 사람들이 놀란 건 속았다는 사실 때문만은 아니었다. '근친상간'만은 피해야 한다고 입버릇처럼 되뇌고 다니던 당사자가 바로 안내 101이었기 때문이다. 근친상간이란 보안과 안내처럼 동종업 종사자끼리의 결합을 의미했다. 이 건물에서 따지자면 최소한 2층 이상의 사무실에서 일하는 사람이어야 해. 배우자란, 자신의 현실을 한 단계 이상 끌어올려줄 능력을 갖춘 사람이어야 한다며 101은 야무진 목소리로 자신의 결혼관을 늘어놓곤 했던 것이다. 107이 보기에, 남들보다 먼저 세상 속으로 뛰어든 그들은 팍팍한 현실에 일찍 눈뜬만큼 영악하게 살아가려 하면서도 결정적인 순간에 판단착오를 하곤 했다.

  보안 205는 자신의 어깨가 처져 보인다는 걸 의식했는지 자세를 한번 추스르고는 좀더 힘있는 발걸음으로 자신의 구역을 왔다갔다한다. 올해 스물넷인 보안 205는, 몇개월 전에 제대한 신참으로 열 명의 보안 중 가장 막내다. 호리호리한 체격에 아담한 키의 그는 해맑은 눈빛과 맑고 투명한 피부가 돋보이는 얼굴이다. 이 건물을 관리하는 용역회사 소속인 보안과 안내 모두에게, 호감가는 외모는 필수조건이다. 써비스업 종사자인만큼 이 예술적인 건물의 이미지에 부합하는 일이 무엇보다 중요한 역할이기 때문이다. 이 일에서 외양은 친절한 목소리만큼이나 중요하다. 이곳에 오기 전 한달 월급을 털어 쌍꺼풀 수술을 하는 성의를 보인 안내 103의 경우나, 또다른 보안 209가 꿈에 부풀어 찾아나섰던 나이트클럽 웨이터 일자리에서 퇴짜맞은 일, 따지고 보면 둘다 같은 맥락이다. 그는 키가 크다는 이유로 거절당했다고 했다. 술시중 드는 웨이터를 손님이 올려다볼 수는 없기 때문이다.

이 정도야 식은죽먹기죠. 103은, 107이 부은 다리를 주무르거나 허리를 툭탁거리는 모습을 볼 때면 그렇게 말했다. 유연한 골격과 탄력있는 살집, 103은 스물넷이라는 나이에 걸맞은 날렵한 몸매를 하고 있었다. 편의점에서 일하기 전에는 주유소에서 일했어요. 지난 경력에 비하면 안내데스크 일쯤이야 103에겐 일도 아닌 것처럼 보였다. 그녀는 이보다 더 만족스러울 수는 없다는 표정으로 안내 일을 해냈다. 이따금 이 건물 증권사나 보험사의 사무직 여직원에 대해 까닭없는 적대감을 드러내곤 하는 다른 안내와는 달랐다. 자신의 일에 사명감을 느끼는 103의 직업적 자세는 고무적이기까지 했다. 그런데…… 팀장 언니, 요즘 들이 자주 이지러워요. 가끔 속도 메슥거리고. 자신감으로 넘치던 103이 증상을 호소해오기 시작한 건 두달째부터였다. 저 회전문을 보고 있으면 자꾸 바코드 판독음이 들리는 것 같구요. 목도 간질거리고 눈도 뻑뻑해요. 103은 교대할 때마다 'tears'라고 적힌 인공 누액을 떨어뜨린 눈을 껌벅거리며 107에게 말했다.

어떤 날은 107 역시 회전문을 집중해 보고 있으면 멀미가 느꺼졌다. 특히 아침 출근시간이나 점심시간이 그랬다. 개미떼처럼 쏟아져 나오는 넥타이 부대들이 어지러이 돌아가는 회전문으로 연신 빠져나가고 들어왔다. 그때는 삐빅거리는 바코드 환청음까지 들렸다. 안내 데스크에 꼿꼿이 선 채 107은 회전문이 뱉어내는 그들을 쉴새없이 구분해댔다. 어쩌다 커다란 짐을 든 퀵써비스맨이나 외판사원 같은 불청객이 섞여들 때도 있다. 그러면 어김없이 현관 근처의 보안이 그들에게 다가가 자신들의 힘을 발휘한다. 아저씨, 옆문이나 후문을 이용해요. 아저씨, 들어가면 안됩니다.

교대시간이 십오분 정도 남았다. 107은 흐트러진 자세를 다시 한번 추스른다. 보안과 안내는 무엇보다 정해진 행동반경을 지키는 것과 표정관리가 중요하다. 자신의 구역 내에서만 동선을 취하는 것, 거기다 부드러운 미소까지 곁들이면 금상첨화다. 107은 풀렸던 다리에 힘을 주고 허리를 곧추세운다. 부은 다리가 신발을 조여오고 무릎이 시큰거리지만 조금만 더 버티면 된다고 스스로 최면을 건다. 턱을 좀더 아래로 당긴 다음 시선은 15도 위로 향하게 하고 눈동자에 더 긴장을 준다. 물론 미소도 빠뜨리지 않는다.

이 모든 상황은 통제실 모니터로 수시로 체크되고 있다. 운 나쁘게 흐트러진 자세가 모니터에 잡히기라도 하면 어김없이 통제실로부터 전화벨 소리가 울린다. 안내, 얼굴을 로비 정면으로 향하고 자세를 똑바로 하고 서세요. 이 일에서 감시카메라는 안내라는 존재의 증명이자 일에 대한 동기부여인 셈이다. 천장에 부착된 번쩍이는 검은 렌즈를 올려다보면 107은 사그라들던 직업의식이 새삼 솟구친다.

이 건물에 어울리려면 사람들은 어느정도 로봇을 닮아야 한다. 그것이 비인간적이라고 치부하는 건 향수를 가장한 낡은 흑백논리에 지나지 않는다고 107은 생각한다. 목청을 높이거나 지나치게 낮추거나 하면서 감정의 기복을 드러내는 행동 역시 금물이다. 최소한 근무시간중에는 기계적일 만큼 철저해야 한다. 기계적이라는 걸 인간적이라는 말과 상반된 것으로 인식하려는 심리 역시 107은 이해 못한다. 옷은 단일한 색상의 정장 차림이어야 하고 걸음걸이나 제스처, 말씨도 절도와 절제가 있어야 한다. 거기다 약간의 친밀감있는 분위기로 자칫 형식적으로 비칠 수 있는 직업의식을 살짝 피해가는 것 역시 고난도의 테크닉에 속한다. 물론 이는 보안이나 안내에게만 해당하는 것은 아니다. 이 건물을 드나드는 사람들 모두는 기본적으로 그러한 특성을 공유하고 있다. 하얀 와이셔츠에 검은 양복, 일정한 길이의 넥타이, 회전문을 드나드는 시간까지 거의 매일 똑같이 반복되는 보험사나 증권사 직원의 삶 역시 마찬가지다. 또한 그것은 사람에게 국한된 것도 아니다. 위압감을 줄 정도로 크거나 혐오스런 짐은 반드시 수하물용 엘리베이터를 이용해야 하고 퀵써비스맨의 오토바이는 결코 정문에 세워서는 안되는 규칙도 이에 해당한다. 이 모든 로봇식 질서가 세상을 아니, 이 빌딩의 존재를 빛나 보이게 하는 것이다. 지하도에서 무수히 맞닥뜨리는 표어처럼 질서란 정말 '편하고 자유롭고 아름다운 것'이다. 그러한 정연한 흐름을 지켜 나가고 그 흐름이 자연스러워 보이게 하는 것도 바로 보안과 안내의 몫이라는 걸 107은 잘 알고 있다.

"미스 정, 별일 없어?"

싸구려 향수냄새가 코를 찌르더니 어느새 보안팀장이 107 곁으로 다가와 있다. 지난해 마흔줄에 접어든 그는 보안과 안내를 통틀어 가장 연장자다. 결코 경력이 자랑이 될 수 없는 보안 일로 십년 잔뼈가 굵은, 젊은 보안과 안내 모두가 지겨워하는 이른바 '시대착오적 인물'이 바로 이 보안팀장이다.

"보안팀장님, 근무중에는 되도록 107로 불러주세요."

107은 쌀쌀맞은 대꾸로 그의 호칭에 불쾌감을 드러낸다. 그는 직책을 나타내는 '팀장'이나 '107'이라는 호칭을 결코 사용하는 법이 없다. 그로서야 안내들을 미스 아무개로 부르는 게 십분 편하고 기분좋은 일일 것이다. 직장 남자들의 여직원에 대한 호칭이란 게 으레 그런 것 아닌가. 자신들의 성적 우월감이나 권위에 대한 확인과 함께 이성(異性)의 분위기까지 즐기려는 묘한 심리가 깔려 있는 것.

"아니 미스 정, 사람을 숫자로 부르는 게 뭐가 좋다구. 무슨 첩보 영화의 스파이놀이도 아니고……"

그렇게 말하는 보안팀장의 속셈을 107은 꿰뚫고 있다. 아무리 같은 팀장 직책일지라도 그는 107보다 엄연히 십년 연장자로서의 위신을 지키고 싶은 것이다. 107도 그의 심정을 이해할 여유 정도는 있다. 어차피 안내와 보안을 통틀어 팀장으로서의 권위를 인정받는 건 그가 아니라 그녀 자신이라는 걸 잘 알고 있기 때문이다.

처음 안내와 보안을 숫자로 칭하자는 107의 제안은 보안팀장만 빼고는 모두에게 흔쾌히 받아들여졌다. 민정이 선영이보다야 101, 102, 103…… 하는 것이 훨씬 쿨하다구요. 그리고 왠지 직업의식도 느껴지고요. 201, 202, 203처럼 숫자 2로 시작하는, 보안을 나타내는 남자들도 그랬다. 역시 그들은 신세대다웠다. 남자를 1, 여자를 2로 구분하는 주민번호 분류방식을 뒤집었지만 그들은 전혀 혼돈스러워하지도, 불만을 나타내지도 않았다.

"참, 아까 103이 얼핏 보이는 것 같던데? 여기 안 들렀어?"

"아뇨, 못 봤는데요."

107은 그녀에게서 받은 문자메씨지를 그에게 언급할 필요는 없다고 생각한다.

"뭐, 필요한 서류 같은 거 떼러 왔나보지?"

보안팀장은 대수롭지 않게 한마디 떨구고는 보안 205가 있는 쪽으로 길음을 옮긴다. 교대시간 전까지 그는 여기저기를 기웃거리며 스포츠신문에서 읽은 로또복권 당첨자 얘기를 들먹이거나 허황된 사업 얘기를 늘어놓으며 한탕주의의 달콤함에 빠져들 것이다.

정말 미스터리야. 월급날이면 젊은 안내와 보안은 한결같이 입을 모았다. 매달 카드빚 막느라 허덕이는 그들은 자신들보다 기껏 몇십만원 더 받는 보안팀장이 그 월급으로 어떻게 부인과 아이 둘을 먹여살리는지 의아해했다. 그런 의혹과 연민의 순간만 뺀다면 보안팀장을 향한 보안과 안내의 시선은 결코 곱지 않았다. 그는 어처구니없는 일로 사람들을 곧잘 곤경에 빠뜨리곤 했다.

  지난주에도 그런 일이 있었다. 일년에 서너 차례 있는, 이 빌딩 소유주인 그룹사 회장이 왕림하는 날이었다. 정오쯤 회장의 왕림 통보를 받은 통제실은 비상이 걸렸다. 화장실 청소 아줌마까지 비상소집되었다. 그런데 그 긴박한 상황에 보안팀장이 보이지 않는 것이었다. 휴대폰, 무전기 둘다 불통이었고 휴게실과 건물 구석구석을 뒤졌지만 어디에도 그는 보이지 않았다. 한명 부족한 상태에서 부랴부랴 인원배치가 되었다. 정작 문제는 그 다음에 있었다. 일을 마치고 건물을 나서던 그룹사 회장이 일층 로비 한켠에 있는 미디어 아트 갤러리를 둘러본 것이다. 계획에 없던 일이었다. 아니, 이 친구도 이 작품에 연출된 사람인가? 회장은 갤러리에 들러 작품을 감상하다 한켠에서 뭔가를 발견하고는 미심쩍게 물었다. 마침 전시중이던 작품은 일종의 설치미술인 '싸우나벨'이라는 비디오 인스톨레이션이었다. 싸우나실에서 수십명의 남자들이 홀딱 벗은 몸으로 누워 손에 휴대폰 하나씩을 든 채 잠에 빠져 있는 영상이 사방 벽면으로 펼쳐져 있고 코고는 소리가 입체음향으로 울렸다. 그리고 전시실 바닥은 실제 싸우나 휴게실처럼 각자 누울 수 있는 베개와 침구 수십개가 놓여 있었다. 조명도 잠들기 좋을 만큼 적당히 어두웠다. 그 환상의 휴식공간 한쪽 구석에 보안팀장이 잠들어 있었던 것이다. 그 창작물의 아우라 효과를 톡톡히 누렸는지 그는 작품 속의 한 남자처럼 코까지 골면서 단잠에 빠져 있었다. 영락없는 퍼포먼스 그 자체였다. 누구도 찾지 못했던 그를, 비상소집의 원인제공자였던 회장이 찾아낸 셈이었다. 그 일은 두고두고 이 용역회사의 전설적 이야기로 전해오고 있다. 107은 이런 빌딩의 분위기와 전혀 맞지 않는 그가 어떻게 십년이 넘도록 이 일을 해오고 있는지 생각할수록 고개가 갸웃거려졌다.

"참, 미스 정!"

205 옆에서 한참 어슬렁거리던 보안팀장이 다시 안내데스크를 향해 오며 뭔가 중요한 걸 빠뜨린 듯 말한다.

"내일 회의 있는 날이란 거 알지? 일찍 오라구."

107은, 한마디 떨구고 뻔뻔스럽게 돌아서는 보안팀장의 등을 하얗게 흘겨본다. 회의를 잊어먹거나 늦는 경우는 십중팔구 보안팀장 자신이었던 것이다. 삼십분 일찍 와야 하는 오전 회의는 격일로 있다. 회의에는 통제실 담당 직원과 실장, 보안팀장과 안내팀장만 참석한다. 다른 사람보다 조금 더 받는 팀장의 월급은 회의 참석 수당으로 보였다. 회의라고 해야 통제실의 지시사항 전달과 근무태도 단속이 대부분이다. 107이 회의에 참석하기 시작한 초기, 근무태도를 지적받는 건 거의 안내들이었다. 안내는 보안들 근무태도 좀 본받아야 해. 실장은 노골적으로 남녀의 직업의식을 비교해대며 안내들의 근무자세를 문제삼았다.

하지만 삼개월쯤 후부터 그런 지적은 더이상 나오지 않았다. 실장은 그 공로를 팀장인 107에게 돌렸다. 사실 그건 생각보다 간단한 일이었다. 107이 한 일이란, 몇가지 결정적 원인을 발견한 것뿐이었다. 보안에 비해 안내의 근무태도가 문제 있어 보이는 건 우선, 동선 때문이라는 데 생각이 미쳤다. 안내는 데스크에 정지해 있어야 하는 일의 특성상 자세가 흐트러지기 쉬운데다, 모니터의 감시대상은 늘 안내에 국한되었다. 더 결정적인 건 무전기였다. 보안의 손에 들린 무전기란 훌륭한 정보교환 수단이었던 것이다. 가령 그룹사 사장의 차가 현관에 도착하면 정문 앞 보안은 무전기로 재깍 연락한다. '505 도착, 차에서 내림.' 505는 그룹사 사장을 지칭하는 암호다. 그러면 무전기를 통해 그 정보는 로비에 있는 보안에게 전해진다. '505, 로비 회전문 통과.' 그 말을 전해들은 엘리베이터 앞 보안의 허리는 더 꼿꼿해지고 눈빛은 더 반짝이게 되는 것이다. 물론 이는 통제실장이나 담당 직원들 경우에도 적용된다. 107이 보안과 안내 모두를 숫자로 부르자는 제안을 한 진짜 의도는 거기 있었다. 107은 안내들에게 은밀히 일렀다. 우리는 휴대폰 문자메씨지를 이용하면 돼. 효과는 금세 나타났다. 그때부터 107은 통제실장은 물론 안내들의 신뢰까지 받기 시작했다. 사실 그전까지만 해도 무경력자인 107이 나이가 많다는 이유로 팀장이 된 데 대해 다른 안내들의 불만이 적지 않은 터였다.

시선을 십오도 위로 향하게 하는 것 말이야, 아무래도 직업병 같아. 언젠가 안내 중 하나가 말했다. 위층 사람들을 동경하는 자신들의 꿈을 빗댄 말이었다. 이 건물 안에서라면 2층 이상의 사무실 근무자에 해당한다. 예전 같았으면 통제실은 제외되었겠지만 지하에 있던 통제실이 지상 2층으로 올라서고부터는 상황이 달라졌다. 이 건물 소유주인 그룹사 사장의 사돈의 팔촌쯤 되는 젊은 남자가 통제실장으로 오면서부터였다. 그는 사장과 정확한 촌수는 밝히지 않았지만 꽤나 가까운 친인척인 것처럼 행세했다. 가까운 친척이라면 기껏 통제실장 자리를 줄 리 없다는 건 상식에 속했다. 모두들 그의 허세와 과장을 마뜩찮아하면서도 하나같이 그의 눈에 들려고 애쓰는 모습이 역력했다. 어쨌거나 통제실장은 그들 세계의 우두머리였던 것이다.

직업병? 맞아. 눈만 치켜뜨면 뭐 해. 현실은 영 아니올시다인걸. 한동안 5층 증권사 엘리뜨 사원과 데이트 몇번으로 과대망상에 젖어 있던 안내도 한마디 거들었다. 그 남자는 엘리베이터에서 떨어뜨린 그의 지갑을 찾아준 그녀에게 의례적인 답례로 저녁을 한빈 산 깃뿐이었는데 그녀는 그 사실로 한동안 꿈에 부풀어 있었다. 비록 열흘 만에 깨어난 일장춘몽에 지나지 않았지만. 107이 보기에, 그들도 위층을 향한 열망이 그저 짝사랑 같은 헛된 희망이라는 걸 모르지 않았다. 현실경험이 많은 그들 자신이 누구보다 분명히 알고 있었다. 위층 사람들 의식 속에 그들 자신의 존재란 들어 있지 않다는 걸. 그들을 올려다보고 갈망하고 기대를 품는 건 자신들뿐이라는 걸.

그들에 대한 열망은 그저 자신들의 달콤한 꿈에 지나지 않는다는 걸.

하지만 로또복권이든 유리구두든 이곳에서 일하는 모두에게 꿈이란 소중하다. 나는 저 감시카메라를 바라보며 표정연기를 해. 이 안내데스크가 무대라고 생각하고 말이야. 무전기를 든 저 보안은 나의 보디가드이거나 매니저이고, 엘리베이터 앞으로 오가는 저 회사원들은 방송사나 기획사 직원들이라고 생각하면 한층 연기가 살아나거든. 월급의 절반을 모델학원에 갖다바치느라 점심 때마다 컵라면이나 떡볶이로 끼니를 때우는 108은 곧잘 이상한 표정과 목소리로 연극대사 같은 말을 늘어놓았다. 쟤, 영양부족현상 아냐? 칫, 지가 잘돼봤자 기껏 내레이터 모델이나 하겠지. 안내들은 그럴 때마다 돌아서서 입을 비죽거리며 그녀의 파릇파릇 새순 같은 꿈에 소금을 뿌려댔다. 물론 소금이 아니라 왕소금일지라도 별 효력은 없다. 꿈이란 원래 꿈꾸는 이 자신조차 납득할 수 없을 만큼 왕성한 생명력을 갖게 마련이므로.

로비 저쪽 끝에 104의 모습이 나타난다. 일명 '천사1004'로 불리는 아가씨다. 107과 교대할 시간이 된 것이다. 언제나처럼 그녀의 한쪽 손에는 시집이 들려 있다. 몇장 넘기면 어김없이 하품을 입에 물게 하는 출판사의 시집들이다. 104의 꿈은 시인이 되는 것. 그녀의 꿈에는 아무도 소금을 끼얹으려 들지 않는다. 평소 워낙 과묵하고 진지한 그녀의 성격 때문이라기보다는 다들 별로 부럽지 않아서이다. 시인이 부자라는 얘기는 들어본 적이 없으니까. 104는 며칠 전부터 '농부'인지 '농무'인지 표지부터 한물간 듯한 시집을 들고 다닌다. 시인도 영락없는 농사꾼 모습인데다 내용도 촌사람들 얘기투성이다. 107이 그저께 한번 들춰본 '겨울밤'이라는 첫 시 첫 구절부터 그랬다. '우리는 협동조합 방앗간 뒷방에 모여/묵내기 화투를 치고/내일은 장날, 장꾼들은 왁자지껄/주막집 뜰에서 눈을 턴다……' 도대체 협동조합 방앗간과 묵내기 화투와 장꾼과 주막집이 이 빌딩에 근무하는 자신들과 무슨 관계가 있는지 107은 의문이다. 104는 그런 황토먼지 풀풀 나는 듯한 시집을, 새로 산 신형 휴대폰만큼이나 애지중지하며 손에서 놓을 줄 모른다. 어떤 행에는 연필로 밑줄도 그어져 있었다. '우리의 슬픔을 아는 것은 우리뿐.' 107이 보기에 그 대목은 다른 구절에 비하면 좀 시적인 분위기가 풍겼다. '우리의 슬픔을 아는 것은 우리뿐…… 우리의 괴로움을 아는 것은 우리뿐.' 107도 한 구절 덧붙였다. '우리를 괴롭히는 것도 우리뿐.'

"고생 많으셨어요, 107 팀장님."

천사의 이미지에 어울리게 104의 목소리는 언제나 공손하다. 가까이서 보니, 그녀의 눈밑이 거무스레한 게 피곤기가 역력하다. 어제도 병원에서 새우잠을 잔 모양이다. 104의 어머니는 일주일째 병원에 입원중이다. 퇴근 후에도 그녀는 번번이 천사 업무의 연장이었다. 104가 이 직업을 선택한 이유는 간단명료했다. 시인의 꿈을 이루기 위해서예요. 다들 납득이 되지 않는 표정이었지만 아무도 더는 캐묻지 않았다. 집안형편 탓에, 혹은 성적 탓에 대학을 못 갔다는 골 깊은 상처는 서로 건드리지 않는 게 안내들 사이의 불문율이었다. 모델을 꿈꾸는 108처럼 그녀도 감시카메라 앞에 허리를 꼿꼿이 세우고 서서는 남의 시를 읊조리거나 시상을 떠올리고 있을 게 분명하다.

"그럼, 수고해."

107은 104에게 자리를 넘겨준다.

107은 피로에 찌든 그녀의 얼굴을 보며 한시간 양보할까 하던 생각을 이내 거두었다. 오늘따라 무릎이 유난히 아프고 허리가 뻐근했던 것이다. 데스크에서 걸음을 옮겨놓으니 무릎이 더 시큰거린다. 하지만 107은 태연스레 그냥 걷는다. 요즘엔 남들 앞에 내색하는 것조차 꺼려진다. 퇴물의 운명이 멀지 않았다는 걸 스스로 인정하는 거나 다름없기 때문이다. 정형외과를 회사 근처가 아니라 버스로 두 정거장 떨어져 있는 병원을 택한 것도 그런 이유에서다. 107은 문득 103 생각이 떠올라 걸음을 멈칫한다. 한번 들르겠다고 아까 문자를 보냈는데, 통제실에 들러볼까. 하지만 영 몸이 내켜하지 않는다. 어서 빨리 쉬어야겠다는 생각만 간절하다. 사실 103을 꼭 만나야 할 이유도 없다. 107은 원래 생각대로 휴게실로 향한다.

보안과 안내는 한시간씩 교대근무를 한다. 꼿꼿한 자세로 한시간 서 있으면 다음 한시간은 꼬박 쉬어야 한다. 107은 인체생리학에 근거를 둔 듯한 그런 과학적인 시간분배를 처음엔 잘 이해하지 못했다. 머리 모양만 비슷하게 하면 돼. 다들 묶

자고. 팀장인 107은 나직하고 확신에 찬 목소리로 말했다. 효율적인 시간활용을 위해 근무시간을 두 시간으로 바꾸기로 한 것이다. 두 시간 교대근무에 두 시간 휴식. 107의 제안에 모두들 반색을 하며 나섰다. 머리 모양을 통일하기로 한 건 통제실 모니터 때문이었다. 원거리 촬영이라 유니폼에 머리 모양만 같으면 정확히 누구인지 분간하기는 어려웠다. 일주일 뒤에는 네 시간 연속근무까지 시도했다. 그러면 하루에 네 시간씩 오전근무 또는 오후근무만 하면 되는 것이다. 나머지 시간은 잠을 자든, 학원을 다니든, 아르바이트 한탕을 더 뛰든 충분히 활용할 수 있겠다는 계산이 나왔다. 하지만 그런 모험은 열흘도 못 가 발각나고 말았다.

이건 명백히 퇴사감이야. 실장은 으름장을 놓았다. 젊은 사람답지 않게 그는 꽤나 권위적이고 까다롭게 굴었다. 회사가 산재보험에 들어 있는 건 다들 아나보지? 짧은 기간이었지만 107 역시 몸에 무리가 오는 걸 느끼고 있었다. 실장은 그냥 넘어갈 기세가 아니었다. 정은영 씨 잠깐 나 좀 보지. 실장은 107을 빈 회의실로 불러 단독 면담을 요청했다. 자리에서 일어서던 107은 두려움에 다리가 후들거렸다. 흔히 안내 일쯤이야 쉽게 구할 수 있는 걸로 알지만 그것도 이십대 초중반의 젊은 나이에 한한 것이었다. 회의실에서 독대하게 된 실장은 의외로 목소리가 가라앉아 있었다. 이번 한번만 반성문 쓰는 선에서 마무리하지. 그는 107에게 선심이라도 쓰듯 말했다. 그 말을 하면서 그의 얼굴에 감돌던 야릇한 웃음을 107은 놓칠 수 없었다.

107의 발걸음은 에스컬레이터 앞까지 가서야 자연스러워진다. 계단 오르내리는 일이 요즘 여간 곤욕스러운 게 아닌 그녀에게 에스컬레이터는 거의 구세주에 가깝다. 그녀는 푸른 조명이 뿜어져나오는 누드 에스컬레이터에 발을 얹는다. 컨베이어벨트처럼 맞물려 돌아가는 금속 부품이 훤히 비치는 이 투명 에스컬레이터에 서 있는 십여초의 하강시간은 짜릿할 만큼 환상적이다. 유리 벽면 한쪽에 자리한 인공폭포의 장쾌한 물소리까지 듣노라면 심신의 피로가 말끔히 씻겨내려간다. 그뿐인가. 바닥에 내려서면 기기묘묘한 형상의 선인장 행렬이 또 기다리고 있다. 오아시스와 사막, 두 가지 이미지를 절묘한 조화로 담아낸 아이디어가 돋보이는 연출이다. 유리 지붕을 통해 들어오는 빛의 세례를 흠뻑 받는 선인장은 가시가 위협적일 만큼 건강미가 넘친다. 건조한 공기와 강렬한 햇빛이 동시에 충족되는 이곳은 선인장의 고향인 사막만큼이나 최적의 환경인 셈이다.

이 빌딩 내부는 구석진 자리의 벽면이나 기둥이라고 해서 결코 소홀히 취급되는 법이 없다. 이 건축물의 이미지를 훼손할 우려가 있는 물건, 이를테면 소화기나 청소용 도구 같은 건 눈을 씻고 찾아보아도 발견할 수 없다. 물론 보이지 않는다고 존재하지 않는 건 아니다. 투명하게 열려 있는 이 건물의 특성상, 모든 것은 철저하게 은폐되어 있다. 자, 이걸 봐! 실장은 어느 한쪽 벽면에 손을 갖다대고 뭔가를 조작하는 듯했다. 그러자 대리석 벽면 틈새가 벌어지며 스르르 열렸다. 거기에는 빨간 소화기가 있었다. 그가 다른 쪽 구석 벽면을 열자 그곳에는 청소용 도구들이 질서정연하게 들어차 있었다. 예술적이지 않아? 뭣이든 완벽하게 감출 자신이 있어야 드러낼 수 있는 법이란 말이지. 감쪽같은 공간이 그의 손에 의해 하나씩 열릴 때마다 107은 소름이 돋았다. 아무도 눈치채지 못하는 그런 비밀공간도 있어. 은근한 목소리와 함께 펼쳐지는 컴컴하고 밀폐된 공간. 통제실에서 그걸 아는 사람은 나밖에 없어. 자신의 존재를 과시하는 듯한 실장의 말투에 107은 울컥 구역질이 치밀었다. 헛구역을 삼키며 107은 차분한 걸음으로 그를 따랐다.

극장 매표소 여자가 웃으며 107에게 아는 척을 한다. 예술영화 전용극장이 있는 이 지하 일층에는 패스트푸드점과 커피숍, 이딸리아와 프렌치 레스또랑이 같이 들어서 있다. 매표소 여자는 가끔 안내들에게 공짜로 영화를 보여주는 친절을 베푼다. 하지만 그 친절이 고마운 것도 처음 몇번뿐이었다. 빈자리가 더 많은 그곳 객석에 앉으면 누구나 삼십분 이상 버텨내기란 힘들다. 금세 눈꺼풀이 감겨온다. 그럴 바에야 두 다리 쭉 뻗고 누울 수 있는 전용 휴게실을 이용하는 게 낫다. 이 건물의 실제 소유주인 A그룹사 사장의 의도에 따라 이 '자본의 논리에 맞지 않는' 영화관이 탄생하였다. 그의 문화적 소양을 잘 나타내 주는 이 영화관 덕에 그는 영화관련 잡지에 여러차례 인터뷰 기사와 함께 소개되었다. 그의 여유자금 가운데 극히 일부를 투자해 만들었을, 이 '자본의 논리에 맞지 않는' 영화관은 영화인들이나 소수의 마니아들 사이에서는 꽤나 그 의의를 인정받는 모양이었다.

이곳에서 107이 유일하게 끝까지 보았던 영화가「타인의 취향」이었다. 처음 면접보러 왔던 날이었으니 벌써 몇년 전 일이다. 미국의 무역쎈터 빌딩이 무너져내린 바로 다음날이기도 했다. 굉장하지 않아? 비행기 하나로 그 엄청난 일을 해내다니…… 전철 아니면 엘리베이터 안에서였던가. 하룻밤 새 십수번도 더 보았던, 그 영화 같은 장면을 떠올리게 하며 누군가 감탄스러워했다. 그날 오전, 107은 이 건물 지하 5층에 위치한 통제실에 앉아 면접을 보았다. 그 테러사건의 영향이었을까. 107은 인터넷 구인란에서 '통제실'이라는 단어를 본 순간부터 마음이 끌린 일이었다.

실장은 107의 이력서를 한참이나 들여다보더니 난색을 표했다. 우리로서는 좀 부담스런 학력과 경력이네요. 그는 107이 대졸자인데다, 그것도 음대에서 피아노를 전공했다는 사실을 문제삼았다. 107은 그의 우려를 어떻게 말끔히 가라앉힐지 고민스러웠다. 좁고 밀폐된 공간에서 부모의 강요에 못 이겨 나온 아이들에게 피아노를 가르쳐보지 않은 사람으로서야 이해하기 힘든 건 당연했다. 그 밀폐된 공간에서 어린 그들의 꿈을 관리해야 하는 일. 이를테면 서태지나 보아를 꿈꾸는 아이들에게 모차르트와 베토벤을 강요해야 하는 일 같은 것 말이다. 몇년 그 일을 해보면 세상에 직업이란 두 가지밖에 존재하지 않는다. 피아노를 가르치는 일과 그렇지 않은 일. 전자만 아니라면 무슨 일이든 못할 게 없다는 의욕과 자신감이 솟구치는 것도 그 일의 묘한 특성이다. 107은 난처한 표정으로 머뭇거리다 나직하게 말했다. 작은 사고가 있었어요. 하지만…… 피아니스트에겐 치명적인 거죠. 연주가…… 불가능하게 된 거예요. 그러면서 그녀는 더이상 말하고 싶지 않다는 표정으로 양손을 만지작거렸다. 실장은 107의 얼굴과 손을 번갈아 바라보며 괜한 질문을 했다는 듯 당혹스러워했다. 그의 표정은 서서히 동정심으로 바뀌어갔다. 무슨 이유에서였는지 모르지만 그는 며칠 전 그곳 지하 영화관에서 보았다는 「타인의 취향」을 떠듬떠듬 늘어놓았다. 그러더니 마침내 그는 107에게 출근을 허락했다. 나이와 학력을 고려해 팀장자리까지 선뜻 주었다. 절반의 내용이 가짜였던 그 이력서로 107은 뜻밖의 행운까지 누리게 된 것이다. 역시 인터넷 구직란에서 사람을 '급구'하는 직장이란 허술하기 그지없었다. 107은 면접을 끝내고 나오면서 자축이라도 하듯 그곳 지하에서 「타인의 취향」을 감상했다.

 패스트푸드점, 프렌치 레스또랑, 커피전문점 등등 지하 일층의 숍들이 107의 눈에 차례로 스쳐간다. 가운을 입은 써빙 직원들도 여기저기 보인다. 다들 시급제 아르바이트들이다. 각각 독립된 이 가게 주인들은 이 A그룹사 사장과 친인척관계에 있는 사람들로, 사돈의 팔촌까지 포진해 있다. 프렌치 레스또랑 주인은 사장의 사촌누나, 패스트푸드점은 사장의 육촌동생, 커피전문점은 사장 동서의 누이…… 그런 식이다. 그들

가게 규모는 사장과 유전자 배열의 유사성 정도에 따라 결정된 것처럼 보였다.

지하 2층부터는 주차장이다. 안내와 보안이 쉬는 휴게실은 지하 4층, 주차장 한쪽 구석에 있다. 통제실이 지상으로 옮겨 가고도 휴게실은 여전히 그 자리에 있었다. 오히려 쉬기에는 그곳이 더 속편한 공간이라는 걸 실장이 배려해서였는지는 의문이다.

107은 휴게실의 철제 문을 연다. 빈 소파만 여기저기 흩어져 있을 뿐 텅 비어 있다. 한쪽 소파에는 누군가 열심히 수다를 떨고 갔는지 빈 과자봉지와 구겨진 종이컵 두 개가 뒹굴고 있다. 107은 가장 깔끔해 보이는 소파를 골라 길게 다리를 뻗고 눕는다. 온몸이 녹아내리는 것 같다.

또각, 또각, 또각…… 설핏 잠이 들려는데 갑자기 복도에서 발걸음 소리가 들린다. 또각 또각 또각…… 발소리는 점점 급해지고 또렷해온다. 또각또각또각또각……

급기야 문이 벌컥 열리면서 108의 얼굴이 나타난다.

108은 107을 발견하고는 안도감 어린 표정으로 제자리에 잠시 멈춘다. 그녀는 거친 숨을 몰아쉰다. 흥분한 때문인지 숨가쁘게 달려온 탓인지 108의 얼굴은 벌겋게 달아올라 있다. 평소 표정연기에 능숙한 그녀인지라 107에겐 약간 과장돼 보이기까지 한다.

"팀장 언니, 103이 지금 어떻게 됐는지 알아요?"

여전히 가쁜 호흡이 묻어나는 목소리다.

107은 머릿속이 갑자기 뒤죽박죽이 되는 느낌이다.

"회사 그만둔 이유가 로비의 바코드 때문이었다며?"

"아이 참, 팀장 언니도 순진하긴, 진짜 속사정은 따로 있다고요."

108은 새로운 비밀을 터뜨릴 기회를 잡은 사실에 다시 흥분한다.

"그 실장놈 때문이었어요."

108의 눈빛에 이글거리는 증오, 실장에게 '놈'자가 따라붙는 것도 107에게는 낯설다.

"실장님?"

"실장놈이 그애를……"

108은 말을 끝맺지 못한다.

"나쁜 새끼……"

108의 양손이 불끈 쥐어지는 걸 107은 놓치지 않는다.

이십대 풋내기들이란 그렇게 허점투성이다. 똑똑한 척하면서도 정작 중요한 일에는 어설프거나 미숙함을 드러낸다.

"통제실은 지금 온통 난장판이에요. 103이 조금 전 통제실에 나타나서 어떻게 한 줄 알아요? 소화기 들고 와서 뿌려대며 실장을 찾아내라고 난동을 부렸대요."

도무지 있을 법하지 않은 그림이, 그러나 통제실 모니터 화면에서처럼 또렷이 107의 눈앞에 펼쳐진다. 103이 빨간 소화기를 들고 통제실로 들이닥친 모습도, 실장을 찾아내라고 고함을 질러대며 악을 쓰는 모습도.

"그런데, 실장은 계속 연락두절 상태래요. 그애가 그만두는 조건으로 뭔가를 약속한 것 같은데, 그걸 지키지 않은 모양이에요."

그만두는 조건. 107의 귀가 솔깃해진다. 하지만 절대 감정 같은 걸 드러내서는 안된다. 그녀는 다시금 냉정한 표정으로 돌아간다. 103의 어설픈 처신이 분명 속을 노출시켰을 것이다. 문자메씨지 따위나 날리면서. 눈치빠른 실장이 그런 낌새를 어떻게 놓쳤겠는가. 그는 일찌감치 눈치채고 피신했을 게 뻔하다. 이 건물엔 그가 몸을 숨길 만한 비밀공간이 얼마든지 있지 않은가.

"팀장 언니, 통제실에 가서 103 좀 달래봐요. 울고불고 난리도 아녜요."

차분히 듣고만 있는 107이 그녀는 답답하고 한심한 모양이다.

"아이 참, 팀장 언니!"

108은 107을 다그친다.

"103은 이미 회사를 떠난 친구야. 내가 관여할 일이 아니야."

"아니, 팀장 언니?"

108은 어이없다는 듯 한걸음 물러서서는 한참이나 107을 노려보며 있다. 믿는 도끼에 발등 찍혔다는 표정으로.

"세상에, 기가 막혀. 바로 며칠 전까지 같이 일하던 직원이었는데, 어쩜 이럴 수가 있어요?"

그녀는 더 말할 가치도 없다는 듯, 휙 발길을 돌려 나가버린다.
 108의 등과 어깨가 출렁이는 듯하더니 이내 꽝 하는 소리와 함께 사라진다.
 107은 닫힌 문을 물끄러미 바라보며 천천히 팔짱을 낀다. 이런 일은 최소한 팔짱이라도 낄 여유를 갖고 생각해야 한다. 이건 남녀간의 일이기에 앞서 힘있는 자와 그렇지 않은 자의 문제다. 신중해지지 않으면 일을 그르치기 십상이다. 약자에겐 언제나 선택의 여지가 별로 없다는 걸 107은 누구보다 잘 알고 있다. 대학졸업장이 없다는 이유로 107은 피아노학원에서 반값의 월급을 받았다. 원장은 107의 약점을 훌륭하게 이용했다. 107이 한 일이란 급기야 학부모들 모임자리에서 그 사실을 폭로하고 그달 월급도 못 챙긴 채 학원을 뛰쳐나온 것이었다. 다시 일자리를 찾으러 나섰을 땐 이미 원장이 자신의 온갖 연결고리를 이용해 그녀의 일자리를 봉쇄한 뒤였다.
 약자란 그렇다. 그들은 언제나 순간적인 폭발로 문제의 본질을 훼손시킨다. 기껏 소화기 따위나 들고 뛰어들거나 상대의 면상을 한대 후려치고 뛰쳐나가는 게 고작이다. 섶을 지고 불속으로 뛰어드는 것과 하나도 다를 게 없는, 그런 파괴적인 행동으로 그들은 결과적으로 또 한번 희생당하는 것이다.
 108이 지나치게 흥분하는 걸로 미루어, 그 일은 103과 실장 둘 사이에 얽힌 일만이 아닌지도 모른다. 108 역시 숨겨진 희생자일 가능성이 높다. 어쩌면 그녀 역시 시종일관 담담했던 107의 태도를 미심쩍어하며 자신과의 공조를 모색하려 했는지도 모른다. 하지만 108 역시 103과 다를 바 없는 유형이라는 걸 107은 직감했다. 약자는 오히려 더 철저히 외롭거나 고독해야 한다. 섣불리 남의 도움 따위나 기대해서는 약자의 운명은 말 그대로 진짜 운명이 돼버린다.

107은 굳게 닫힌 철문을 바라본다. 밀폐된 공간이 갑자기 숨을 조여오는 것 같다. 107은 자리에서 일어나 철문을 열어젖히고 휴게실을 나선다. 금방 차를 주차한 누군가가 구석 쪽 엘리베이터 앞에 무심히 서 있다. 107은 그 남자의 등을 바라보며 조심스레 비상구 계단 쪽으로 발을 옮긴다. 시큰거리는 무릎을 참아내며 그녀는 콘크리트 계단을 하나씩 밟아 지하 6층으로 내려간다. 이 건물이 지어지고 지금껏 한번도 쓰여진 적이 없는, 지하층마다 한두 개씩 있는 비상용 비밀공간을 107은 훤히 꿰고 있다. 접이식 간이 침대, 또는 의자가 있는, 밀회장소로 간간이 기능을 하는 완벽하게 감추어진 공간. 아마도 그중의 어느 한곳에서 그는 폭풍우가 휘몰아쳐가기를 기다리고 있을 것이다. 언제 그런 일이 있었냐는 듯 눈부신 태양이 내리비추는 푸르고 잔잔한 평화로운 바다를 기다리며…… 새로운 103, 103-1, 103-2, 103-3……을 만들어낼 가능성이 짙은, 어느 누구의 발길도 닿지 않는 그곳에서.

육중한 철문, 희미한 조명, 개미새끼 한마리 얼씬치 않는 완벽하게 고립된 공간. 아, 선생님, 여기 피아노 앞에만 앉으면 숨이 막힐 것 같아요. 부모의 위력 앞에 꼼짝없이 끌려나온 아이의 운명처럼…… 꿈이 유린당하기도 하는…… 밀폐된 공간. 하지만 곧 적응돼. 사람이란 어떤 상황에든 적응하는 능력을 가진 동물이거든. 무서워, 숨이 막힐 것 같아요, 실장님. 곧 괜찮아질 거야. 생각만 바꾸면 돼. 그냥 즐기기만 하면 된다구. 아아아아아— 그래, 맘껏 소리질러도 되지. 이곳은 모든 비밀이 완벽하게 지켜지는 곳이니까.

107은 필요하다면 바깥에서 잠글 수도 있는, 그 선택받은 공간의 비밀 잠금장치까지 알고 있다는 사실을 기억해낸다. 하지만 흥분은 금물이다. 지하 6층에서부터 시작된 그녀의 비밀공간 순례는 지하 5층으로, 4층, 3층…… 차례로 하나씩 옮아간다. 언젠가 실장이 의기양양해하며 일러주던 그 비밀열쇠는 이제 107 자신의 손아귀에 쥐어진 것이다. 이런 순간을 예측이나 했던가. 짜릿한 쾌감이 107의 몸을 관통해간다. 언젠가 그 비상창고가 쓰여질 날이 온다면 그중의 한 공간은 분명 사람들의 주목을 끌게 될 것이다. 경악하는 그들의 눈빛이 섬광처럼 스친다. 아앗. 순간 107은 발목이 접질려 주저앉는다. 다행히 마지막 계단을 딛고 난 뒤였다. 역시 흥분은 금물이다. 그녀는 잠시 그 자리에 주저앉아 무릎과 발목 관절의 충격을 가라앉힌다. 무릎이 조금 까진 것 외에 별로 다친 데는 없다. 위험천만한 순간이었다. 다행히 오늘은 병원에서 받을 물리치료 이십분의 기회가 있으니 염려없다. 한참 뒤에 107은 일어나 옷매무새를 바로잡는다.

다시 지하 일층. 근무할 시간이다. 107은 영화관 매표소 여자의 선량하고도 무기력한 웃음과 또 한번 마주치며 에스컬레이터에 발을 올려놓는다. 일층 로비로 향하는 에스컬레이터가 서서히 상승하고 있다. 푸른 조명이 흘러나오는 이 누드 에스컬레이터에 서 있는 십여초는 107에겐 늘 달콤한 환상의 시간이다. 107은 허리를 꼿꼿이 펴고 눈동자에 힘을 싣는다.

―『작가』 2003년 여름호

新 어가행렬

전철 문이 열리자 오렌지전사는 반사적으로 튀어나간다. 그는 사람들 틈을 이리저리 빠져가며 지하도를 달리다 마지막 계단을 앞두고 멈칫한다. 출구에 선 사람들이 주춤거리며 하나둘 우산을 펼쳐들고 있다. 비가 오는 모양이다. 일기예보를 들었지만 집을 나설 때만 해도 비 소식이 믿기지 않을 정도로 맑은 날씨였다. 번거롭게 우산을 챙기고 싶지 않았다. 문제는 지금 비가 아니라 약속시간이 이십분이나 지났다는 사실이다. 그는 단숨에 계단을 올라 사람들을 비집고 나선다. 다행히 맞아도 그만일 정도의 가는 이슬비다.

모임장소는 광화문 들어서서 왼쪽 담장 앞. 인터넷 걷기동호회 뚜벅이들의 '우작탈'(우리들의 작은 일탈) 모임이 있는 날이다. 물귀신이 제안한 모임이라 일명 '물귀신 작전'으로 이름이 붙여졌다. 오래전부터 별러오던 행사였는데 이번에야 참가할 수 있게 되었네요. 우리 같이 가요. 함께하실 분 빨랑빨랑 리플 달아주셈. 그 아래 참가 희망 리플이 예닐곱 개 정도 달려 있었다. 사실 그는 참가 신청 리플을 달지도 않았다. 예고 없이 불쑥 그들 앞에 나타나고 싶었다. 오렌지전사다운 방식으로. 일기예보 탓이었는지 막판에 여러 명이 참가 신청을 취소하는 바람에 그는 어쩌면 물귀신과 단둘이 하는 걷기모임이 될지도 모른다는 꿈에 부풀었다. 우리 같이 가요. 그 구절을 보는 순간 그는 물귀신이 꼭 자신에게 한 말처럼 괜스레 가슴이 설레었다. 그런 환상과 기대 때문에 그는 며칠 잠까지 설쳐가며 오늘의 모임을 준비했다. 그걸 펼쳐놓을 기회만 생긴다면 십중팔구 물귀신의 관심을 끌 수 있으리라는 꿈에 부풀어⋯⋯

닉네임이요? 워낙 물을 좋아해서요. 어릴 적 수영대회에서 메달을 딴 적도 있어요. 물개나 돌고래보다 수영을 잘하는 게 뭐가 있을까 고민하다 떠올린 게 그거예요. 사람들이 물귀신이라는 닉네임에 관심을 보였을 때 그녀의 설명이었다. 혹시 늦은밤, 강남역 근처에 오면 언제든 연락하세요. 젊은 수컷 회원들의 눈길이 일제히 그녀에게로 쏠렸다. 퇴근 후 편의점에서 '알바'하거든요. 밤 열한시 이후에 오시면 쌘드위치 공짜로 드릴 수 있어요. 유효기간에 아슬아슬하게 걸쳐 있는 거라 더 감칠맛나요. 사람들은 킬킬대며 물귀신다운 넉살이라고 입을 모았다. 투잡스라는 닉네임이 하나 더 붙을 정도로 그녀는 퇴근 후에도 아르바이트를 하는 억척이었다.

그나저나 정말 귀신이 곡할 생활방식이야, 물귀신은……
외계인이 아니고서야 어떻게 휴대폰 없이 살 수 있지? 휴대폰
없는 그녀보다는 휴대폰을 가진 다른 사람들이 더 불편해했
다. 신세대답지 않은 그녀의 생활방식에 처음 사람들의 추측
은 분분했다. 카드빚 때문일 거야. 아냐, 휴대폰도 없이 사는
저런 억척이 카드빚을 졌을 리가 없어. 되레 카드회사가 물귀
신한테 빚을 졌다면 몰라도. 그건 그러네. 투잡스답게 그녀는
늘 바빴다. 이제 가봐야겠어요. 일하러 가야 하거든요. 일요일
정기모임 때도 물귀신은 오전 일정만 참가하고는 사라졌다.
계모슬하의 콩쥐처럼 분명 밑빠진 독에 물을 길어다 붓거나
하는 고달픈 일이 기다리고 있을 것 같았지만 그녀는 언제나
밝고 가벼운 걸음으로 멀어져갔다. 당돌하면서도 속내가 깊어
보이는 여자, 억척스러우면서도 여유가 있어 보이는 여자. 오
렌지전사의 눈에는 물귀신이 그렇게 보였다.

경복궁이 술렁인다. 궐내 식구들이 종종걸음치며 분주한 가
운데 문무 대신과 왕실의 종친들이 속속 모여들고 있다. 임금
이 이들을 모두 거느리고 종묘로 행차하시어 선조들께 친히
제향하는, 왕실의 제사가 있는 날이다. 봄여름가을겨울 사계
와 납일(臘日)을 합해 일년에 모두 다섯 번 치러지는 이 종묘
제례는 나랏일 중에서도 단연 첫손 꼽는 의식이었다. 백성들
등뼈 휘도록 부역시켜 만든 궁궐은 버려도 신주는 지켜야 한
다는 말이 조정 중신들의 입에서 공공연하게 나올 법했다.

출궁 준비가 시작된다. 침침한 창고에서 뒹굴던 창과 방패와 활과 깃발이 차례대로 나와 군졸들 손에 건네진다. 주름 펴고 먼지 떨고 광내는 일로 손들이 분주하다. 말들도 마구간에서 끌려나와 갈기가 빗겨지고 안장이 얹히고 고삐가 조여진다. 제각기 맡은 의장물에 따라 정해진 자리를 찾아 서느라 잰걸음이다. 문관은 문관끼리 무관은 무관끼리 종친은 종친끼리 활은 활끼리 나팔은 나팔끼리…… 홍동백서 조율이시 좌포우해 우반좌갱 제상 음식마냥 앞뒤 좌우로 열과 줄을 맞추어 선다.

한바탕 퍼부을 거 같은데.

황금도끼가 중얼거린다. 그는 녹슨 도끼를 금박지로 잘 감싸 황금도끼로 감쪽같이 변신시킨 참이다.

주변의 몇몇 도끼와 방패들도 황금도끼의 말에 하늘을 올려다본다. 띄엄띄엄 짙은 구름이 보이긴 하지만 언뜻 봐서는 웬뚱딴지 같은 소리, 싶을 정도로 맑은 오월의 하늘이다.

빨리 일 끝내고 시원한 막걸리나 한잔 했으면 좋겠네.

자넨 그저 젯밥에만 온통 정신이 팔려 있구먼.

제사에 젯밥 빼면 뭐 남는 것 있나?

건 그렇구먼.

조상 덕에 배불리는 거지, 흐흐. 할애비 체면 살아 좋고 손주놈 배불러 좋고. 과부 좋고 홀애비 좋고……

여, 거기 도끼들, 모여서 구시렁대지 말고 빨랑빨랑 줄이나 맞춰 서라구.

도끼와 방패, 활과 장검 무리들이 이리저리 움직이며 또 한번 술렁인다.

대열이 얼추 정비되자 관원이 옥새를 받들고 임금을 문안한다.

전하, 채비가 다 됐습니다. 출궁 준비를 서두르시지요.

임금은 마침 버선 끈을 매는 중이었다.

원, 버선 끈 하나 매는 것도 이리 복잡해서야……

동트고 해 넘어갈 때까지 예와 법식을 논하던 유림들이 버선 끈 하나 소홀히 했으랴. 색깔과 생김새는 물론 끈 매는 방법도 두툼한 서책에 소상하게 적혀 있는 대로 따라야 했다. 어디 버선 끈뿐이었겠는가. 첫 술을 올리는 제주인 임금은 이날을 위해 오례 중 으뜸인 제례의 법식에 따라 일주일 전부터 몸과 마음을 정결히 해야 한다. 음주와 가무를 즐기거나 여색을 탐해서도 안되고 사나흘 전에는 문상이나 병문안도 하지 않으며 참수형에 관한 문서에는 붓끝도 대지 말아야 한다.

'보는 것이 믿는 것'이란 동서고금의 진리는 통치에도 두루 먹혀들어 어가행차 때 군주의 위용은 백성들의 존경과 충성심을 단번에 샘솟게 할 수 있었다. 하여 이날 임금의 차림새는 으뜸가는 준비절차였다. 먼저 바지와 저고리, 중단과 상을 입고 그 위에 아홉 가지 수가 놓인 구장복——이 또한 장유유서의 원리에 따라 중국 황제의 십이장복과 황세자의 십장복 그 다음 순서에 해당하는 것이다——이라는 검은 색의 대례복을 입는다. 그 위에 갖가지 장신구들이 덧붙여지며 의상은 형형색색 다채로워진다. 뒤로는 대대를 두르고 앞에는 가슴에서 무릎까지 드리우는 앞치마 모양의 폐슬을 찬다. 허리에는 붉은색 실로 짠 수와 패옥을 걸치는데 수는 허리 뒤쪽에, 옥으로 만든 패는 앞으로 길게 늘어뜨린다. 거기다 오색구슬이 달린 면류관을 쓰고 옥으로 된 예물을 들면 누구든 한눈에 그가 하늘 아래 최고권력자임을 알아볼 수 있다. 군계일학(群鷄一鶴)이 아니라 가히 군학일작(群鶴一雀)이라 할 만한 모습으로 새로이 탄생하는 것이다. 만백성의 어버이며 지존의 존재인 임금은 하늘이 보낸 인물답게 멀리서도 금세 알아볼 수 있는 휘황한 모습이어야 한다.

모름지기 옷은 날개라 했건만 이건 숫제 짐보따리 들쳐멘 것 같구먼.

벌써부터 진이 빠진 임금은 까다로운 절차의 종묘제례를 끝까지 잘 치를 수 있을지 걱정이다. 하지만 군주가 어떤 자리인가. 언감생심 어떤 피조물도 넘볼 수 없는, 바로 하늘이 만들어준 자리가 아니던가. 일거수일투족이 거추장스럽지만 임금은 속내를 말끔히 감춘 채 짐짓 근엄한 표정을 드리운다. 어흠, 큰기침을 떨구며 어전을 나선다. 대례복 차림의 임금이 위엄있는 걸음을 떼어놓으면, 행여 용안에 한점 햇빛 혹은 한줄기 먼짓바람이라도 스칠세라 양산과 부채를 높이 받쳐든 시종들이 그 뒤를 그림자처럼 따른다.

예학의 구현에 온몸을 바친 유학자들로 빼곡히 도열해 있는 왕실에서, 궁궐을 버릴지언정 신주는 포기해선 안된다는 충언을 귓불이 닳도록 들으며 조선의 임금들이 실제로 종묘의 제향을 꼬박꼬박 받들었느냐 하면, 천만의 말씀이었다. 군주라는 그 절대적 지위만큼 국사 돌보느라 여력이 없었는지, 오례의 예법 중 제사의 절차가 유난히 까다로워서였는지, 아니면 버선 끈을 매다가 문득 예학의 형식이라는 것에 고개가 갸웃거려진 탓인지는 알 수 없으나 임금의 친행은 극히 드물었고 대신들로 하여금 섭행케 하는 일이 다반사였다.

원컨대 전하께서는 춘하추동 사계의 큰제사에는 친히 제향하시어 선조들께 예를 밝히고 보본의 정성을 다하시는 게 군왕의 도리인 듯하옵니다.

중신들의 간언이 있을 때면 임금은 으레 사려깊은 표정으로 고개를 끄덕였지만 그후로도 왕이 직접 제향하는 일은 가물에 콩나듯 했다. 그렇다고 오례 중 으뜸가는 예식인 제사가 소홀히 취급될 리는 없었다. 나라의 근본과 기강을 온 백성에게 펼쳐 보이는 의식인만큼 제례는 '오례의'에 정해놓은 엄격한 규율과 절차에 따라 성대하게 치러졌다.

임금님 행차가 있는 날이래. 어서 구경가자.

어가행렬이 있는 날은 사대문 안 사람들도 명절 때처럼 들떠 있었다. 그것만큼 화려하고 볼 만한 구경거리는 없었다. 행렬이 지나는 큰길에는 임시 가게인 가가(假家)들이 철거되고 관의 지시에 따라 인근 백성들은 길을 손질하는 데 총동원되었다. 처녀와 아낙들이 길바닥의 돌을 골라내고 빗자루로 쓸고 사내들은 황토흙을 덮은 다음 먼지가 일지 않도록 그 위에 물을 뿌려 길을 단장했다.

이런 옘병, 임금이고 나발이고 우리가 남의 집안 제사에 왜 이 지랄을 떨어야 해. 정작 우리 아버지 제상에는 쌀밥 한그릇 못 올리면서……

흙먼지 사이로 간간이 투덜거리는 소리가 섞여나왔다.

어허, 이 사람 빙퉁그러진 성미하고는. 임금이 만백성의 어버이신데 당연히 왕실 제사를 잘 모셔야지. 자네 부친이야 하늘에서도 선대 임금들께서 책임지고 먹여주실 테니 걱정 붙들어매게. 한번 군주는 영원한 군주, 한번 백성은 세세토록 백성 아닌가.

순종을 백성의 도리로 아는 이의 위로가 바늘에 실 가듯 따랐다.

빙신, 개 풀 뜯어먹는 소리 하고 있네. 네놈은 개구락지 콧구멍에서 수염난다 해도 상전들 말이라면 믿을 놈이여.

개중에는 그의 불평이 그저 꼬인 심사에서 나오는 것만은 아니라고 생각하는 이도 있었다. 투덜거림과 다독거림이 번갈아 오가며 나랏님 지나갈 길은 번듯하게 단장되었다.

어, 의경들이 길을 막고 섰네. 행사가 시작되려나봐.

사람들이 중얼거리며 걸음을 되돌린다. 정신없이 내달리던 오렌지전사는 미문화원 앞에서 멈출 수밖에 없다. 약속장소까지 겨우 백 미터 정도 앞두고 길이 막힌 것이다. 물귀신에 대한 기대가 거품처럼 스러지자 그는 자신이 꼭 로렐라이 언덕 주변을 배회하다 뒤집힌 배의 사공 신세 같다. 허탈감에 다리의 힘이 쭉 빠져나간다. 연 이틀 밤잠을 설친 탓도 컸다. 어젯밤에도 그는 이 행사와 관련한 자료를 찾아 인터넷 싸이트를 들락거리다 새벽녘에야 곯아떨어졌다. 그 바람에 결국 늦잠을 잤던 것이다. 게다가 수첩도 챙겨오지 않아 아무와도 연락할 수 없는 처지다.

광화문 일대 차량 흐름이 일시에 멈추었다. 늘 자동차로 덮여 있던 왕복 20차선 대로인 세종로가 광장처럼 펼쳐져 있다. 도도하게 흐르는 강물처럼 궁궐 앞으로 거침없이 뻗은, 한양도성에서 가장 넓었던 길. 오렌지전사는 정적이 드리운 아스팔트 앞에 넋놓은 듯 서 있다. 이조 예조 병조 호조 관청이 죽 늘어서 있어 육조거리라고 불리던 자리를 지금은 미문화원과 정부청사와 세종문화회관, 그리고 한국통신과 교보빌딩이 대신하고 있다. 출퇴근길에 혹은 순찰을 돌면서 봐오던 세종로 풍경이 안색을 싹 바꾼 것 같다. 빌딩도 광화문도 넓게 펼쳐진 도로도, 보도를 따라 죽 늘어선 사람들도 하나같이 정색을 하며, 당신은 누구? 하고 그에게 능청스럽게 되묻고 있다. 야간순찰 때 느끼던 밤거리의 낯설음과도 분명 다르다.

어머, 119 구조대원이세요? 아, 오렌지색 유니폼…… 그래서 닉네임이 오렌지전사구나. 물귀신은 그의 직업에 유별나게 관심을 보였다. 고딩 때, 「분노의 역류」란 영화 보고 진짜 감동받았어요. 남자였다면 나도 한번 도전해봤을 텐데…… 영화 식으로 접근하면 배신당하기 딱 좋은 직업이에요. 고달픈 건 둘째치고 가장 힘든 건 언제나 불행과 재난의 현장에 달려

가야 한다는 사실이죠. 누군가 자신의 직업에 낭만적인 시선을 들이대면 오렌지전사는 금세 냉소적이 되었다. 그럴수록 의미있는 직업 아닌가요. 그런 일에는 환상의 베일을 한겹 씌우는 것도 나쁘지 않을 듯한데…… 그녀는 애교 띤 목소리로 자연스레 되받았다. 높은 곳에 훌쩍 올라앉아 그의 생각을 다 내려다보고 있는 듯한 눈치와 아량을 갖춘 표정으로.

어, 차들이 한 대도 없네. 도로가 텅텅 비었어, 아빠.

또랑또랑한 꼬마의 외침이 들리더니 아이 하나가 논둑의 개구리처럼 텅 빈 도로로 풀쩍 뛰어든다. 호수에 파랑이 일듯 잠잠하던 도로가 움찔 뒤챈다. 아이들이 하나둘씩 차도로 뛰어든다. 여기저기 아이들의 풀썩거림에 세종로는 금세 운동장으로 변신한다.

휘리리릭. 이내 경찰의 호루라기 소리가 따라붙고 아이들은 다시 보도로 우르르 쫓겨나온다. 도로 위에 다시 고요가 감돌더니 9, 8, 7…… 소리없는 카운트다운이 시작된다. 행사의 전조를 알리듯 세종로 한복판을 향해 누군가 힘차게 달려나온다. 사람들의 시선이 일제히 그 남자에게로 쏠린다. 뭔가를 잔뜩 짊어진 남자는 도로 한복판까지 달려와 멈추더니 손에 든 것을 바닥에 내려놓는다. 간이 사다리가 놓이고 사내는 그 위에 올라선다. 그는 총구를 맞추듯 원통형의 커다란 망원렌즈가 달린 카메라를 광화문을 향해 들이댄다. 지금부터 일어나는 일들 하나하나를 그 렌즈로 포착하리라는 사실을 선언하듯.

행렬이 드디어 움직인다.

진회색 도포에 갓을 쓴 장성 서너 명이 깃대를 들고 성큼성큼 광화문을 걸어나온다. 육척 장신은 족히 돼 보이는 그들은 맨 앞에 서서 길을 인도하는 부령 역할이다. 그들 뒤로 무장한 군사들이 따른다. 갑옷과 창검과 방패를 갖추고 보무도 당당하게 걸으며 행차를 보호하고 군주의 위용을 드러내 보이는 역할이다. 그 다음으로 수많은 깃발과 창, 황금도끼, 화살 따위를 든 의장병과 나팔, 피리, 꽹과리 등 악기를 든 취주악대가 따른다. 삘리리리리. 흥겨운 연주가 울려퍼지자 의장대들의 움직임에 한결 생동감이 더해지고 의장물도 빛을 발한다. 황룡기, 청룡기, 백호기, 현무기가 일제히 허공을 가른다. 어느새 비는 멎어 있다. 비상하는 황룡, 포효하는 백호, 거북을 휘감은 뱀들이 공작·모란·구름 문양과 어우러져 오월 하늘을 수놓는다. 반들반들 비단천에 금실 은실 수놓인 글자들이 허공에서 빛을 발하기 시작한다. 金, 令, 鼓, 巡視, 淸道, 남원국악고등학교, 金鼓, 全州 李氏 宗親會, 종묘대제 봉행위원회……

행렬이 가까워오자 구경하던 사람들이 우르르 도로 갓길로 다가신다.

깃발 좀 높이 쳐들어! 눈에 확 띄도록 더 높이 쳐들라구! 그리고 걸음도 천천히 걸어. 너무 빠르단 말이야. 사람들이 구경할 시간은 줘야잖아!

진행요원이 프린트 용지 말아쥔 손을 이리저리 흔들며 의장대를 향해 소리친다.

구경꾼들이 행렬을 배경으로 자신의 휴대폰 혹은 디지털카메라를 높이 든다. 찰칵찰칵 수십 수백개의 디카, 휴대폰 액정화면이 허공에 난무한다. 말탄 장수가 지날 때 한 컷, 창검 든 포도대장을 배경으로 한 컷, 각자 마음에 드는 장면을 등뒤로 깔고 맨 앞에는 자신들의 얼굴을 들이민 채 절걱절걱 저장해 담는다. '가랑비가 보슬거리는 광화문 대로 어가행렬 앞에서…… 2004년 5월 2일 12시 40분.' 어떤 사진은 짧은 멘트와 함께 누군가에게 곧바로 전송되기도 한다. '나 지금 광화문 앞에 나와 있지롱~^^*'

잘 봐 아들, 이게 어가행렬이라는 거야. 그 옛날 왕이 조상님 제사를 모시러 종묘로 행차하는 걸 그대로 보여주는 거지. 그만큼 효성이…… 엄마, 나 오줌 마려. 예닐곱살짜리 사내아이를 무동태우고 열심히 설명해주며 따라 걷는 젊은 부부가 있는가 하면, 사진동호회 회원들, 박물관 문화강좌 수강생처럼 보이는 일행도 보인다. 오늘 무슨 행사 있어요? 어느 행인이 떼거리로 밀려드는 구경꾼과 의장행렬을 발견하고는 눈을 반짝이며 묻는다. 글쎄요, 가장행렬인가?

우비 있어요, 우비! 한벌에 천원! 발빠른 우비장수가 중국산 비옷 꾸러미를 한쪽 옆구리에 끼고 사람들 틈을 분주하게 비집고 다닌다. '커피' '뻥'이라는 글자가 내걸린 작은 수레도 인파 속에 드문드문 끼여 있다.

아빠, 우리도 이 사람들 따라가자. 인라인스케이트를 탄 어린 딸이 엄마 아빠의 손목을 잡아끈다. 일가족의 스케이트 바퀴가 세종문화회관 앞 보도를 나란히 굴러간다. 가족나들이에서 풍겨나는 특유의 안정과 여유, 나른한 평화를 여운처럼 남기며. 도로 갓길에는 패트롤카와 방송과 신문사의 촬영 차량이 합류한다.

오렌지전사의 관심은 이미 눈앞에 펼쳐지는 광경에서 벗어나 있다. 그는 행렬의 끝이 어디쯤일지에 온 신경이 쏠려 있다. 종묘제례까지 아직도 한나절이 소요되는 행사인만큼 포기하기는 이르다는 생각이 든 것이다. 물귀신 일행이 행렬 뒤에 따라붙을 건 분명해 보인다. 어머, 어쩐 일이세요? 그는 물귀신과의 조우를 상상한다. 구경 나왔죠. 저도 워낙 이런 데 관심이 많거든요. 그렇게 은근슬쩍 합류해서는 물귀신과 나란히 걸으며 책과 인터넷에서 채집해온 얘깃거리를 하나씩 펼쳐놓는 것이다. 가령 조선은 열녀 만들기에 왜 그토록 집착했으며 그것이 종묘제례와 어떤 관계가 있는지, 혹은 그 시절에는 어떤 소방제도가 있었는지 등등에 관해서. 지식이나 정보가 시험말고도 써먹을 데가 있다는 게 신비롭기까지 했다. 사실 그는 이런 행사가 있다는 것도 물귀신을 통해 처음 알았다. 그녀는 문화행사라면 두루두루 꿰고 있는 정보통이었다.

싸이트 운영진답게 물귀신은 사람들을 결집시키는 일도 곧잘 했다. 그녀가 처음 제안한 '우작탈' 모임은 작은 역사기행이라고도 할 수 있는 테마형 걷기였다. 북촌마을 골목길 휘젓기, 사대문 안 정자 찾아헤매기, 또는 한강 따라 유유자적 서울 구경 등등. 그런 테마형 걷기를 시도하다가 월드컵 때는 광화문 응원 번개를 주도하더니 급기야 촛불시위에까지 영역을 넓혀갔다. 까페 내에서도 호응도가 높아 하루 만에 회원들 수십 명을 집결시킬 정도로 물귀신 작전의 위력은 대단했다. 바빠서 대학 갈 시간이 없었어요. 언젠가 물귀신이 자신의 가방 끈이 짧은 이유에 대해 해명했을 때 회원들은 다들 고개를 끄덕이지 않을 수 없었다.

어이 학생들, 옆사람 봐가며 줄 좀 맞춰서 걸어.

무전기를 든 진행요원이 포졸과 포도대장 역을 맡은 지방의 국악고 학생들에게 소리친다. 학생들은 수염을 붙이고 그럴싸하게 갖춰입긴 했으나 가까이서 보면 사춘기 티가 역력한 앳된 얼굴들이다. 이들은 이번 행사 덕에 서울 구경할 기회까지 얻은 터라 여기저기 둘러보며 한눈팔기 예사였다.

저 아저씨, 우리가 지금 사열식 하는 걸로 착각하는 거 아냐? 여기가 독재국가야, 바둑판처럼 줄 맞추게……

포도대장이 투덜대자 옆의 포졸이 받는다.

맞아, 줄 같은 건 좀 흐트러져야 자유로운 사회에 사는 것 같지.

시방 지금 때가 어느 때냐. 바야흐로, 임금도 말 한마디 잘못하면 탄핵당하는 시대 아녀.

창 든 포졸 하나가 콧수염을 만지작거리며 과장된 사투리를 늘어놓는다. 그는 풀로 붙인 콧수염이 빗물에 젖어 떨어질까 봐 줄곧 조바심이다.

그러고 보니 진짜 임금은 가둬놓고 가짜 임금으로 어가행렬 번듯하게 하네.

방패 든 포졸도 한마디 거든다. 그는 예행연습 때부터 줄곧 경복궁 뒤쪽으로 보이던 청와대에 관심이 쏠려 있었다. 한동안 거세게 몰아치던 탄핵반대 열풍은 헌재 판결을 열흘 정도 남겨두고 잠잠해진 상태다.

야, 시인 중에 교보란 작자도 있냐. 두보 동생인가?

누군가 가리킨 밀크커피색 유리빌딩으로 사람들 시선이 옮겨간다.

유리빌딩에 커다랗게 드리운 현수막에는 노랗고 화사한 꽃 그림을 배경으로 시구 같은 한구절이 적혀 있다. '흔들리지 않고 피는 꽃이 어디 있으랴. 그 어떤 아름다운 꽃들도 다 흔들리며 피었나니——KYOBO' 마지막 글자에 사람들 눈이 멈칫하더니 이내 힐난의 눈초리가 되어 말한 사람에게 쏟아진다.

막 그 앞을 지나던 오렌지전사도 현수막에 눈길이 머문다. 흔들리지 않고 피는 꽃이 어디 있으랴…… 때마침 현수막을 스치는 바람에 노란 꽃들이 하늘거린다. 글귀와 함께 노란 유채꽃밭이 그의 가슴에 환하게 들어와 앉는다.

이순신 장군 동상 앞을 지날 즈음 멎었던 이슬비가 다시 부슬거리기 시작한다. 덕— 덕— 덕— 젖은 공기 속으로 처연히 북소리가 스며드는가 싶더니 큰북이 따라붙는다. 절굿공이만 한 북채를 든 사내가 자신의 키보다 큰 북을 일정한 간격으로 쳐댄다. 덕— 덕— 덕— 한평생 북을 만들어온 어느 장인은 그 소리를 일컬어 덩덩 울림소리가 아니라 사물을 꽉 껴안는 소리라고 했다. 덕— 덕— 덕— 북채의 단조롭고 느린 움직임은 소리가 사그러들 때까지 그 음색을 고스란히 전해준다. 가죽을 바친 소의 울음마냥 둔중하면서도 우직한, 성실과 희생이 속속들이 밴 소리. 그 소리의 여운이 임금의 마음을 움직여 신문고라는 걸 떠올리게 한 건 아니었을까. 억울한 백성들이여 북을 울려라. 짐이 친히 너희의 아픔을 보살피리라. 삼경도 훌쩍 넘긴 깊은 밤 궁궐 담장을 넘어 들려오던 북소리는 어떠했을까. 굽이굽이 이어지는 한맺힌 소리의 아우성에 잠인들 제대로 이룰 수 있었을까. 효자동 박아무개, 팔판동 김생원, 최판서댁 노비의 하소연하며 전국 방방곡곡에서 올라온 촌부, 장돌뱅이 들의 억울한 속사정이 북 앞에 나랍이 줄지어 섰을 터. 너도나도 피해자를 자처하는 온갖 다툼의 시시비비를 가리는 일도 어렵거니와 빛나는 제도에도 잡음은 있게 마련이어서 북소리의 명이 길지는 못했다. 그랬을지언정 그 본래의 뜻만큼은 드높고 아름다웠음을 북채는 일깨운다. 덕— 덕— 덕—

와, 저기 임금이다.

사람들의 시선이 행사의 꽃이라 할 수 있는 곳으로 쏠린다. 가마꾼들로 둘러싸인 가마에는 대례복을 갖춘 임금이 기품있게 앉아 있다. 면류관 아래 비치는 희끗희끗한 머리, 은회색 수염, 근엄한 표정에서 군주로서의 덕과 연륜이 신비롭게 풍겨난다. 행사의 하이라이트를 놓칠세라 취재카메라는 물론 디지털카메라와 휴대폰이 일제히 따라붙는다. 임금 역은 고종황제의 손자이면서 영친왕의 아들인 왕세손이 맡았다. 가마에 둥실 올라앉아 선조(先祖) 대의 영화를 떠올리며 감회에 젖을 여유는커녕 정작 임금은 시종일관 받아내야 하는 뭇시선에 일거수일투족이 힘겹다. 오색구슬 늘어진 면류관은 고드름 달린 처마를 떠받치고 있는 것마냥 목이 뻐근하고, 첩첩이 껴입은 옷에 온몸은 땀으로 비질거린다. 코앞에 치렁거리는 구슬에서 버선코까지 훑다보면 임금의 자리란 결코 타고나는 게 아니라 정수리에서 발가락 끝까지 만들어진다는 사실이 뼈에 사무친다.

양쪽으로 늘어선 가마꾼들이 바퀴 달린 임금의 가마를 천천히 밀고 가면 그 뒤로 제관이 따른다. 이들은 다른 의장행렬과는 달리 전주이씨 종친회에서 나온 왕실의 실제 종친들이다. 희끗희끗한 수염도 깊게 팬 이마의 주름도 바랜 두루마기도 평소 제사 차림 그대로인 집안어른들이다. 혈육에서 혈육으로 전해져온 유교의 정신이 골수에 사무친 듯한 표정에서 제관의 분위기가 물씬 풍긴다. 그 뒤로 다시 호위부대가 따르면서 천오백여명이 동원된 긴 행렬도 거의 막바지에 이른다.

행렬 뒤에 삼삼오오 무리지어 구경꾼들이 따라붙는다. 크고 작은 무리를 이루며 산발적으로 나아가고 있는 무수한 군중들 속에서 누군가를 찾겠다는 건 잿더미 속에서 연필 찾는 일처럼 무모해 보인다. 오렌지전사는 자신의 열망이 꿈에 지나지 않는다는 현실 앞에 다시 맥이 풀린다. 물귀신과의 만남은 그야말로 운명에 맡기는 수밖에 없다는 걸, 이런 상황에서는 사람들 물결에 섞여들어 같이 움직이는 것 외에 달리 방법이 없다는 걸 깨닫는다. 삼년째 동호회에 몸담아오고 있지만 여지껏 물귀신과 개인적으로 가까워질 기회는 별로 없었다. 그녀를 본 것도 서너 달 전 남한산성 걷기 모임이 마지막이었다. 수어장대 앞에서 단체 기념사진을 찍은 뒤 그녀는 뜻밖의 질문을 해왔다. 저, 소방공무원이 되려면 어떻게 해야 하나요? 진지하고 의욕에 넘치는 목소리였다. 공채 동기 중에 더러 여자도 있다는 사실을 덧붙이며 오렌지전사는 자신의 경험담을 친절하게 설명해주었다. 그녀는 메모까지 해가며 상세하게 캐물었다. 그 일의 고달픔을 누구보다 잘 아는 그로서는 그녀의 열의에 찬 눈빛에도 불구하고 가슴 저 밑바닥에서부터 스멀거리는 안쓰러움을 떨칠 수 없었다. 우리집 대소사도 내 손으로 좌지우지하죠. 스무살이 되면서 우리집의 실질적인 가장이 되었거든요. 언젠가 그가 물귀신의 탁월한 조직력에 대해 찬사를 늘어놓았을 때 그녀가 한 대답이었다. 그녀의 강단있는 목소리 밑바닥에 깔려 있던 신산한 기운을 그는 잊을 수 없었다.

  그후에도 광화문에서 몇차례 물귀신작전이 있었지만, 그럴 때면 오렌지전사는 번번이 비상근무였다. 촛불 물결이 장엄하게 도심의 밤을 수놓다 썰물처럼 빠져나간 뒤, 광화문 일대를 오토바이로 지나던 그는 색다른 감회에 젖었다. 타다 남은 양초와 구겨진 종이컵과 탄핵반대 종이쪽지가 한켠에 쌓여 있던 그날 밤의 광화문 거리는 축제가 끝난 뒤의 운동장처럼 뿌듯함과 쓸쓸함이 교차했다. 오렌지전사는 비각 앞을 지나다 문득 그날 번개모임을 제안한 물귀신을 떠올렸다. 그러자 마치 그녀가 자신의 연인이기라도 한 듯 그리웠다. 아니 더 엄밀하게 말하면, 그는 불쑥 어떤 엉뚱한 사명감으로 불타오르는 자신을 느꼈다. 재난의 현장에서 그녀를 구출해내야 한다는, 직업병과도 같은 감미로운 사명감. 그는 무작정 오토바이 머리를 강남 쪽으로 돌리고는 폭주족처럼 내달렸다. 그녀가 일한다는 편의점도 몰랐고, 또한 그 시간에 거기 있을 거라는 확신도 없었지만 거침없이 달렸다. 한남대교를 앞두고 걸려온 비상전화가 제동을 걸지 않았다면 그는 그날 밤 내내 물귀신을 찾아 강남역 근처를 헤매다녔을 것이다. 오렌지전사, 빨리 돌아와. 출동이야. 삶의 결정적 순간엔 늘 훼방꾼이 도사리고 있었다.

토각 토각. 히히잉 히이잉. 여기저기서 들리는 말울음과 발굽 소리가 주변의 빌딩 유리벽에 반사되어 떠돌아다닌다. 오렌지전사는 어느새 말탄 기마대 행렬 곁을 지난다. 행렬의 움직임은 구경꾼들보다 훨씬 느렸다. 비각을 돌아 그 옛날 운종가라 불린 종로로 접어들고 이슬비에 말발굽 소리까지 덧붙여지자, 그는 자신이 마치 시간을 거슬러 몇백년 전의 한양 도성을 순시하고 있는 느낌이다. 서른세 번의 북소리가 울리는 파루(罷漏)와 함께 통행금지가 풀리면서 도성의 하루는 시작되었다. 궁궐의 보루각에서 시작해 종루와 남대문과 동대문으로 이어지는 타종소리로 사대문이 닫히거나 열렸고 사람들의 발길이 끊기거나 이어지곤 했다. 종소리 혹은 북소리 하나가 사람들의 발과 마음을 묶어놓으며 모든 것이 일사불란하게 움직이던, 단조롭지만 명징하던 시절이 있었다. 자동차와 네온싸인, 돌발적으로 나타나는 폭주족들로 불야성을 이루는 도심의 밤거리를 순찰할 때면 그는 종종 그런 소박하고 평화롭던 시절의 밤거리를 떠올리곤 했다. 인적이 끊기고 고요와 어둠으로 뒤덮인, 순찰 도는 야경꾼들만 오갈 수 있는 한적한 골목길.

토각 토각. 토각 퍽— 토각 퍽—

말발굽 소리에 웬 생뚱맞은 장단이 끼여드나 싶더니 아니나 다를까 말의 엉덩이에서 툭툭 배설물이 떨어지고 있다. 말이 서울타워를 향해 고개를 치켜들고 태연스레 지나가는 종로 대로 위에 몇 무더기의 말똥이 기념물처럼 남는다. 낯선 광경에 뜨악해하던 사람들은 엷은 김이 채 사그라들기도 전에 그 오물덩어리를 수긍하는 눈치다. 그러고 나자 그것은 놀랍게도 배설물이라는 제 처지 따위엔 아랑곳없이 횡단보도 하얀 선 위에 척 들러붙은 채 버젓이 존재하기 시작하는 것이다. 아스팔트 바닥과 그럭저럭 어울리는가 싶더니 급기야 비장미까지 풍기면서. 할아버지의 할아버지 그 할아버지의 할아버지가 살았을 적부터 오가던, 짐승들의 배설물이 수시로 내갈겨지고 먼지가 되어 사라져간 바로 그 자리. 황톳길 위로 자갈이 깔리고 신작로가 생기고 다시 아스팔트가 덮이고 지하도가 뚫리고 또 아스팔트가 덮이기를 지겹도록 되풀이해온 자리에 그것은 시간의 더께를 베개라도 삼은 듯 당당하고 의연하게 눌어붙어 있는 것이다. 보신각 앞 사거리에 울려퍼지는 말의 히힝거림도, 짙게 풍겨나는 말의 체취도 바로 엊그제 일상이었던 것처럼 여겨진다.

뜨거운 사랑을 택하자니 우정이 슬피 울고, 영원한 우정을 택하자니 사랑이 슬피 우네.

모퉁이 레코드 가게에서 흥겨운 가요가 흘러나온다. 발랄한 리듬에 그의 걸음은 한결 경쾌해진다.

난 모르겠다. 모르겠다. 뭐가 뭔지 난 모르겠다. 널 택하겠다. 택하겠다. 사랑한다. 에라 모르겠다.

혼성 듀엣 곡에서 남자 가수가 읊조리는 랩의 가사가 꼭 오렌지전사 자신의 넋두리처럼 들리는 순간, 그의 눈에 퍼뜩 낯익은 모습이 잡힌다. 머리에 노란색 핀을 꽂고 저 앞에서 가고 있는 여자. 유채꽃 들판이라도 만난 듯 그의 가슴이 일순간 환해진다. 어깨에 닿을 듯 말 듯 찰랑거리는 생머리, 등뒤에 매달린 앙증맞은 륙색, 물귀신이 분명하다. 총총거리는 걸음 역시 그녀가 평소 사라질 때의 바로 그 뒷모습이다. 오렌지전사는 허둥대며 사람들을 헤집고 나선다. 어허, 이 사람이 왜 밀치고 난리야. 그의 등뒤로 사람들의 짜증이 쏟아진다. 더러 우산까지 받쳐든 사람들을 헤치며 노란 머리핀과의 간격을 좁히기란 여간 힘든 게 아니다. 겨우 다 따라잡았다고 생각했을 즈음, 노란 머리핀이 왼쪽으로 방향을 튼다. 얼굴이 드러나자 그는 멈칫한다. 고글형 안경을 낀 낯선 여자다. 그가 주춤거리는 사이 노란 머리핀은 이내 피맛골 골목으로 사라진다.

뭔가에 홀린 듯 그는 명멸해가는 노란 점을 우두망찰 바라본다. 노래에 빠져 착각한 것일까. 사람들이 흘끔거리며 그의 곁을 지나간다. 그는 머쓱해진 마음을 추슬러 가던 길을 재촉

한다. 물귀신은 배후조종자일 뿐이야. 사람들만 동원시키고 정작 자신은 잘 나타나지도 않잖아. 얼마 전 광화문 번개모임 후 사람들이 하던 말이 떠오른다. 어쩌면 그녀는 오늘 이곳에 오지 않았는지도 모른다. 온라인이든 오프라인이든 둘 중 하나만 잘하면 됐지 뭐. 물귀신 형편에 그 정도 하는 것도 난 존경스러워. 물귀신의 속사정을 잘 알고 있다는 듯 회원 하나가 그녀를 감쌌다.

상점이 늘어선 종로 대로변을 지난다. 30퍼센트 쎄일 광고 문구가 나붙은 구두매장과 31가지 종류의 아이스크림 가게를 지나면서 오렌지전사는 곧 닥쳐올 자신의 나이를 떠올린다. 다시 그는 탑골공원 정문 앞에 쭈그리고 앉은 노인들을 지나친다. 넓은 공원 앞길을 지나자 보도 폭이 좁아지더니 한켠으로 노점상이 죽 늘어서 있다. 이제 막 장사 준비를 하는 곳도 더러 눈에 띈다. 허연 무 덩어리와 다시마가 둥둥 떠 있는 사각의 스테인리스 스틸 통에서 김이 오르고, 그 뒤로 고구마를 채썰고 있는 아낙과 꼬치에 오뎅을 꿰는 사내의 분주한 손놀림이 보인다. 꼬치마냥 한두름 꿰어져 지나가는 대로변 풍경을 따라 3가를 지나고 4가로 들어서자 드디어 종묘 입구가 나타난다. 시간은 다시 몇백년을 훌쩍 거슬러올라간다.

종묘 정문에 다다르자 오월 숲의 싱그런 향기가 성큼 몰려들면서 지친 심신에 생기를 불어넣는다. 의장행렬은 정문을 들어서면서 비로소 대단원의 막을 내리며 한쪽 숲길로 사라지고, 구경꾼 행렬은 종묘제례가 거행되는 정전으로 계속 이어진다.

 정전 대문을 들어서니 잿빛 기와지붕이 가장 먼저 눈에 띈다. 수키와 암키와가 번갈아 포개들며 하염없이 이어지는 기왓장들의 이랑 뒤로 싱그런 오월의 신록이 드리워 있다. 누백 년 숲을 이뤄온 나무들의 투명한 연초록 새순들이 잿빛 기와지붕과 어우러져 정전의 중후함을 한껏 살려내는 한편, 앞마당에 겹겹의 울타리로 둘러선 구경꾼들 모습은 어지러울 만큼 다채롭다.

 편편한 화강석이 빼곡히 깔린 돌기단에도 위아래가 있어 제례악에서도 당상악을 연주하는 이들은 하늘을 상징하는 상월대에 자리를 잡는다. 마당을 좌우로 나누어 제례악단과 일무를 추는 무용단이 각각 자리를 차지하고 한켠에는 귀빈석과 종친들 자리가 마련돼 있다. 제사 장면을 구석구석 담기 위한 이동식 카메라가 휘휘 허공을 누비며 시운전중이고 정전 양쪽으로 대형 멀티비전이 설치되어 있다.

 하나 둘 하나 둘, 마이크 테스트용 멘트가 금속성 잡음과 뒤섞여 신경을 긁어대더니 이윽고 사회를 맡은 집례관이 개회식을 알린다. 연로한 집례관 어른의 목소리는 작고 발음이 분명치 않아 잘 알아들을 수가 없다. 마이크가 언론계 출신 종친회장에게로 넘어가자 소리가 크고 또렷해진다. 이곳 종묘는 바야흐로 명실공히 유네스코 세계문화유산으로 지정되어 전세계 사람들의…… 흰 두루마기를 걸친 종친회장의 감회에 젖은 인사말이 마당 가득 울려퍼지는 동안 오렌지전사는 물귀신

일행을 찾아 이곳 저곳을 둘러본다. 오락가락하던 비는 어느새 그쳤다. 취재를 하거나 관광온 외국인이 여기저기 눈에 띈다. '파파, 마망'을 외치는 어린 남매 딸린 프랑스인 배낭족 가족도 보이고 '기무치'를 외치며 사진 찍기에 여념없는 일본인 단체관광객도 보인다. 찰칵 찰칵, 먼먼 훗날 빛바랜 앨범에서 아니, 컴퓨터 개인홈피에서 삶의 한순간을 회상하며 애잔함에 젖게 만들 장면이 각자의 카메라칩에 담긴다.

여기는 정실이 아닌 후궁 출신 왕비들 신위를 따로 모시는 곳이야. 가령 희빈 장씨의 신위는 여기다 모셨지. 적자와 서자의 구별이 워낙 엄격하던 시대였으니 그럴 수밖에. 정전에서 멀찍이 떨어진 아래채의 어느 방 앞에서는 한 무리의 학생들에 둘러싸인 인솔 선생이 배경설명을 하고 있다. 학생들은 손에 든 인쇄물을 뒤적이거나 선생의 설명에 귀기울이면서 이따금 인쇄물 여백에 펜으로 뭔가를 적어넣는다.

제례악이 은은히 울려퍼지는 가운데 마침내 임금과 제관들이 종묘로 들어선다. 임금을 앞세운 제관행렬이 정전의 긴 회랑을 따라들어와 위패를 모신 제실 앞에 죽 늘어선다. 제1실 태조의 신위를 시작으로 후대 왕들의 신위가 제19실까지 차례로 놓여 있다. 유우 세차…… 집례관이 천천히 축문을 읽어내려간다. 당피리, 대금, 해금, 아쟁 등 선율 악기 사이사이로 편경소리가 산사의 풍경처럼 맑고 청아하게 울려퍼지는 가운데, 임금이 손수 향을 피워 하늘의 혼을 불러오는 진향을 하고 술을 따라 땅속의 백(魄)을 불러오는 진찬을 하고 비단에 싸인 폐

백을 신에게 예물로 올리는 진폐의식을 차례로 거행해나간다.
 다시 빗줄기가 후드득거린다. 사람들 머리 위로 일제히 우산이 펼쳐진다. 검정, 노랑, 파랑, 꽃무늬 우산…… 사람들 어깨 사이로 언뜻언뜻 보이던 제례 광경이 우산에 가려지자 양쪽에 높이 솟은 대형 멀티비전이 진가를 발휘한다. 대형 모니터에는 일무의 춤사위가 선명하게 보이고 당피리, 편경, 편종 악기들이 비치는가 싶더니 급기야 제상에 차려진 음식들이 생생하게 클로즈업된다. 하얀 쌀밥과 각종 고기류…… 화면을 가득 메운 제상 음식을 보자 오렌지전사는 갑자기 허기가 밀려든다. 금강산도 식후경이라 했건만 그는 여지껏 아무것도 먹지 않았던 것이다. 제상의 젯밥에 침이 꼴깍꼴깍 넘어간다.
 제단에 밥 올리는 걸 중지해야 합니다.
 일년 내내 종묘 제단에 젯밥이 끊이지 않던 왕조 시절, 하루는 조정 중신이 제상의 밥이 번번이 도둑맞는 일을 문제삼았다.
 아니 감히 임금의 제상에 놓인 젯밥을 훔쳐먹다니요. 그런 불경스런 일이 어디 있습니까. 그런 놈들은 마땅히 엄벌로 다스려야 합니다.
 오죽하면 제상에 손을 댔겠습니까. 현세의 도를 중시하는 것이 유교의 미덕 아닙니까. 뜬구름 잡는 얘기나 늘어놓는 불교나 도교와는 엄연히 다르지요. 굶주림과 식탐의 원인부터 해결하는 것이 순서겠지요.
 중신들의 의견은 팽팽히 맞섰다. 어디 엇갈리는 생각이 젯밥뿐이었으랴. 왕이 죽고 난 후 대비의 상복 입는 기한에 관한 해석도 어긋났고 그 해석에 따라 패가 갈리면서 파벌이 생겨 나고 또한 파벌간에 논쟁이 끊이지 않았으니, 성리학을 통치 이념으로 한 왕조의 긴긴 세월이 이 당쟁으로 도배되었음을 후손들은 익히 잘 알고 있다.

비 탓인지 지루한 절차 탓인지 구경꾼들이 하나둘씩 빠져나가고 있건만 제사는 아직도 그 끝을 가늠할 수 없다. 잔에 따라진 술이 제상에 올라가고 절을 하고 손을 씻고 또 잔을 올리고 절을 하고…… 일련의 의식이 지루할 정도로 되풀이된다. 구경꾼이 한번씩 하품을 입에 물고 여기저기 두리번거리는 사이 임금과 제관들은 거듭되는 무릎꿇기와 절하기에 삭신이 욱신거린다.

술이 세 차례 제상에 오르는 3헌례가 끝나면서 제사도 거의 마무리 단계에 접어든다. 긴 노동 끝에 달콤한 결실의 시기가 오듯 음복할 순서가 따른다. 임금은 제상에 올랐던 술을 한잔 쭉 들이켠다. 조상의 음덕이 흠뻑 깃들인 술이 빈속을 자르르 훑고 지나자 오장육부가 일제히 깨어난다. 임금은 한잔을 더 청해 마신다. 술기운이 번지면서 피로와 긴장이 풀리는가 싶더니 차츰 온몸이 느른해온다. 조상신들이 젯밥보다는 이승의 술맛을 못 잊어 이날을 오매불망 기다리는 건 아닐까. 혀끝의 술맛을 음미하던 임금의 마음속에 의구심이 솟는다. 그래서 또 한잔…… 임금은 세번째 잔을 들이켜고는 일어날 채비를 한다. 이제는 궁궐로 돌아가 노곤한 몸을 뉘는 일만 남았다. 축축 늘어지는 몸이 천근 만근이나 되는 것 같다. 임금은 처지는 발걸음을 억지로 떼놓으며 문지방을 넘다 버선발을 헛디뎌 휘청한다. 기둥을 붙잡으려던 손이 미끄러지면서 몸은 이내 중심을 잃고 바닥으로 나둥그러진다. 후들거리는 무릎관절에 술기운까지 겹친 탓이다.

아이고 전하— 제관들이 우르르 모여들고 주위는 순식간에 아수라장이 된다. 어의가 불려오고 종친과 신하들, 심지어 문밖의 가마꾼들까지 허둥댄다. 정작 바닥에 너부러진 임금은 이 어수선한 분위기가 마치 강 건너 불구경 같다. 심신이 어찌 이리 편할쏘냐. 면류관이 벗겨지고 대대와 폐슬이 끌러지고 구장복이 헤쳐지고 조였던 버선 끈이 풀리자 온몸이 쇠사슬에서 풀려난 것 같다. 처마끝으로 펼쳐진 하늘이 시원하다. 처마와 하늘과 구름 사이로 제관들 얼굴이 주마등처럼 돌아가고 몸은 새의 깃털마냥 훨훨 허공을 떠다닌다. 저 구름 뒤편 어딘가 있을 조상들 자리가 괜스레 탐이 난다. 용상이고 곤룡포고 옥새고 미련없이 떨쳐버리고 저 구름에 둥실 올라 늘어지게 쉬었으면 싶다. 일년에 몇차례 후손들이 차려주는 젯밥이나 얻어먹으며……

구름 사이로 들락거리던 해가 그새 서쪽으로 훌쩍 옮겨앉았다. 겹겹의 구경꾼 울타리가 풀어헤쳐지더니 정문으로 향한 숲길 따라 길게 이어진다. 오렌지전사는 연신 꼬르륵거리는 배를 움켜쥐고 퇴장하는 행렬에 끼여든다. 입구 여기저기에 대절 버스들이 대기하고 있다. 캔맥주를 들고 버스 안을 들락거리는 사람들이 있는가 하면 여기저기 삼삼오오 모여앉아 담소를 나누기도 한다. 불쾌한 얼굴도 심심찮게 눈에 띈다. 구경꾼들은 종로 거리로 뿔뿔이 흩어진다. 그는 지친 걸음을 떼놓으며 오늘 일을 떠올려본다. 호랑나비 한마리를 쫓아 온 들판을 헤매다닌 어린날의 기억처럼 하루 일이 백일몽 같다. 하염없이 쏘다녔지만 결국 나비는 손에 넣지 못하고 빈들판의 기억만 가득했다. 다리는 아프고 뱃속은 꼬르륵거리며 성화다.

어느새 오렌지전사는 횡단보도 앞에 선다. 다른 세상으로 훌쩍 건네줄 것처럼 종로 대로가 아득하게 펼쳐져 있다. 그는 왠지 아쉽고 허전한 마음을 떨치지 못해 다시 한번 종묘를 돌아본다. 숲 사이로 수키와 암키와가 가지런히 포개 있는 정전 지붕이 눈에 들어온다. 불쑥 어떤 의구심이 그의 뇌리를 스친다. 종묘도 주변의 숲도, 심지어는 눈앞에 펼쳐진 종로 대로조차 거대한 쎄트장처럼 여겨진다. 온종일 그가 헤매고 다닌 곳은 다름아닌 쎄트장 안이었는지 모른다. 의상과 의장물을 갖추고 행렬을 이루었던 임금과 제관과 포졸들만 배역을 맡은 게 아니었다. 그는 자신도 이 거대한 시대극에 출연한 단역이었음을 깨닫는다.

아니, 극은 아직 끝나지 않았다. 자신의 일거수일투족이 여전히 누군가에게 보여지고 있을지 모른다. 그는 주위 사람들을 둘러본다. 옆사람도 앞뒤로 선 사람도 한결같이 무심한 표정이다. 능청스런 표정의 이들 역시 행인 1, 행인 2를 맡은 단역이다. 그뿐이랴. 애당초 자신은 오렌지전사 역, 그녀는 물귀신 역을 맡은, 같은 시대극에 출연하는 단역의 운명이었다. 그는 잠시 마음을 진정시킨다. 누군가의 의도대로 씌어진 이 각본을 그대로 따르고 싶지는 않다. 누구도 주인공이 아닌, 그래서 모두가 주인공일 수 있는 이 극의 대본을 수정할 자유는 자신에게도 있다.

그는 고개를 들어 횡단보도 건너편으로 시선을 던진다. 사람들 사이에 낯익은 누군가가 있다. 지쳐 있던 온몸의 세포들이 생생하게 깨어난다. 유채꽃 같은 노란 머리핀, 어깨 위에 닿을락말락 찰랑거리는 까만 생머리의 여자, 물귀신이다. 그녀가 환한 미소를 머금고 건너편에 서 있다. 그에게 달려오기 위해 신호등의 카운트다운을 기다리고 있는 것이다. 오렌지전사, 얼마나 오랫동안 찾아헤맸는지 몰라. 그녀의 속삭임이 또렷이 전해진다.

신호등이 둥실 청사초롱이 되어 솟아오르고 하얀 막대선의 횡단보도가 오작교가 되어 펼쳐진다. 꿈은 이루어진다. 그들 앞에 드리워진 튼튼한 다리가 그걸 보여주고 있다. 빨강 파랑 청사초롱이 한들거리며 앞장을 서고 그녀가 다리 위로 발을 옮겨놓는다. 그때 메씨지가 도착한다. 오렌지전사, 비상출동이야. 그는 바로 이 순간을 위해 그 기나긴 시간을 기다렸다고 생각하며 재빨리 답신을 날린다. 출동 준비 완료. 그는 그녀를 향해 떨리는 걸음을 내딛는다.

—『창작과비평』 2004년 겨울호

죽령터널, 지나다

출발시간까지는 사십분이 남았다. 사십분. 뭔가 일을 도모하기에는 모자란 듯하고 차만 기다리기에는 더없이 지루한, 어정쩡한 시간이라고 생각하며 재희는 차표와 거스름돈을 받아 챙긴다. 매표창구를 등지고 돌아서는 그녀 앞으로 친숙하면서도 낯선 풍경이 성큼 다가선다. 떠나는 이와 돌아오는 이들이 서로 반대편 공기를 뒤섞으며 오가고, 대기중인 승객들은 이따금 차표를 들여다보며 깊은 하품을 뱉어내거나 경계의 눈빛으로 한번씩 낯선 이들을 흘끔거리는, 가라앉은 듯하면서도 을씨년스럽게 술렁이는 지방 소도시의 시외버스 터미널 대합실. 재희는 십수년을 훌쩍 거스른 시간 속에 내던져진 것 같다. 이런 곳이라면 대도시 사람 눈엔 빛바랜 사진을 보는 것처럼 정겹거나 아련한 동경이 느껴지기도 하련만 재희는 지금 자신의 존재가 불쑥 끼여든 불청객처럼 이물스러워 그런 정취를 느낄 여유 같은 건 없다. 처음으로 혼자 나선 여행이라 그런 것일까. 그녀는 '처음으로 혼자 나선'이라는 사춘기 소녀에게나 어울릴 법한 수식어가, 서른 중반의 주부인 자신에게 따라붙는 현실에 자괴감마저 스멀거린다. 수학여행, 대학시절 엠티, 신혼여행, 아니면 가족들과의 나들이, 어떤 여행이든 그녀에겐 보호자 혹은 동행이 있었다. 엄마 아버지, 친구들, 혹은 남편 아니면 어린 아들 녀석일지라도……

이런 시외버스 터미널을 찾은 것도 대학시절 엠티 이후로 처음이니 십여년 만의 일이다. 이 지방과 인연을 맺은 지난 사년간 재희는 무수히 이곳을 오갔지만 대중교통을 이용한 적은 오늘이 처음이었다. 당연하다는 듯 시행착오가 따랐다. 서울에서 이곳에 올 때 고속버스 터미널에 도착했던 그녀는 무심코 그곳을 찾았다가 헛걸음했다. D시로 가는 버스는 시외버스 터미널에서 타야 합니다. 매표소 직원의 친절한 안내에 따라 그녀는 다시 택시를 타고 이곳으로 왔다. D시로 가기 위해서. 그곳은 친구 J가 두어 달 전 발령받아 간 곳이다.

좌석을 차지하고 있는 대부분의 사람들은 한여름 땡볕에 속수무책으로 얼굴을 내놓은 듯 가무잡잡한 피부를 하고 있다. 마을 어귀에 우뚝 선 장승처럼 그들의 표정은 한결같이 무심하고 뚝뚝하며 괴이하기까지 하다. 더러 그들 옆자리는 큼직한 쇼핑백이나 보따리가 차지하고 있지만 서 있는 사람을 위한 배려나 친절 같은 건 기대조차 않게 한다. 앉을 만한 자리를 찾지 못한 재희는 속절없이 대합실 안을 어슬렁거린다. 화장실 입구에서는 허리춤을 추스르며 오가는 촌로들이 더러 눈에 띈다. 가까이 다가가자 지릿한 냄새가 물비린내와 뒤섞여 역하게 풍겨온다.

시외버스 터미널도 고속버스 터미널처럼 새로 지어 곧 옮겨갈 거예요. 택시기사의 말을 뒷받침하듯 낡은 대합실 내부는 퀴퀴한 냄새와 군데군데 칠이 벗겨진 낡은 벽체의 균열이 시한부 운명을 여실히 드러내고 있다. 사라져가는 것의 뒷덜미란…… 소멸의 당위를 일깨우는 허섭스러움이 애틋한 아쉬움과 공존하는, 그래서 누구도 자신있게 그것의 잔존을 고집할 수 없게 만드는 일면이 드리워 있는 것이다. 대합실 정면 벽에 걸린 둥근 벽시계는 스스로 아날로그 시대의 막바지를 향해 카운트다운하듯 세 개의 바늘이 앞서거니 뒤서거니 쉬지 않고 움직인다. 재희는 휴대폰을 꺼내 시간을 확인한다. 바늘로 시간을 가리키는 원형 벽시계가 영 미덥지 않아서다. 겨우 오분이 흘렀을 뿐이다. 벽시계의 시간도 틀리지 않았다.

"손님, 뭐 찾는 것 있수?"

매점 주인여자의 난데없는 질문이다.

그제야 재희는 자신이 계속 간이매점 주위를 맴돌았다는 사실을 깨닫는다.

"아 아뇨…… 그냥 구경 좀 하느라……"

"그럼 멀찍이 좀 떨어져요. 성가시게 괜히 얼쩡대지 말고."

"죄, 죄송해요."

얼떨결에 사과는 했지만 기분이 영 떨떠름하다. 여과없이 나오는 사람들의 퉁명스러움이 소박한 듯하면서도 껄끄럽고 불편한, 지방색의 한 단면과 마주친 것 같다. 대합실 분위기가 갑자기 부담스러워진 재희는 그곳을 벗어나기로 한다.

출구를 향해 나가는데, 노숙자처럼 보이는 사내 하나가 막 대합실 안으로 들어서고 있었다. 시기에 맞지 않는 겨울코트 차림에 텁수룩한 얼굴. 어기적거리는 걸음으로 들어오던 사내는 재희와 눈이 마주치자 씨익 웃는다. 봉두난발에다 땟국에 전 얼굴 탓인지 하얀 치아가 괴이쩍게 두드러진다. 사내는 갑자기 제자리에 멈추더니 한손으로 자신의 반코트를 슬쩍 들쳐 보인다.

"어머나!"

재희는 짧은 비명을 내뱉으며 대합실 안으로 뒷걸음질친다. 남자의 회색 바지 지퍼 밖으로 시커먼 성기가 드러나 있었던 것이다. 금방이라도 덮쳐올 것 같은 아찔함에 그녀는 도움이라도 청하듯 주위 사람들을 둘러본다. 하지만 그녀의 눈에 잡힌 건, 시큰둥하거나 혹은 한 술 더 떠서 그녀의 곤경을 즐기려는 듯한 사람들의 냉담한 시선이다. 매점 여자는 그깟 일에 웬 호들갑이냐는 기색이었고 다른 사람들도 결혼한 아줌마가 무슨 내숭이냐는 듯 냉랭한 눈초리였다. 재희의 눈에는 그들도 사내와 한통속처럼 비쳤다.

재희는 쫓기듯 밖으로 나선다. 안전한 공간이 더없이 절실해진 그녀는 터미널 주변 상가를 여기저기 두리번거린다. '솔다방'이라는 지방색 짙은 이름의 구석 다방이 건너편에 하나 보인다. 차 배달 나가는 아가씨의 초미니 스커트 차림으로 미뤄보건대 아무래도 티켓다방 같다. 포기하고 다른 곳을 찾는다. 차근차근 훑던 재희의 눈에 마침내 은행건물 맨 끝에 있는 편의점 하나가 들어온다. 세븐 일레븐. 익숙한 로고 간판부터 믿음이 간다.

"어서 오세요."

여자 아르바이트생의 친절하고 쾌활한 목소리가 그녀를 맞는다. 동네 편의점에 온 듯 긴장이 풀린다. 재희는 캔커피를 하나 집어든 다음 느긋하게 진열대 상품을 둘러본다. 커피도 한잔 하면서 최소한 십여 분은 이곳에서 보낼 생각이다. 냉장고가 벽 쪽에 일렬로 늘어서 있고 가운데 진열대가 놓인 실내는 여느 편의점처럼 틀에 박힌 구조다. 간식용 먹거리가 대부분인 상품들이 정해진 룰에 따라 빈틈없이 자리를 차지하고 있다. 비스킷류가 놓인 진열대 상품을 하나씩 훑어보다 재희는 아주 친숙한 상표의 비스킷 제품을 하나 발견한다. 사브레. 자신과 비슷한 나이를 가졌을 법한, 그녀가 어릴 적 최고로 꼽던 비스킷이다. 재희, 꼭 우유에 적신 사브레 같잖아. 그렇게 비유되던 때가 있었다. 하지만 가슴 찡하도록 반가웠던 건 그 기억 때문만은 아니다. 대합실 벽에 걸려 있던 낡은 원형시계가 그 낯익은 비스킷 포장지 위로 오버랩되었던 것이다. 난 이미 단종된 모델이야. 영화 「터미네이터」 주인공이 비장하게 내뱉었던 한마디가 순간 떠올랐다. 존재하는 모든 것들의 소멸의 운명을 토로하던 금속성 울림의 비장한 목소리. 그 한마디가 지금 재희가 속한 상황을 부쩍 실감나게 했던 것이다.

 난데없이, 야생화가 지천이다. 희뜻희뜻 현기증이 일도록 눈부시다. 무릎높이에서 하늘거리는 꽃 숲을 헤치며 그녀는 내달린다. 울타리가 나타난다. 잠시 주춤하다 그녀는 울타리를 타넘는다. 누군가 뒤에서 부르는 소리가 들린다. 돌아와, 돌아와…… 간절한 남자의 목소리, 걱정스런 눈빛. 울타리를 타넘은 마당에 거칠 것이 있으랴. 그녀는 점점 멀리 내달린다. 너른 들판은 시원하고 찬란하다. 얼마나 왔을까? 주위를 둘러본다. 사방이 고요하다. 들판 끝까지 꽃들이 누웠다 일어서기를 되풀이한다. 바람처럼 무심히. 외롭다. 겁도 난다. 울타리도 남자도 보이지 않는다. 그녀를 둘러싼 매혹적인 꽃들이 서서히 야성의 본색을 드러낸다. 무수한 잔뿌리가 그녀의 지친 종아리를 그러잡고 여린 줄기가 허리를 휘감는다. 꽃가루가 그녀의 눈을 멀게 하고 독한 향기가 숨을 조여온다. 그녀는 꽃의 늪에서 허우적거린다. 살려달라며 소리치지만 외침은 이내 바람이 일구어낸 꽃물결에 묻혀버린다. 갈갈갈 갈갈갈, 꽃들의 서늘한 웃음이 들판 가득 떠다닌다.

 "오늘도 저희 고속버스를 이용해주신……"
 실내를 울리는 마이크 소리에 재희는 깨어난다. 그새 깜빡 잠이 들었던 모양이다. 버스가 승차장에 들어서자 그녀는 곧바로 차에 올랐다. 우중충하고 을씨년스런 터미널 분위기에서 빨리 벗어나고 싶었던 것이다. 가을햇살이 비스듬히 흘러드는 버스에 오르자 안도의 숨이 절로 나왔다. 긴장이 풀린 그녀는 편안한 좌석에 몸을 의지하면서 곧바로 잠에 빠져든 모양이었다. 새벽부터 몰아친 여독 탓이다. 버스는 언제 터미널을 빠져나왔는지 벌써 고속도로를 달리고 있다. 개통 후 처음으로 지나는 중앙고속도로다.

"이 차는 별다른 불상사가 생기지 않는 한, D시까지 세 시간 가량 소요될 예정입니다."

불상사, 재희는 기사의 돌출성 멘트에 피싯 웃음이 난다. 시선이 자연스레 운전석으로 향한다. 룸미러에 비친 기사의 얼굴은 차에 오를 때 잠깐 마주쳤던 터라 낯이 익다. 그의 외모는 기사라는 직업의 경계를 훌쩍 넘어서 있다. 뒤로 묶은 말총머리에 가무잡잡한 피부, 날카로운 눈매까지…… 젊은날의 스티븐 씨걸 모습이 얼핏 스친다.

"손님을 환영하는 의미에서 우선 음악을 한곡 들려드리겠습니다."

룸미러를 들여다보던 재희는 얼핏 이상한 낌새를 챈다. 기사가 꼭 그녀 자신을 보며 이야기하는 것 같아서다. 아니나다를까 주위를 둘러보니 좌석이 텅 비어 있다. 그녀는 다시 고개를 길게 빼고 맨 뒷자리까지 찬찬히 살펴본다. 45인승 고속버스에 다른 승객은 하나도 눈에 띄지 않는다.

"이 버스는 손님이 전세내신 거나 다름없습니다, 하하."

기사의 말이 마이크를 타고 울려퍼진다. 그녀의 일거수일투족이 지금 그의 룸미러에 잡히고 있는 것이다. 소름이 돋는다. 남자의 말은 이제 당신은 내 차에 감금된 거나 다름없다는 으름장 같기도 하다. 말 끝에 따라붙던 호탕한 웃음이 더 그런 혐의를 짙게 한다. 출발 직전 승차장에서 보았던 버스기사들 모습이 떠오른다. 그들은 승차장 한쪽에 모여서서 도착과 출발의 틈새시간을 메우고 있었다. 박카스를 들이켜는 남자, 담배를 피우는 남자, 썬글라스를 빼서 정성껏 닦는 남자…… 그들은 농지거리를 주고받으며 한번씩 재희가 있는 쪽으로 느물거리는 시선을 던지곤 했다. 유난히 흰 피부에 수수한 듯하면서 세련된 도회풍 차림의 그녀는 그곳에서 두드러져 보였을 수도 있었다. 버스기사들은 번갈아가며 그녀를 훑어내렸다. 숫제 눈으로 옷을 한꺼풀씩 벗겨내듯 끈끈한 시선이었다. 재희는 혼자 나선 여행이라면 그 정도쯤이야 코웃음치며 넘길 수 있어야 한다고 마음을 다잡았지만 께름칙한 기분을 영 떨쳐버릴 수 없었다. 그저 차가 빨리 들어와 곤혹스런 상황을 벗어나게 해주기만 바랐다.

　순박함으로 미화되는 지방 사람들의 타지인에 대한 유별난 관심과 배타성이란 어느 곳이나 마찬가지였다. 남편 유학기간 동안 머물렀던 미국에서도 그랬다. 남부의 시골 작은 휴게소에서였다. "헤이, 걸!" 불량기 넘치는 청년 둘이 건들거리며 재희에게 다가왔다. 한 남자는 너덜거리는 청바지에, 한쪽 소매가 어깨까지 말려올라간 빨간색 반팔 티셔츠 차림을 하고 있었다. 호칭으로 미루어 그들은 동양인 여자의 나이를 잘 가

늑하지 못하는 모양이었다. 평소 유색인종을 구경하기 힘든 작은 시골마을이라 더 그런 것 같았다. 두 남자는 커피를 든 재희 양쪽에 바싹 붙어서서 진로를 방해했다. 그때는 그들의 무례함이 불쾌했을 뿐 공포심 같은 건 없었다. 휴게실 여기저기 손님이 앉아 있는 대낮이었고 무엇보다 창밖에는, 소리치면 일분 내로 달려올 거리에 남편이 있었다. 재희는 난감한 표정으로 창밖에 있는 남편에게 구조를 요청하는 손짓을 했다. 보닛을 열어놓고 차를 수리하고 있던 남편은 상황을 빨리 눈치챘다. "헤이, 걸, 아 유 재패니즈?" 한 남자가 재희 건너편 자리에 바싹 붙어앉으려 할 때였다. 어느새 남편은 거친 숨을 몰아쉬며 그들 앞에 떡 버티고 있었다. 한손에는 스패너, 다른 손에는 스노체인을 든 채. "무슨 일이야?" 정지화면 위로 남편의 한마디가 위협적으로 울렸다. 두 남자는 어깨를 으쓱해 보이더니 슬금슬금 사라졌다. 그 일이 있은 뒤로 남편은 여행 도중 재희가 화장실만 가도 그 앞에서 지키고 서 있는 습관이 생겼다.

4차선의 도로에는 간간이 차들이 지나고 있지만 각각 자신들의 목적지로 내달릴 뿐 버스 안은 철저히 고립된 공간이다.

"가을 분위기 물씬 나는 노래를 한곡 들려드리겠습니다."

마이크를 타고 울려나오는 기사의 한마디 한마디가 재희 자신을 염두에 둔 거라고 생각하자 다시 불안해온다. 가까스로 피신해 들어온 곳이 호랑이굴일 줄이야. 눈길 끄는 외모에 감미로운 목소리까지 갖춘 기사는 제법 사람을 호릴 만한 매력을 풍긴다. 재희는 스티븐 씨걸 역시 실제 생활에서 스캔들로 구설수에 곧잘 오르내린 사실을 떠올린다.

 가을이 오면 눈부신 아침햇살에 비친 그대의 맑은 미소가……

 아주 오랜만에 듣는 익숙한 곡이다. 대학시절 학교 앞 레코드가게에서 한때 줄기차게 흘러나오던 곡.「가을이 오면」이라는 제목이던가. 만지면 아스스 가루로 흩어내릴 것 같은 낙엽을 닮은 목소리. 하지만 음악을 즐길 여유 같은 건 없다. 재희는 기사가 이런 분위기있는 음악을 미끼로 자신에게 접근하는 것이라고 생각한다. 수작, 그래 이건 수작이거나 농간의, 씨그널 음악에 지나지 않아. 이걸 시작으로 그는 본격적으로 추근거릴 것이다. 재희는 약간이라도 그런 낌새가 보이면 휴게소에서 다른 차로 바꿔타리라 맘먹는다.

 "손님, 여기 앞자리로 옮겨앉는 게 어떻겠습니까?"

 그는 예상보다 빨리 본색을 드러낸다.

 "아뇨, 저는 이 자리가 편해요. 저한테 신경쓰지 마세요."

 재희는 짐짓 야멸찬 투로 대꾸한다.

 이럴 줄 알았으면 좀더 뒷자리에 가 앉을 걸 그랬다는 생각도 든다. 다섯번째 좌석은 아무래도 운전석과 가까운 자리다. 차분하게 생각을 정리하며 가려 했던 당초의 생각은 이미 물 건너간 것 같다. J를 찾아가기로 한 것부터 성급한 판단이었는지 모른다는 생각이 든다. 상황은 더 뒤죽박죽이 돼버렸다. 이제는 오히려 자신을 위협하는 환경으로부터 안전을 지키는 일이 급선무처럼 보인다. 어쨌거나 재희는 기사에게 절대로 빌미를 주어서는 안된다고 거듭 다짐한다.

"저, 죄송하지만, 음악소리 좀 줄여주시겠어요? 전화 좀 하게요."

재희는 휴대폰 폴더를 펼치면서 큰 소리로 기사에게 말한다.

낮아진 음악소리 위로 그녀의 전화 음성이 또렷하게 들린다.

"응, 지금 고속버스 타고 가는 중이야. 세 시간쯤 걸릴 거래. 물론, 남편이 마중나와 있기로 했지. 그 사람이 원래 그렇잖아. 바늘끝 하나 비집고 들 틈이 없는…… 그래, 그럼 도착해서 다시 연락할게."

통화를 끝낸 그녀는 다시 한 통화를 더 한다.

"준하니? 응, 엄마야. 수업은 재밌었어? 할머니가 곧 데리러 오실 거니까, 얌전하게 책 보고 있어. 엄마…… 지금 가는 중이야. 그래 숙제부터 하고…… 말 잘 들으면 엄마가 맛있는 거 사갈게. 엄마도, 사랑해."

재희는 휴대폰을 접는다. 그 정도면 자신이 얼마나 모범적인 가정 주부인지 제대로 드러났을 거라 확신한다.

"아주 단란한 가정인가보네요."

기사는 부러운 목소리로 말한다.

"네, 도착하면 남편이 마중나와 있을 거예요."

대답을 하고 나니 좀 성급했다는 생각이 든다. 그래도 남편과 아들이라는 방어막을 떠올리고 나니 불안하던 기분이 좀 가라앉는다.

"남편이 아주 자상한 분인가보군요."

"예, 좀 지나칠 정도로요."

자랑과 불평이 적당히 버무려진, 효과적인 대답이었다는 생각이 들자 한결 마음이 놓인다. 실제로 남편은 그랬다. 입으로 한번 떠올리기만 해도 든든해지고 위안이 되는 그런 존재. 먼 길에서 돌아올 때면 남편은 언제나 그녀를 마중나와 있었다. 재희의 기억에 한번의 예외도 없었다. 사랑을 나눌 때를 제외하곤, 남편은 재희에겐 언제나 아버지 같은 존재였다. 사년의 연애, 육년의 결혼생활. 결혼 후 줄곧 전업주부로 살았지만 별다른 불만이 없었던 것도 오롯이 남편 덕이었다. 일과 가정, 어느 하나 소홀함이 없던 그는 반대방향으로 달리는 토끼 두 마리를 너끈히 잡을 수 있는 그런 남자였다. 바보야, 그거야말로 환상이야. J가 말했다. 무엇보다 네 남편부터 죽여야 해, 네 기억 속에서 말이야. 두 눈 시퍼렇게 뜨고 있는 남편도 속여가며 바람 피우는 세상에 너는 빗장 지르고 앉아, 죽은 남편까지 살려내며 청승을 떨어야겠니. 더 늦기 전에 네 인생을 되찾아. 재희가 남편에 얽힌 추억을 떠올릴 때마다 J는 신경을 곤두세웠다.

심장마비였습니다. 의사는 남편의 돌연사 원인을 간단명료하게 진단했다. 연구실 컴퓨터 앞에서였다. 유학생활을 끝내고 모교에 자리를 잡은 지 이년째 되던 해, 생활이 막 안정을 찾으려 할 때였다. 케케묵은 미덕은 패악보다 나을 게 없어. 왜 자꾸 시대의 흐름을 외면하려고 하니? 재희가 남편의 기억에 집착하는 걸 볼 때마다 J는 신랄하게 쏘아붙였다. 대학 써클 동기였던 J는 재희와는 누구보다 생각이 잘 통하던 단짝 친구였다. 재희는 방금 전에도 꺼져 있는 J의 휴대폰에다 엉뚱한 말을 늘어놓았던 것이다.

"손님, 이번 휴게소에서 잠시 정차하겠습니다. 휴식시간은 십오분입니다."

버스가 휴게소 마당으로 들어선다. 처음 우려했던 것과는 달리 지금까지 별다른 방해 없이 조용하게 온 셈이다. 재희의 의중을 알아챈 듯 기사는 그후로 줄곧 음악만 흘려보냈다. 평일이라선지 마당 주차장도 한산하다. 황량해 보이기까지 하는 휴게소 마당을 보면서 재희는 충동적으로 나선 이 여행에 부쩍 회의가 든다. 애당초 남편의 무덤을 찾았다 돌아가려던 길이었다. 무덤을 등지면서 재희는 불쑥 J를 만나야겠다는 생각을 했다. 그렇게 하지 않고서는 집으로 돌아갈 수 없을 것만 같았다.

차가 휴게실 앞마당에 멈추자, 재희는 만약의 경우를 대비해 가방을 챙겨들고 일어난다. 잠깐 사이 마음이 바뀔지 알 수 없기 때문이다.

지은 지 얼마 안돼 보이는 휴게소 건물 내부 역시 썰렁한 마당만큼 한산하다. 재희는 원두커피를 한잔 사들고 창가에 자리를 잡는다. 그새 햇살이 한풀 꺾였다. 바깥 풍경에 머물던 그녀의 눈이 꽁지머리 기사를 찾아낸다. 남자는 한쪽 손을 청바지 주머니에 꽂은 채 큰 키로 구부정하게 서서 카세트테이프 가판대 주인과 얘기를 나누고 있다. 바깥에서 멀찍이 떨어져 바라보는 그의 모습은, 운전석에서 보던 것과는 사뭇 느낌이 다르다. 단연 눈에 띄는 눈부신 모습이다. 꽁지머리에 캐주얼풍의 아이보리 남방, 구제 청바지, 훤칠한 키에 군살 하나 없는 몸매, 매끈한 피부에 반짝이는 눈빛…… 누구든 한눈에 쉽게 혹할 수 있는 외모다.

재희는 남자를 바라보는 자신의 시선이 좀더 여유로워졌음을 느낀다. 그러다 문득 그녀는 자신도 저 남자처럼 사람들 사이에 서면 아직도 돋보여 보일까 하는 상상을 해본다. 캠퍼스 시절에는 그녀도 꽤나 선망의 시선을 받았다. 가나초콜릿 광고모델을 우리 써클에서 찾는다면 재희가 딱이지. J는 사람을 상품 이미지와 연관짓길 좋아했다. 그러자 복학한 선배가 나섰다. 재희는 자장면 위에 살짝 얹힌 오이채 같은 여자야. 상큼하고 향기롭지만 야들야들하고 여려서 누군가의 보호가 반드시 필요하지. 재희는 졸업 후 든든한 담벼락을 자처하던 그 선배와 결혼했다.

"어, 여기 계셨네요."

꽁지머리 기사는 어느새 휴게실로 들어서며 창가에 앉은 재희를 발견하고 알은체한다. 그의 갑작스런 출현에 재희는 속내를 들키기라도 한 듯 얼굴이 화끈거린다. 남자 역시 커피판매대를 향한다. 성큼성큼 그가 가르고 지나가는 공기가 그녀에게 전해진다. 그 미세한 움직임 속에 향수인지 스킨로션인지 분간이 힘든 향이 나는 것 같기도 하다.

"앉아도 될까요?"

젊은날의 씨걸, 어느새 그가 재희 앞에 서 있다.

"아, 네."

얼떨결에 그녀는 대답한다.

"테이프 사셨나봐요."

그녀는 머쓱한 상황을 피해가기 위해 화젯거리부터 떠올린다. 남자의 양손에 각각 테이프와 커피가 들려 있었던 것이다.

"아 예, 이거 벌써 작년에 품절된 건데…… 여기는 재고가 몇개 남아 있네요."

재희는 눈길을 테이프로 향한다. 시선을 둘 곳이 있다는 게 얼마나 다행인가. 권태우, 모르는 가수의 음악테이프다.

"아하!"

한참 만에야 재희는 뭔가 깨달았다는 듯 탄성을 뱉는다. 테이프 겉표지 사진은 바로 그 꽁지머리 기사였다. 길게 늘어뜨린 머리 때문에 금세 알아보지 못한 것이다.

"세상에, 이런 시절이 있었네요."

"아, 예…… 한때 무명 밴드에 몸담았던 시절이 있었죠. 롸커였어요."

롸커. 진정한 라커만이 낼 수 있을 것 같은 발음이다.

"이걸 일일이 다 거둬들이시는 건가요?"

"예, 눈에 띄는 대로요."

"굳이 그럴 필요가 있나요?"

"그냥, 흔적을 남겨놓고 싶지 않아서요."

권태우, 그가 커피를 마시는 내내, 재희는 아티스트다운 면모가 흠씬 밴 그의 사진을 들여다본다. 이십대 후반이거나 갓 서른으로 보이는, 사오년 전쯤의 모습 같다. 스티븐 씨걸의 터프함을 고스란히 빼낸 듯한 섬세한 이목구비를 갖춘, 찬찬히 살펴보니 액션보다는 멜로물에 어울릴 얼굴이다. 사진 속의 매혹적인 라커. 어떤 사진이든 결국은 증명사진이었다. 부재의 엄연한 증명. 장례식 때마다 재희는 그걸 절감했다. 빈소에 놓인 아버지 혹은 남편의 사진, 그들의 또렷한 눈빛이 그렇게 말하고 있었다. 아버지 이제 없다. 당신 남편은 더이상 세상에 존재하지 않아. 라커 권태우의 앨범 재킷 사진 역시 그렇게 말하고 있다. 권태우, 그는 이제 라커가 아니다. 현재의 결핍, 그것을 일깨우는 것에 불과한 사진을 들여다본다는 건, 반가운 첫인상을 넘어 외롭거나 쓸쓸한 이미지의 잔상을 감수하겠다는 의미가 담긴 일이다.

재희는 며칠 전 책갈피 속에서 우연히 발등으로 떨어져내린 한장의 사진을 떠올린다. 사실, 이 모든 상황은 한장의 사진에서 비롯되었다. 이미 사라진 과거를 담고 있는 한장의 사진은, 때론 지난날의 한순간을 들이밀며 현재에 파란을 일으키기도 한다.

남편은 죽어서도 가족을 돌볼 만큼 헌신적인 사람이었다. 남편을 잃고 망망대해에 혼자 떠 있는 것 같던 재희는 어느날, 보험회사로부터 뜻밖의 연락을 받았다. 매사에 빈틈없는 남편은 예측불허의 사고에 대비해 일찍이 생명보험에 들어 있었던 것이다. P선배의 그런 철저함은 다르게 보자면, 죽은 자가 산 자들의 삶에 끼여들고 있는 거나 다름없어. J가 말했다. 그런 완벽한 가족사랑이 전적으로 칭송받을 만한 일일까. 살아남은 자들이 감당해야 할 몫까지 오롯이 자기 것으로 돌림으로써 산 자들을 묶어놓는다면 말이야. 죽어서 스스로 신화가 되기를 꿈꾸는 거랑 뭐가 달라. J의 지적은 날카로웠지만 비현실적이라고 재희는 생각했다. 어린 아들과 자신의 앞날을 생각할 때마다 남편의 배려는 두고두고 눈시울을 적시게 만들었다. J는 일찍부터 재희의 안정된 결혼생활에 그리 높은 점수를 주지 않았다. 사실 재희는 결혼과 함께 자신의 꿈을 접은 거나 마찬가지였다. 대학원 시절, 그녀도 꽤나 촉망받는 학생이었다. 하지만 미국에서 둘이 같이 공부한다는 건 그들의 형편으로는 불가능했다. P선배가 쳐놓은 튼튼하고 높은 울타리, 그걸 너는 행복의 상징으로 여겼겠지만 네 삶에서는 그것들이 치명적인 걸림돌이었어. 면역력을 완전히 상실당해버린 삶이랑 다를 바 없단 말이야. 재희는 자신의 꿈을 접은 뒤로 한번도 그것에 대해 회의하지 않았다. 결코 후회하지 않으리라 각오하고 내린 결론이었다. 남편의 유별난 사랑에는 재희의 그런 아픔에 대한 보상이 담겨 있는 건지도 몰랐다.

대학시절 곧잘 의기투합했던 재희와 J는 결혼을 계기로 각자 다른 삶으로 나아간 셈이었다. 안정되고 평화로운 가정이 목표인 주부의 삶과 전문직 노처녀의 삶이 지향하는 바가 같을 수는 없었다. 그렇다고 둘의 관계가 소원해진 건 결코 아니었다. 남편이 떠난 뒤로 J는 재희와 가장 가까운 관계였다. 여전히 씽글인 J는 젊은날의 패기를 그대로 유지하며 살고 있다. J의 지적처럼 그것이 신화였든 환상이었든 재희는 결혼생활 내내 한번도 남편의 사랑에 대해 의심해본 적이 없었다. 남편을 땅에 묻은 지난 몇년의 시간 내내 그는 여전히 가족들 곁에 생생하게 살아 있었다. 며칠 전, 사진 한장이 낙엽처럼 발등에 떨어져내리기 전까지는 말이다.

정장용 긴 코트에 평소 안하던 머플러까지 한 남편은 옆의 여자 어깨에 다정하게 손을 얹고 있었다. 옆자리의 여자는 재희가 아니었다. 눈 내리는 밤의 공원 벤치에서 둘은 카메라를 향해 행복한 미소를 머금고 있었다. 사진 귀퉁이에는 날짜까지 선명하게 찍혀 있었다. 1999년 12월 24일. 서울은 그해 화이트 크리스마스였다. 크리스마스 이브를 남편과 떨어져 보낸 적은 그때가 처음이었으므로 재희는 그날을 아주 뚜렷이 기억하고 있었다.

재희의 시선은 다시 탁자 위의 사진으로 옮겨온다. 사진 속에 또렷이 존재하는 라커 권태우. 그는 지금은 왜 라커가 아닐까. 그를 더이상 라커일 수 없게 한 건 뭐였을까? 재능의 한계, 아티스트라면 누구나 부닥치는 경제적 궁핍 아니면, 불의의 사고……

"그런데 왜 지금은……?"

재희는 권태우를 바라보며 조심스럽게 운을 뗀다.

"이렇게 운짱이냐구요?"

재희가 천천히 고개를 끄덕이자 그의 얼굴에 미묘한 웃음이 번진다. 그녀는 자신의 실수를 깨닫지만 늦었다. 언젠가부터 자신에게 생긴 나쁜 버릇이다. 남의 상처나 불행에 유난히 집착하는 것. 골 깊은 골짜기처럼 서늘한 그 어두운 계곡을 들여다봐야 직성이 풀리는, 자신의 뒤틀린 심사를 그녀도 알고 있다.

대답 대신 권은 남은 커피를 다 삼키고는 빈 종이컵을 구긴다. 그는 구겨진 종이컵을 한손에 쥐고 쓰레기통을 향해 힘껏 던진다. 먼 거리지만 종이컵은 정확하게 명중한다. 힘과 정확한 조준의 결과다. 지난 날의 라커 권태우는 난처한 질문을 그렇게 피해갔다.

"저, 출발시간이 다 됐죠? 잠깐 들를 데도 있는데……"

권의 속내를 읽은 재희가 먼저 자리에서 몸을 일으킨다. 예정된 십오분이 이미 지나 있었다.

"아, 진짜 중요한 볼일이 하나 남았군요."

둘은 휴게실을 나와 각자 화장실로 향한다.

재희는 조금 전까지 가졌던 그에 대한 편견과 오해에 실소가 난다. 이 충동적인 여행도 어쩌면 그런 자신의 사려깊지 못함에 연유한 것인지도 모른다는 생각이 들자 마음이 더 개운치 않다.

"여기 앉으세요. 이 자리가 편할 거예요."

권은 차에 오른 재희에게 운전석 바로 뒷자리를 가리킨다. 처음 자리와 권이 권한 자리를 번갈아 바라보다 재희는 그의 권유를 따르기로 한다.

자리에 앉은 재희 앞으로 잘 닦인 도로가 빛을 반사하며 아득하게 펼쳐진다. 그 막막함에 숨이 막힐 정도다. 맨 앞자리에서만 볼 수 있는, 카메라에 빗대자면 전혀 새로운 앵글이 잡아낸 낯설고도 충격적인 장면이었다. 기사라는 직업의 숙명적 고독을 보는 것 같다. 아스팔트 바닥과 정면대결이라도 벌이는 듯한 자리…… 운전석에 앉은 이에게 하나뿐인 승객의 존재가 어떤 의미를 갖는지, 그가 왜 낯선 승객인 그녀에게 관심을 보여왔는지, 수긍이 갔다.

버스는 고속도로를 질주하기 시작한다. 권이 룸미러를 다시 조정하자 그 속으로 지난날의 라커 얼굴이 비쳐든다. 이마와 눈이 클로즈업되며 권태우의 형형한 눈빛이 작은 거울을 가득 메운다.

"성대수술했어요."

"네?"

재희가 눈을 치켜뜬다.

"아까 물어보셨잖아요. 왜 노래 그만뒀냐고…… 성대수술했어요. 첫 앨범을 준비하던 중이었죠. 그러니까 결국, 남의 노래만 부르다 막 내린 롸커예요."

성대수술한 라커. 자조가 깃든 엷은 미소가 권의 얼굴을 스친다. 무너져내린 꿈 앞에 초연한 미소를 짓기에는 그는 아직도 젊다. 남편을 보내고 서른셋이라는 자신의 나이를 떠올렸을 때, 재희도 그랬다. 살아내야 할 날이 그렇게 막막할 수 없었다. 젊다는 게 저주처럼 여겨지는 삶의 순간, 그때 처음으로 재희도 자신의 접었던 꿈을 떠올리며 회한의 눈물을 흘렸다.
"술이 없었더라면 지금쯤 이 손은 정신병원 철창을 붙잡고 있을지도 몰라요."

권은 핸들에 올려져 있는 자신의 한손을 슬쩍 들어 보인다. 그에게 닥쳤을 일련의 상황이 눈에 선하다. 재희는 그와의 사이에 놓여 있던 벽이 흔적도 없이 사라지는 걸 느낀다. 불행이란 그런 모양이다. 그것을 공유한 사람을 단숨에 결속시키는 힘을 갖는 것.

"가족은 없었나요?"

묻고 나자 재희는 질문이 왠지 자기중심적이라는 생각이 든다. 그녀에겐 가족이 언제나 든든한 버팀목이었다. 남편을 잃었을 때는 여섯살짜리 아들 녀석이 더할 수 없는 위안이었다.

"하하, 딴따라가 가족은 무슨 가족입니까. 제 앞가림도 못하는 주제에."

"그래도 왜, 가까운 친구 사이 같은……"

"여자요? 여자라면, 한때 있었지요. 밴드에서 잘나갈 때, 따라다니던 여자랑 몇년 동거한 적은 있어요."

'따라다니던 여자' '동거'라는 말이 재희에게 묘한 여운으로 남는다.

"이 길, 처음이시죠?"

멀리 터널이 보인다.

"네."

"저기 보이는 게 바로 죽령터널이에요. 소백산을 관통하는 건데, 우리나라에서 가장 긴 터널이지요."

재희도 언젠가 신문에서 읽은 기억이 난다. 시속 일백 킬로미터로 달려도 오분이 걸린다는 터널. 도시의 경계에 있어 터널을 통과하면 다른 도시로 건너가게 된다는, 마치 그 끝에 새로운 세계가 펼쳐져 있으리라는 기대를 잔뜩 품게 하는 그런 터널이다. 터널 안으로 들어서면서 차의 속도는 매우 느려진다. 오렌지빛 조명 행렬이 밝히는 터널 속은 도심의 밤거리처럼 휘황하다.

"아흔아홉 굽이 죽령고개라는 말이 있었는데, 이 터널이 뚫리면서 옛말이 돼버린 셈이죠."

아흔아홉 굽이뿐이겠는가. '어둡고 긴 터널'이라는 말도 이 휘황한 터널 조명 아래서는 낡은 표현에 불과해 보인다.

이 터널을 지나면 D시와는 성큼 가까워질 것이다. 재희는 다시 자신의 문제로 옮겨온다. J는 자신의 급작스런 출현에 어떤 반응을 보일까. 너 이제, 어른 다 됐구나. 혼자 여행을 나설 줄도 알고. J는 분명 재희의 삶이 뭔가 변화를 보이기 시작한 징조로 받아들이며 칭찬부터 늘어놓을 것이다. 그러면서 그 변화를 기꺼이 축복해줄 것이다. 하지만 J 앞에 그 사진을 내밀어놓는다면. 이 용기있는 여행의 이유가 결국 그것 때문인 줄 알게 된다면. 가는 이의 뒷모습을 지켜보는 아쉬움 속에는 해방의 짜릿함도 담겨 있어. 그 씁쓸 달콤함 두 가지를 동시에 맛보는 거, 그게 헤어짐의 묘미라구. 그 묘미를 즐길 줄 알아야 연애를 제대로 할 수 있어. J의 연애관은 남다른 데가 있었다. J는 한 남자에게 집착하는 스타일은 아니었다. 학교시절부터 지금까지 J를 스쳐간 남자들을 재희도 잘 알고 있다. 재희는 J의 연애 취향에 호의적인 편이었다. 사람관계를 물흐르듯 자연스럽게 할 수 있다는 것은 삶의 자신감 없이는 불가능한 것이다. 재희는 자신과는 너무도 다른 성향인 J가 내심 존경스러웠다. 하지만 그것도 그 일이 있기 전까지였다. 사진이 책갈피에서 떨어져내리기 전까지.

 사진에서 남편이 다정하게 손을 얹고 있는 여자는 J였다. J와 남편은 스스럼없는 선후배관계로 보이지 않았다. 평소보다 훨씬 근사해 보이는 모습의 그들은, 서로의 환심을 사기 위해 한껏 꾸미고 나선 연인 같았다. 물론 그건 재희의 느낌이었다. 그 사진은 여럿이 만난 동아리 모임에서 우연히 단둘이 찍힌 것이었을 수도 있다. 남편에게서 누군가를 만나고 있다는 낌새를 챈 적은 한번도 없었다. 하지만 재희는 아무에게서도 그 해의 크리스마스 모임에 대해 듣지 못했다. 화이트 크리스마스는 그리 흔한 일이 아니지 않은가. 그 한장의 사진은 천동설이 지동설로 바뀌었을 때처럼 모든 해석을 뒤집었다. J가 여지껏 재희의 결혼에 대해 평가해왔던 모든 것과 그녀의 연애관, 또는 여전히 씽글인 삶도 그것으로 설명이 가능했고 완벽에 가까운 남편의 태도도 뒤집어 해석할 수 있었다. 그는 외도를 하더라도 무덤에 갈 때까지 아무도 눈치채지 못하게 해낼 수 있는 그런 남자였다. 세 마리 토끼를 한꺼번에 잡을 수 있는 남자.

　상상은 끝도 없이 소모를 향해 내달렸다. 결국 재희는 문제의 사진을 챙겨들고 남편을 찾아나섰던 것이다. 남편의 무덤 앞에서 아무런 해답도 찾을 수 없었던 그녀는 급기야 그 해답의 열쇠를 쥔 J를 찾기로 한 것이다. 확률은 물론 반반, 전적으로 재희의 오해일 수도 있고 그 반대일 수도 있다. 고속버스 터미널을 찾으면서부터 시행착오를 겪은 그녀는 점점 자신의 충동에 회의가 들기 시작했다. 하지만 차는 D시를 향해 점점 가까워지고 있다.

　"사고가 난 것 같은데요. 앞차들이 이렇게 속도를 못 내는 걸 보니……"

　차는 터널을 들어서면서부터 거북이걸음이었다. 벌써 십여 분은 너끈히 지난 시간이다.

　"소백산, 가보신 적 있나요?"

　권이 지루한 시간을 달래기 위한 것 같은 질문을 던진다.

　"아뇨."

　재희는 귀국 후 한번도 국내여행을 제대로 해보지 못했다는 생각이 든다. 남편이 자리를 잡기까지는 경황이 없었고 남편이 떠난 뒤로는 마음의 여유와 용기가 없었다.

　"봄이면 철쭉이 장관이죠."

　백두대간의 한자락을 베고 누운 남편의 무덤 근처도 봄이면 꽃의 천국이었다. 개나리 진달래 빼고는 이름도 알기 힘든 야생화들이 어지러이 피어 있었다. 다녀간 지 얼마 안되었건만 무덤 근처에는 잡초가 무성했다. 그녀는 잡초들 틈에 묻혀 멍하니 앉아 있었다. 아무런 의욕이 없었다. 처음 집을 나설 땐 남편의 무덤을 파헤치고라도 따져묻고 싶었다. 이 사진의 진실은 대체 뭐냐고. 죽어서까지 그렇게 완벽한 가장으로 남고 싶었으면서 왜 오점을 남기고 갔느냐고.

하지만 그녀는 사진을 꺼내놓을 기력도 없었다. 망연히 하늘만 쳐다보던 그녀의 눈에 언뜻 하늘거리는 야생화가 들어왔다. 간간이 그 작고 여린 꽃에서 코를 찌르는 향기가 났다. 그 강렬한 향기 탓이었을까. 갑자기 그녀는 이상한 기운을 느꼈다. 남편의 몸이 미치도록 그리웠다. 무덤을 헤집고 그 관을 파고들어가 그의 뼈라도 끌어안고 살을 섞고 싶었다. 그렇게 뒹굴면 모든 것을 완전히 잊을 수 있을 것 같았다. 배신감이든 모멸감이든. 그러다 흙으로 녹아내려도 미련이 없을 것 같았다. 그런 가학과도 같은 충동이 한바탕 휘몰아치고 난 뒤 그녀가 무덤을 등지고 끝끝내 눈물을 쏟을 수밖에 없었던 건, 그에 대한 배신감도 야속함 때문도 아니었다. 아무것도 따져물을 수 없는, 그저 아무것도 아닌 채 몇개의 뼈로 누운 남편이란 존재의 그 무기력한 실체 때문이었다.

"테이프요……"

이번엔 재희가 뜬금없이 말을 꺼낸다.

"그거, 왜 그렇게 애써 없애려 하시죠?"

그의 눈이 룸미러 속으로 차분하게 미끄러져 들어온다.

"아까 말씀드렸잖아요. 그냥, 지난날의 흔적을 남기고 싶지 않아서라고."

"그러니까, 제 말은, 과거의 흔적을 왜 그렇게 애써 지우고 싶어하시냐는…… 굳이 그렇게 하지 않아도 자연스레 사라져 갈 텐데."

그의 눈빛에 어떤 결연한 의지가 비쳐든다.

"사실, 그깟 과거…… 아무것도 아니지 않습니까? 지금 저는 버스기사지 롸커가 아니거든요. 아 또 롸커라 그랬네. 죄송합니다. 라커가 아니라 딴따라요. 그런데 그 아무것도 아닌 것이 지금의 나를 괴롭힌단 말입니다, 주제넘게. 그래서 그 과거란 것을 빨리 아무것도 아닌 것처럼 만들고 싶어서 그러는 겁니다. 의도적으로라도 빨리, 말입니다."

터널은 좀체 끝날 조짐을 보이지 않는다. 이곳은 바깥과는 분명 체감속도가 달라 보인다. 태곳적부터 간직해온 아흔아홉 굽이 고개의, 그 도도한 시간의 전설을 보여주려는 것 같기도 하다. 터널도 결국 단 한번 지나는 것 아닐까. 재희는 불쑥 그런 생각을 떠올린다. 인간이 같은 강물에 두 번 발을 담글 수 없듯이 말이다. 터널 역시 결코 같은 시간, 같은 조도의 조명과 같은 공기를 가르고 지날 수 없을 것이다. 그런 점에서 터널도 사진과 닮은 것 같다. 사진처럼 일회의 순간일 뿐이다. 그 한번의 찰나 이외의 모든 시간과 존재를 부정하는 것. 존재하지 않는 사람, 더이상 존재하지 않는 사랑.

문제의 사진은 이렇게 말하고 있었다. 사랑은 이제 없다. J에게 가더라도 재희는 그걸 꺼내놓지 못할지도 모른다. 아니,

어쩌면 재회는 애당초 그런 과거의 잘잘못을 따지자고 길을 나선 게 아니었는지도 모른다. 아무리 전업주부로 단조롭게 살아왔어도 재희는 자신이 그 정도로 분별없는 여자는 아니라는 걸 잘 알고 있다. 그녀가 결혼과 전업주부의 길을 택했을 때, 주위의 많은 시선이 그녀의 선택을 안타까워했을 정도로 그녀도 남편 못지않게 우수한 학생이었다. 사진이 툭 떨어져 나왔을 때, 재희는 남편에 대한 배신감보다는 어쩌면 자신의 탈출구를 엿본 것인지도 몰랐다. 한치의 빈틈도 남겨놓지 않던 가장의 역할이 그녀에게 언제나 감동적이기만 했던가. 어쩌면 그녀는 그런 남편에게 주눅들어 살아온 것인지도 몰랐다. 자신의 자유가 일탈처럼 비칠 것만 같은 남편의 그 완벽함 앞에서 그녀는 호시탐탐 탈출의 명분을 노리고 있었던 건 아닐까. 탈출의 빌미를 발견한 그 희열에 들떠 그녀는 남편에게 달려갔을 것이다. 이제 나, 맘 편하게 당신한테서 풀려나도 되겠지. 그 정도면 나도 할 도리 한 거 아냐! 그렇게 소리치고 싶었던 게 아니었을까.

"무슨 생각 하세요?"

그의 말에 재희는 흠칫 놀란다.

"그냥, 터널이 좀…… 지겹다고 생각했어요."

"하하, 걱정 마세요. 언젠가는 밖으로 나가도록 만들어져 있는 게 터널 아닙니까. 지루하지 않게, 노래나 한곡 들려드릴까요."

그의 말이 채 끝나기 전에 음악이 흘러나온다.

긴 하루 지나고 언덕 저편에 빨간 석양이 물들어가면

놀던 아이들은 아무 걱정 없이 집으로 하나둘씩 돌아가는데……

노래의 마력인가. 재희는 꿈이라도 꾸고 있는 것처럼 황홀하다. 그녀를 태운 차는 시간을 붙잡고 있고 오렌지빛 조명은 버스 안을 따스하게 비추고, 음악은 흐른다. 그리고 같은 공간 속에 나란히 앉은 그와 그녀는 어딘가를 향해 천천히 나아가고 있다. 작은 거울 속에서 그의 시선과 부딪칠 때마다 재희는 아뜩아뜩 현기증이 날 만큼 설렌다. 꿈이라면 깨어나고 싶지 않을 만큼 편안하고 쾌적하고 적당히 감미롭다. 만일 그가 유혹해오면 기꺼이 넘어갈 수 있을 것 같다. 제발 그가 그래왔으면…… 욕망은 끝이 없다. 하지만 노래는 끝나고 꿈은 언젠가는 깨어날 운명에 처한다.

"아까, 거짓말했어요. 사실은, 남편 무덤에 다녀오는 길이에요."

깊숙이 묻어두었던 말이 마침내 소리가 되어 나온다. 그에 대한 부채감을 털어버려야 한다는 생각 때문이었을까. 하지만 생각만큼 개운하진 않다. 성급했다는 생각도 든다. 이 충동과도 같은 고백은 아무래도 음악 탓이었다고 그녀는 생각한다. 어쩌면 터널 때문이었을 수도 있다. 길고 지루한 터널이 자신에게 뭔가를 강요하는 것 같았다. 이 터널이 끝나기 전에 모든 걸 털어버려야 한다는 원인모를 강박관념. 그리고 아까 느꼈던 그 감정…… 그가 동거녀를 떠올렸을 때, 그도 살을 비비고 산 가족이 있었구나, 라는 생각에서 오는 동류의식 이면에 질투심이 스멀거리던 이율배반의 감정을. 예기치 않게 맞닥뜨린 그 감정 앞에서 당황하며 그녀는 자신의 감정을 꼭꼭 눌러 두고 있었다는 사실도.

"저도 고백 하나 할까요?"

그의 말이 의외로 장난 섞인 투다.

"실은 진작에 눈치채고 있었어요."

재희가 눈을 치켜뜬다.

"뭔가를 드러내려고 하는 것, 그거, 결핍된 사람들 심리거든요."

날카로운 지적에 재희는 얼굴이 달아오른다. 한편으론 약이 오르기도 한다.

차가 막 터널을 빠져나온다.

'강풍 주의.'

터널 입구의 푯말이 맨 먼저 띈다. 바람이 강한 소백산의 한 자락임을 절감케 하는 문구다. 어디선가 확성기와 앰뷸런스 싸이렌 소리가 뒤섞여 들려온다.

"정말 사고가 났었나봐요."

재희가 그의 예견을 떠올리며 말한다.

차는 이내 사고현장을 지난다. 찌그러진 승용차 두 대가 갓길로 치워져 있고 경찰과 수습 차량이 뒤처리를 하고 있다.

"도로에서야 흔한 일이죠."

막막한 아스팔트를 무수히 오간 사람만이 낼 수 있는 그런 초연함이 담긴 목소리다. 삶의 거친 들판을 지나온 사람만이 내뱉을 수 있는, 그런 거침없고 무덤덤한 말이 재희의 가슴을 헤집고 들어온다. J의 지적대로 자신은 지금껏 울타리 속의 삶에 너무 안주해 살아온 건지도 모른다. 터미널 대합실에서부터 느꼈던 두려움과 낯섦은 바로 그런 차단당한 삶에서 연유한 게 아니었을까. 가무잡잡하고 뚝뚝한 표정의 그들이 한통속으로 보였던 건, 튄 세계에서 서로 흉허물없는 이웃으로 살기 때문인지도 몰랐다. 노숙자 남자가 코트를 들춘 건 그의 성기를 보여주려 한 게 아니었을 수도 있다. 사실 재희는 그것을 자세히 보지 못했다. 겁에 질려 아무것도 또렷이 보이지 않았다. 남편의 일도, 터미널에 헛걸음한 사실도, 앉을 자리가 없는 낡은 대합실, 화장실에서 풍기는 퀴퀴한 냄새도 모든 것이 재희의 마음에 들지 않았고 그런 불편한 심기에서 그녀는 모든 걸 자기 식대로 생각했는지 모른다.

"어, 무슨 일이지?"

비상 깜박이등을 켠 버스 한대가 갓길에 정차해 있다. 고장난 차량 같다. 그 버스의 운전기사로 보이는 남자가 손을 크게 흔들며 도움을 요청한다.

그들이 탄 버스는 차선을 바꾸며 천천히 갓길에 정차한다. 압축공기의 파열음 같은 소리를 내며 문이 열리자, 고장난 차량의 기사가 얼굴을 들이민다.

"D시까지 가시네요. 죄송하지만 여기 승객들 그곳까지 좀 모셔다 주십시오. 차가 고장났거든요. 한 열댓 분 됩니다."

권이 고개를 끄덕이기도 전에 기다림에 지친 승객이 우르르 차에 오른다. 안도의 숨을 몰아쉬며 오르는 사람, 중얼중얼 불평을 늘어놓으며 자리에 앉는 사람 제각각이다. 예기치 않은 훼방꾼의 출현으로 재희와 그와의 이야기는 뚝 끊겨버렸다. 목적지의 의미까지 잃어버린 마당에, 이젠 그야말로 보통 승객으로 도착지까지 가야 하는 것이다. 뭔가를 송두리째 빼앗긴 것처럼 허탈해진다. 지금까지 있었던, 가슴 설레면서 강렬했던 일련의 사건들이 이젠 그저 스쳐간 창밖 풍경처럼 돼버렸다.

차가 한동안 불안정하게 흔들리는가 싶더니 안내방송이 흘러나온다.

"손님 여러분께 잠시 안내말씀드리겠습니다."

성량 풍부한 권의 목소리가 마이크를 타고 울려퍼진다.

"공교롭게 저희 차에도 문제가 좀 생겼습니다. 가까운 휴게소에 들러 손을 좀 봐야 될 것 같습니다. 시간이 제법 걸릴 것 같으니, 그곳에서 다른 차로 신속하게 연결해드리겠습니다."

실내가 다시 한번 술렁인다. 여기저기서 불평이 터져나온다. 재희 역시 맥이 풀린다. 최소한 종착지까지 그와 같이 가는 것도 불가능해져버린 것이다. 삶이란 이렇다. 결정적인 순간에 번번이 어긋난다.

"잠시만 기다려주십시오. 적당한 차를 찾아보겠습니다."

휴게소에 차를 세운 권은 양해를 구하고 혼자서 급히 버스를 내려선다. 차를 물색하느라 분주하게 쫓아다니는 그의 듬직한 모습이 재희의 상실감을 더 크게 한다.

잠시 후, 그가 거친 숨을 몰아쉬며 나타난다.

"적당한 차를 물색해놨습니다. 이번에는 아무 불편 없이 목적지까지 무사히 가실 수 있을 겁니다. 번거롭게 해드려 정말 죄송합니다."

말을 마친 그는 승객들이 내리도록 한쪽으로 비켜선다.

승객들이 하나씩 내리고 마지막으로 재희 차례가 된다. 마지막 인사를 어떻게 할지 머뭇거리는 재희를 권의 손이 저지한다.

"잠깐만 여기서 기다리고 있어요."

살짝 밀어내는 그의 손짓에 재희는 어리둥절해하며 다시 자리에 앉는다. 꼭 뭔가에 홀린 기분이다. 그가 거짓말을 한 것일까. 휑한 가슴이 의문으로 가득 찬다. 하지만 얼마나 다행인가. 무엇보다 그녀는 그와 남남인 채로 헤어지고 싶지 않았다.

"어떻게 된 거죠?"

한참 후에 다시 나타난 그에게 재희가 묻는다.

"아까 말한 대로예요. 고장났어요."

"그럼, 우리는 고장난 차를 타고 가는 건가요?"

"차가 아니라 기사가요."

"네?"

"왜요, 사고라도 당할까봐 겁이 나십니까?"

그는 시침을 뚝 뗀 표정으로 운전석에 앉는다.

"정말 어떻게 된 거예요?"

재희는 투정 섞인 말로 묻는다. 허물없는 사이라도 된 것 같다.

그는 룸미러 안의 재희를 물끄러미 들여다본다.

"그냥…… 아무한테도 방해받고 싶지 않았을 뿐입니다."

천천히 낮은 소리로, 하지만 또렷하게 그의 말이 재희에게 전해진다. 그녀는 말없이 땅거미가 깔리는 바깥 풍경에 잠시 시선을 고정시키고 있다.

"도착지까지는 얼마나 남았나요?"

침착한 목소리로 그녀가 묻는다.

"그야…… 전적으로 기사의 맘에 달렸지요."

그는 다시 룸미러를 조절한다. 치르르 시동 거는 소리.

"손님, 이제 진짜 여행이 시작됩니다. 안전벨트부터 매주세요."

"저, 잠깐만요."

재희는 출발 준비를 하는 그를 멈춰세운다.

"잠깐만 좀 기다려주시겠어요?"

재희는 버스를 내려선다.

휴게소 건물 쪽으로 걸음을 옮겨놓으면서 그녀는 문제의 사진을 꺼낸다. 사진이 저녁 어스름에 희미하게 씰루엣을 드러낸다. 남편 그리고 그 옆에 다정하게 앉은 여자…… 옆자리의 여자는 J가 아니라 재희 자신이다. 사라져간 것을 또렷이 보여주며 사진은 이렇게 고백한다. 이제 사랑은 없다. 추억이 있을 뿐.

재희는 철제 휴지통 앞에 발을 멈춘다. 사진은 그녀의 손에서 낙엽처럼 바스러진다. 바스러진 시간을 그녀는 휴지통에 털어넣는다. 재희는 자신이 가야 할 곳을 향해 돌아선다.
 버스가 바로 저 앞에서 그녀를 기다리고 있다.

—『현대문학』 2004년 3월호

해설

'여성-약자-하류계층', 그녀들의 생존법

소영현

1. 그녀들의 정체, 불확정적이거나 유동적인

표명희의 소설은 가히 여성 캐릭터들의 세계라 할 만하다. 그녀들은 일견 겹치면서도 완전히 포개지지는 않는 다채로운 모습으로 소설에 포진해 있다. 가령, 그녀들은 시어머니와의 신경전 끝에 손맛으로 가족을 장악해가는 '무서운' 며느리(「셀리카겔」)이거나, 철저한 준비 끝에 비루한 삶의 수준을 확실하게 끌어올리려는 '야심찬' 여자들(「탑소호족 N」「누드 에스컬레이터」)이며, 처음으로 혼자 나선 여행길에서 과거의 음영을 벗어버리고 우연히 만난 남자와 새로운 미래를 꿈꾸는 '각성한' 미망인(「죽령터널, 지나다」)이거나, 스무살이 되면서 실질적인 가장이 되었지만 인터넷 문화행사를 적극적으로 조직하고 이끌어내는 '강단 있는' 억척녀(「新 어가행렬」)이다. 분명 표명희 소설의 중심에는 여성들이 있다. 그럼에도 그녀들의 삶에 대한 태도는 '여성'이라는 성차(gender difference) 범주만으로 간단히 요약되지 않는다. 그녀들은 부채로 얽혀진 부모와 함께 살기도 하지만 대체로 비자발적 독신자들이며, 번듯한 대학을 나온 것도 안정적인 직장을 가진 것도 아닌 사회적 약자이자 하류계층에 속한 존재들이다. 때때로 그녀들은 강자에 대한 분노를 자신보다 약한 존재의 생명을 빼앗는 방식(「씰리카겔」)으로 표현하거나 남의 불운에 쾌감을 느끼면서 생기가 도는(「야경」) '위악적' 존재들이기도 하다. 요컨대, 그녀들은 사회적 약자이지만 순종적이지 않고 하류계층이지만 성실하거나 근면하지 않으며, 냉철하고도 치밀한 방식으로 상류계층/강자와 권력자들의 성역을 서서히 잠식해가고자 하는 은밀한 욕망의 소유자들이다. 말하자면 표명희 소설의 여성 캐릭터들은 사회적 관계에 의해 관습적으로 강제된 영역과는 무관한 공간을 점유하는 과정에서 특이점을 만들어가는 존재들이다. 바로 이 지점에서 표명희 소설의 새로움이 움트고 있다고 말할 수 있을 것인데, 그녀들의 삶의 내용이 특이한 색채를 발산하는 것은 그녀들의 거주지가 '여성'이라는 범주와 함께 연령이나 계급과 같은 또 다른 범주들이 교차하는 지점에 놓여 있기 때문이다. 그녀들의 경제적이고 사회적인 위상은 젠더와 연령 그리고 계급과 같은 범주들의 서로 다른 조합에 의해 설정된다. 당연하게도 연령이나 계급은 고정될 수 없는 것이며 그녀들의 정체 또한 대체로 불확정적이거나 유동적이다.

2. 그러므로 문제는 '여성'이 아니다.

다소 딱딱하게 접근해보자. '포스트 페미니즘' 이론의 층위에서 말하자면, 우리는 성적 정체성이 자명하지 않다는 사실만이 자명한 시대를 산다. 페미니즘적 주체의 보편성과 통일성을 회의하는 이런 입장은 자연적인 것과 구성된 것의 대립에 기초한 쎅스/젠더의 구분선이 그리 견고하지 않음을 지적한다. 나아가 사회적인 구성물인 젠더는 물론이거니와 생물학적 분류인 쎅스까지도 우리의 인지가 조직한 구성물이며, 쎅스·젠더·성차가 모두 담론적이고 역사적으로 생산된 효과들임을 환기한다. 이런 논의는 자연과 문화가 별개의 영역으로 인식되는 한, 몸과 쎅스 혹은 쎅슈얼리티에 대한 적확한 파악이 불가능하다는 문제의식을 담고 있다.[1]

젠더 연구가 '역설적으로' 양성 간의 차이에 대한 지식을 만들어내고 실행하고 있다는 이런 판단에 기댄다면, 더이상 젠더는 역사적인 맥락과 무관하게 차별적이거나 일관된 범주일 수 없다.[2] 그렇다면 이런 이론적 추이에 따를 때, 적어도 텍스트 층위에서 행해지는 '재현된 여성'의 양상을 살피거나 여성

---

1) Judith Butler, *Gender Trouble*, Routledge 1990, 1장 ; Joan Scott(배은경 옮김) 「젠더와 정치에 대한 몇가지 성찰」, 『여성과사회』 2001 참조.
2) 물론 이러한 입장들이 여성 혹은 젠더라는 범주의 정치적 유용성이나 재현의 정치학 자체를 전적으로 거부하는 것은 아니다. 여전히 재현의 정치학은 특정한 지점에서 유효한 효과를 발휘하고 있기도 하다.

성의 범주를 구성하려는 시도들은 궁극적으로 폐기되어야 하거나 적어도 유보되어야 할 작업이 된다. 말하자면 이제 텍스트를 분석하고 비평하는 자리에서 여성성의 범주가 가졌던 최종심급으로서의 지위는 정당성을 보증받을 수 없게 된 것이다.

젠더의 역사화를 요청하는 조앤 스콧(Joan Scott)의 논의가 말해주듯, 이런 입장이 불러오는 흥미로운 점 가운데 하나는, 이로부터 '여성이 있는 곳에서는 언제나 젠더 분석이 요청되어야 하는가'[3]라는 식의 질문이 제기될 수 있다는 점이다. 이 질문은, '여성이 존재하는 모든 시공간에 여성적 관심을 투사해야 하는가'라는 문제제기이며, 결국 이러한 방식이 불러올 역설적 상황, 즉 이 과정에서 '여성'의 범주가 자연화되고 확정되는 것에 대한 경계의 목소리라고 할 수 있다. 이런 이론적 점검을 통해 우리가 확인할 수 있는 것은, 조앤 스콧식의 문제제기가 표명희의 소설이 놓여 있는 지점과 그 미래에 대한 해명과 지침을 제공해줄 수 있을 것으로 여겨지기 때문이다.

이러한 문제제기를 통해 우리는 해석의 지표로서의 '여성성'의 범주에 대한 강박에서 벗어날 수 있으며, 또한 우리의 관심을 '여성'이라는 범주 자체가 생성되는 이질적인 장면들, 그 역사적이고 정치적인 국면과 그에 따른 효과들로 돌릴 수 있다. 그리고 여기서 우리는 여성들 혹은 여성적 문제를 다루는 텍스트를 통해 무반성적이고 일방적으로 작동했던 '여성적

---

3) Joan Scott, 앞의 글 232면.

관심' 이상의 것을 발견할 수 있다. 이런 논의를 활용하면서 우리는 계급이나 연령 등의 요소들이 성차를 만들어내는 이른바 권력관계에 미치는 영향까지도 살펴볼 수 있게 된다.

표명희 소설의 미덕은 관습화되고 자연화된 영역을 벗어난 여성 캐릭터들을 만들어내는 데 있다. 치밀하고 냉철한, 때로는 영악하기까지 한 그녀들의 캐릭터를 통해 표명희의 소설은 여성의 문제에 접근하는 다른 방식을 제안한다. 최근 젊은 작가를 중심으로 이미지즘에 의탁해 여성의 재현불가능성을 말하거나 기존의 젠더 구분을 무화하는 방식들이 시도되는 자리에서, 표명희의 소설은 '여성'이 구성되는 기원의 공간 즉 젠더/연령/계급의 범주가 결합되어 서로 다른 의미 맥락을 형성하는 메커니즘을 보여준다.

3. 한통속인 세상과 맞서는 그녀들의 생존법

「탑소호족 N」에는 좁고 낡고 허술한 단칸 옥탑방에 가족 없이 혼자 사는 젊은 여자가 있다. 그녀의 삶은 말 그대로 미니멀리즘을 지향한다. 혼자만의 공간인 단칸방에서 일상생활이 요구하는 자질구레한 거의 모든 것을 해결할 수 있는 그녀는 외화 번역으로 생계를 유지하는 이른바 전문직 종사자이다. 혼자만의 삶을 영위하는 그녀의 삶은, 표면적으로만 보면, 인간관계가 불러오는 상처로 피흘리기를 거부하는 쿨한 존재들의 삶과 그리 다르지 않다. 그러나 인터넷으로 세상과 소통하고 최소한의 행동반경과 인간관계를 지향하는 이러한 방식의 삶이 자발적 선택에 의한 것은 결코 아니며, 건조하고 지루한 일상에 염증난 부르주아적 댄디의 권태의 표현은 더더욱 아니다. 그녀들은 사소한 부주의가 낳은 혹독한 댓가를 치르고서야 결코 호의적이지 않은 사회의 일원이 될 수 있는 고만고만한 "인생초보자들"(「탑소호족 N」)일 뿐이다. 때때로 그녀들은 대학졸업장이 없다는 이유로 피아노 학원에서 절반의 월급만 받고, 그 사실을 폭로했을 때 일자리를 빼앗기는 처참한 결과에 직면하기도 하며(「누드 에스컬레이터」), 외모·능력·학벌로 직조된, 강자를 위한 네트워크에서 내던져진 채 강박증에 시달리는 정신착란자가 되기도 한다(「3번 출구」). 그녀들은 혼자 사는 삶이 불러오는 외로움이나 심리적 고립감 때문에 고통받는 것이 아니라, 경제적 몰락이나 일상화된 폭력과 만연한 범죄에 무방비하게 노출된 자가 겪게 마련인 생존 차원의 공포감에 시달린다. 죽는다는 사실보다 죽은 후 아무에게도 발견되지 않을까봐 걱정하는 그녀들의 공포감은 우리를 더욱 섬뜩하게 만든다. 그러므로 그녀들의 고독은 사회적 약자이자 경제적 하류계층에게 강제된 피할 수 없는 조건인 것이다.

사실, 표명희 소설이 그려내는 고립된 삶의 면모는 "언제나처럼 복잡하게, 또한 여전히 불공평하게 돌아가"는(「탑소호족 N」 23면) 세상에 대한 그녀들의 지극히 부정적이고 허무주의적인 인식과 맞닿아 있다. 그녀들의 인식에 따르면, 세상은 강자

중심으로 돌아가면서도 언제나 "너무도 번듯"(「온이」 63면)하다. 다운증후군인 아이를 가진 가족의 갈등과 고민을 다루고 있는 소설 「온이」에서 온이 엄마가 항변하듯이, 그녀들을 숨막히게 하는 것은 세상의 '너무도 번듯함' 혹은 산뜻한 투명성 자체이다. 「누드 에스컬레이터」에서 안내 107을 잠시나마 황홀경에 빠지게 하는 '누드 에스컬레이터'는 너무 번듯한 것의 대표적 상징물로, 이를 통해 '세상의 논리'에 대한 작가의 판단을 충분히 가늠해볼 수 있다. 자본의 논리에 맞지 않는 예술전용 영화관을 통해 자본의 논리를 완벽하게 마감하는 초현대적 건물이 그러하듯, 푸른 조명을 내뿜고 금속 부품을 훤히 내비치는 에스컬레이터는 투명하게 모든 것을 은폐하는 현대사회의 성격을 날카롭게 드러낸다.

　작가 혹은 그녀들의 인식에 따르면 그녀들이 사는 곳은 거대한 투명성의 세계이며, 세계를 운용하는 '로봇식 질서'는 이 세계를 심지어 편하고 자유롭고 아름다운 것으로 만들기까지 한다. 물론 "보이지 않는다고 존재하지 않는 건 아니다. (…) 모든 것은 철저하게 은폐되어 있"(「누드 에스컬레이터」 163면)을 뿐이다. 문제는 누구에게나 열려 있는 듯 보이는 세상의 투명성은 철저하게 배타적이고 차별적인 논리를 은폐하고 있다는 점이며, 무엇보다 사회적 약자나 하층계급에게는 투명성이 내세우는 이중적 은폐의 논리가 도저히 파악되지 않는다는 데 있다. 투명성이 감추고 있는 것들을 알게 되는 것이 곧 권력을 소유하거나 상류계급으로 진입하게 되는 원인이자 결과라고 말할 수 있는 것은 이러한 이유 때문이다.

(…) 종묘도 주변의 숲도, 심지어는 눈앞에 펼쳐진 종로대로조차 거대한 쎄트장처럼 여겨진다. 온종일 그가 헤매고 다닌 곳은 다름아닌 쎄트장 안이었는지 모른다. 의상과 의장물을 갖추고 행렬을 이루었던 임금과 제관과 포졸들만 배역을 맡은 게 아니었다. 그는 자신도 이 거대한 시대극에 출연한 단역이었음을 깨닫는다. 아니, 극은 아직 끝나지 않았다. 자신의 일거수일투족이 여전히 누군가에게 보여지고 있을지 모른다. 그는 주위 사람들을 둘러본다. 옆사람도 앞뒤로 선 사람도 한결같이 무심한 표정이다. 능청스런 표정의 이들 역시 행인 1, 행인 2를 맡은 단역이다. 그뿐이랴. 애당초 자신은 오렌지전사 역, 그녀는 물귀신 역을 맡은, 같은 시대극에 출현하는 단역의 운명이었다. (…) 누군가의 의도대로 씌어진 이 각본을 그대로 따르고 싶지는 않다. 누구도 주인공이 아닌, 그래서 모두가 주인공일 수 있는 이 극의 대본을 수정할 자유는 자신에게도 있다. (「新 어가행렬」 203~204면)

장 보드리야르(Jean Baudrillard)가 지적한 바 있듯이, 투명성의 허무주의가 발산하는 위험성은 음울하거나 퇴폐적이고 자기포기적인 역사적 허무주의보다 훨씬 심각할 수 있다.(『씨뮐라씨옹』) 투명성의 은폐 논리는 투명해 보인다는 바로 그 점 때문에 오히려 대처불능한 위기를 불러올 수 있는 것이다. 그런데 「新 어가행렬」에서 이 투명막을 덮고 있는 베일/허위가 벗겨지는 것은 매우 흥미롭게도 가짜 어가행렬에 동원된 말의 배설물 덕분이다. 「新 어가행렬」에는 과거에 행해진 종묘 제단에 대한 연상과 스펙터클이자 구경거리가 된 현대의 어가행렬, 그리고 이를 문화적으로 향유하고자 하는 현대인들의 세태풍경과 과거/현재 혹은 가상/현실의 장면들이 다큐멘터리를 보여주는 듯한 방식과 내레이터가 소개하는 듯한 방식을 통해 속도감있게 진행되면서 오버랩되어 있다. 여기서 말의 배설물은 다양한 장치를 통해 호출된 역사 혹은 시간의 더께를 단박에 벗겨내고 세계와 인간 존재의 관계에 대한 흥미로운 통찰을 부려놓는다.

말의 배설물은 무한히 반복되는 시간 혹은 장면들을 불러냄으로써 "할아버지의 할아버지 그 할아버지의 할아버지가 살았을 적부터 오가던, 짐승들의 배설물이 수시로 내갈겨지고 먼지가 되어 사라져간 바로 그 자리. 황톳길 위로 자갈이 깔리고 신작로가 생기고 다시 아스팔트가 덮이고 지하도가 뚫리고 또 아스팔트가 덮이기"(「新 어가행렬」 195면)를 반복했던 그 자리가 끊임없이 되풀이된 시대극의 움직이지 않는 배경이었음을 드러내는 계기가 된다. 그리고 결국 이 세계가 한편의 거대한 가상극이라는 인식은 각자의 대본과 배역을 바꿀 수 있다는 변화 가능성을 열어놓음으로써, 인물들 혹은 출연자들에게 적극적이고 능동적인 태도를 이끌어낸다. 그러니 모든 것을 투명하게 은폐하는 세상과 남성들 혹은 강자들이 모두 한통속이라

해도, 비틀린 현실이 정상적이며 투명한 것이라고 주장된다고 해도, 그 모든 것이 거대한 가상극에 불과하다는 것을 통찰하는 순간, 그녀들의 반란은 기꺼이 시작될 수 있는 것이다.

4. '여성-약자-하류계층'의 반란

그런데 사회적 약자이자 하류계층의 존재방식에 대한 우리의 관습화된 기대를 조롱하듯, 그녀들은 빈곤한 이웃이나 비루한 인생들과 연대하려 하지 않는다. 불가피한 경우가 아니라면 그들 가운데 누구와도 관계맺기를 거부하며, 「탑소호족 N」에서처럼 심지어 마늘 껍질 벗기는 소리마저 들리는 옆집과의 반(半)동거생활은 그녀에게 고통스럽기까지 한다. 물론 사회적 약자와 하류계층의 삶에서 자신을 분리하고자 하는 그녀들의 태도가 은밀한 사적 공간에 대한 열망에서 비롯된 것만은 아니다. 그녀들의 태도는 숨기려 해도 숨겨지지 않는 비루한 삶과 사적 공간의 치부들, 그 삶의 내막에 적나라하게 대면하고 싶지 않은 회피의 심정에 좀더 가깝다.

'해질대로 해진 기관지를 훑는 닳고 닳은' 옆집 여자의 기침 소리나 옆집 남자의 유행가를 흥얼거리는 소리에 진저리를 치는 것은 보지 않아도 훤하게 드러나는 그들의 비루한 삶과 그것이 연상시키는 '자신의' 비참한 삶의 정경 때문이다. 그러므로 불필요한 연민에 빠지지 않으려는 그녀의 엄격함은 언제나

자기연민을 검열하는 자의식적 표현에 가까운 것이다. 사회적 약자와 하층계급에 대한 연민, 예컨대 몸이 불편한 쌀집 아이에 대한 연민은 곧 자신에 대한 연민에 다름아니라는 것을 그녀는 분명하게 알고 있다. 옆집 살던 남자애가 호객 행위를 하다가 송실장에게 당한 창피한 꼴은 'N'의 머리털을 곤두서게 하고 그녀의 얼굴을 화끈 달아오르게 할 뿐 아니라 묘한 죄의식에 사로잡히게 한다. 의식의 차원에서 거부하고 있음에도 그녀의 몸은 그들의 고통과 비참함을 같이 겪고 있는 것이다.

그렇기 때문에 근면이나 성실성이 약속하는 미래 따위는 거짓된 것이자 약자를 얽어매는 강자 혹은 상류계층을 위한 이데올로기임을 분명하게 알고 있으면서도 그녀는 새로운 일거리를 맡고자 한다. 한편으로 새로운 일거리가 자신의 신분상승을 도와줄 기반이 되기도 하겠지만 다른 한편으로 택배일을 맡아주는 쌀집 아이의 일거리도 늘려주는 것임을 그녀로서는 의식하지 않을 수 없기 때문이다. 이는 「新 어가행렬」에서 '오렌지전사'가 '물귀신'에게 갖는 호감에 그녀의 강단 있는 목소리 밑바닥에 깔린 그 신산한 기운에 대한 안쓰러움이 들러붙어 있는 것과 마찬가지 이치이다. 이처럼 '여성-약자-하류계층'인 그녀들의 몸에는 자기연민이든 아니든 거부할 수 없는 감정적 동요가 새겨져 있다.

107은 닫힌 문을 물끄러미 바라보며 천천히 팔짱을 낀다. 이런 일은 최소한 팔짱이라도 낄 여유를 갖고 생각해야 한다. 이건 남녀간의 일이기에 앞서 힘있는 자와 그렇지 않은 자의 문제다. 신중해지지 않으면 일을 그르치기 십상이다. 약자에겐 언제나 선택의 여지가 별로 없다는 걸 107은 누구보다 잘 알고 있다. (…) 약자란 그렇다. 그들은 언제나 순간적인 폭발로 문제의 본질을 훼손시킨다. 기껏 소화기 따위나 들고 뛰어들거나 상대의 면상을 한대 후려치고 뛰쳐나가는 게 고작이다. 섶을 지고 불속으로 뛰어드는 것과 하나도 다를 게 없는, 그런 파괴적인 행동으로 그들은 결과적으로 또 한번 희생당하는 것이다. (「누드 에스컬레이터」 170면)

그러므로 약자로서의 자의식이 강력하게 요구된다는 그녀들의 강변은 '여성-약자-하류계층'의 문제를 감정적 반응 이외의 것으로 해결하고자 하는 모색의 결과물이기도 하다. 그녀들은 선택의 여지가 별로 없다고 여겨지는 사회적 약자나 하류계층에 속하는 존재들에게 냉정한 판단과 치밀한 계획에 입각해서 희생이 반복되지 않을 수 있는 방책을 몸으로 습득해야 한다고 되풀이하고, 이 생존전략이 모두 한통속인 세계를 살기 위해 절대적으로 필요하다고 강조한다. 그래서인지 때때로 그녀들의 분노는 매우 냉정하고 차갑게 표현되기도 한다. 무엇보다 이러한 생존전략은 생명의 훼손이나 타인을 짓밟는 행위까지도 정당화할 수 있는 기묘한 논리로 전도되기도 한다. 작가는 진정으로 그럴 수밖에 없다고 말하려는 것일까.

모두 한통속인 세상 혹은 시간을 견디면서 그녀들은 점점 발칙해지고 영리해진다. 그래서 그녀들의 반란은 은밀하면서도 치명적이다. 그럼에도 불구하고 「씰리카겔」의 경우에서 알 수 있듯이, 어쩌면 그녀들이 할 수 있는/하고자 하는 최대치의 반란은 세상에 좀더 잘 적응하고 실리적으로 대처하는 '현명한' 선택과 판단으로 귀결되고 있는지도 모른다. 감정적인 분노나 일회성에 그치게 마련일 보복이 결국 그녀들이 처한 상황이나 조건을 조금도 변화시키지 못한다는 판단은 충분히 옳지만, 대세에 따르지 않고 자유로운 선택을 한다고 해서 세상의 논리가 변하는 것 또한 분명 아닌 것이다. 그렇기 때문에 그녀들의 '현명한' 선택은 종종 전도된 (신분)상승 욕구나 강자의 세계로의 진입 열망으로 비친다. 예컨대, 「씰리카겔」이 보여주는 '부엌'에 대한 입장, 즉 금속성 도구로 빼곡한 부엌이 조종실의 거대한 계기판처럼 살벌한 분위기를 연출할 때 오히려 여자에게 더없는 안식처일 수 있다는 부엌론은 그 자체로 충분히 신선하다.

(…) 그것들은 단 몇분 만에 그녀의 손끝에서 맛깔스런 요리로 변신할 수 있다. 그 음식이 가족들의 몸을 살찌우고 그 에너지로 살아가게 만든다는 권능으로 여자는 스스로 고무되기도 한다. 그럴 때마다 여자는 자신이 바로 집안의 중심임을 확인하는 것이다. (「씰리카겔」 121~22면)

그러나 부엌을 자신의 가족들, 특히 그들의 육신을 통제할 수 있는 힘의 원천으로 바라보는 이러한 관점은 일종의 전도된 권력욕이자 틀 안에서의 '자리 바꾸기'라는 점에서 강자와 약자를 가르는 권력구조 자체에 아무런 위해도 가하지 못한다. 무엇보다 이 소설의 주된 갈등과 대립이 다소 진부한 '시어머니-며느리'의 갈등구조 속에서 이루어짐으로써, 새롭게 제시된 부엌관의 의미가 착한 여자 콤플렉스로 퇴색될 뿐 아니라 '시어머니-며느리'의 틀이 오히려 고착화되는 효과를 불러오게 된다. 일련의 연쇄에 따라 여기에 뒤얽혀 있는 강자/약자 혹은 상층/하층 계급의 갈등구조가 희미하게 후경화되는 경향이 강화되며, 「씰리카겔」이 보여주는 소소한 반란과 틀에 대한 비판은 본원적인 의미에서 여성으로서의 삶을 '운명'으로 받아들이고자 하는 그녀들의 태도에 의해 산산이 흩어져버린다.

5. 꿈은 그저 꿈일 뿐

그녀들은 스스로를 긴 터널 앞에 놓인 존재로 규정한다. 그 터널은 사회적 약자이자 하류계층으로서의 위상을 격상시킬 수 있는 신분상승용 엘리베이터이다. 그러나 선택의 여지가 없다는 것과 기성의 논리에 재빨리 적응해야 하는 것은 엄밀히 다른 논리이다. 「탑소호족 N」의 'N'이나 「누드 에스컬레이터」의 '107'이 약자나 하류계층으로서의 자신들의 자리를 벗어날 수 있는 야심찬 계획을 세우기도 하지만, 적어도 표명희의 소설 세계에서 그녀들의 '꿈'은 언제나 꿈으로 남을 가능성이 매우 높아 보인다. 표명희 소설을 구성하는 횡단축인 '엄마-딸'의 관계를 통해 유추할 수 있는바, 어머니 세대의 열망은 그 가운데 어떤 것도 실현되지 않은 채 그녀들의 사회적 지위와 계급이 오히려 격하된 채 딸들에게 고스란히 인계된다.

표명희는 남들의 삶의 방식과 무관하게 남을 의식하지 않고 자기식대로 사는 삶의 의미를 강변했던 「야경」에서의 '나'의 어머니, 자존심 강하고 여성스러우며 예민한 성격의 소유자였던 그녀를 낡은 반지하 집에서 욕창에 시달리며 딸의 미래를 좀먹는 비참한 지경으로 전락시킨다. 이는 「야경」의 어머니의 삶의 방식에 대한 명백한 처벌이다. 반면 늘 팍팍하고 여유 없는 반백년의 결혼생활을 인내한 「씰리카겔」에서의 여자의 어머니는 결국 가족들의 삶의 고삐를 틀어쥔 존재가 어머니임을 재확인하는 과정에서 적절하게 보상되고 있는 듯하다. 이런 식으로 작가 표명희는 사방 25미터의 공간인 수영장에서 누리는 자유가 아무리 돌발적이고 강렬한 에너지를 분출한다고 하더라도(「야경」), 그녀들은 결국 잠깐 도망쳐나왔던 곳으로 다시 돌아갈 수밖에 없다고 말하는 듯하다. 인물의 연령이 높아짐에 따라 그녀들의 탈출 불가능성에 대한 언급의 강도는 좀 더 강화되고 있기도 하다.

어찌보면 표명희의 소설에는 야심찬 신분상승에의 욕망을 부추기는 동시에 스스로를 약자이자 하류계층으로 되묶는 듯한 상반된 발언들이 파편적으로 공존하고 있다. 이는 진술이나 작가적 인식의 모순을 드러낸다기보다 오히려 서사를 진행시키는 기법상의 문제와 연관되어 있는 듯하다. 가령, 그것은 대체로 그의 소설 끝자락이 모호하게 처리되고 있으며 소설 세계의 상당 부분이 믿을 수 없는 화자들의 발언으로 건축되고 있기 때문이다. 모호한 결말이나 믿을 수 없는 화자들을 통해 표명희의 소설은 사회적 약자와 하류계층의 분노와 열망을 날것으로 드러내거나, 발화자의 입장을 있는 그대로 드러낼 수 있게 되었다기보다는 더욱 불분명한 모호함 속으로 밀려들어간 측면이 있다. 무엇보다 모호함의 처리 기법이 그녀들의 반란의 의미를 퇴색시키고 기성의 권력구조를 그대로 용인하는 효과를 유발하고 있기도 하다. 아마도 이것은 내면에 천착하지 않으면서 현실의 단면을 날카롭게 드러내고자 하는 작가의 열망에서 비롯된 듯하다. 그러나 내면을 드러내지 않는 동시에 사회적 관계를 거부하는 인물들을 소설의 전면에 내세울 때 젠더와 연령과 계급이 교차하는 지점에 놓인 존재들이 세계 전체를 향해 분출하는 비판력은 약화될 수 있으며, 소설이 운신할 수 있는 공간도 협소해질 수 있다. 그러니 작가적 문제의식을 포기하지 않으면서도 보이지 않는 공간에 알을 슬어놓듯 작가만의 공간을 만들어내는 작업, 이것이 표명희가 해결해야 할 향후 과제가 아닐까 싶다.

蘇榮炫 | 문학평론가

작가의 말

어릴 적 엄마 심부름으로 정육점에 간 기억이 난다.
―살코기로만 달라고 해라. 기름기 없는 걸로.
어린 딸을 보내는 게 안심이 안되었던지 엄마는 매번 이런 당부를 빠뜨리지 않았다.

신문지에 둘둘 말린, 군침 도는 저녁밥상을 기대하게 하는 반 근 또는 한 근짜리 고깃덩어리를 들고 오면서 내 머릿속에는 고기란 살과 기름으로 이루어졌는데 맛과 영양은 발그레한 살코기에 있고 허연 기름기는 불순물이라는 생각이 자연스레 자리를 잡았던 것 같다. 그러면서 내 어린 혀도 살코기 맛에 길들여졌을 것이다.

음식문화가 그리 발달하지 않은 지역 출신인 나는, 사회에 발을 들여놓고 회식자리를 접하게 되면서 내 입맛의 경험이 그리 풍부하지 않다는 것과, 당연한 결과겠지만 식성도 꽤나 편향돼 있음을 알게 되었다. 학교 다닐 때는 친구들 도시락 반찬에 손을 잘 대지 않을 정도로 비위가 약하고 입맛이 까다로웠다. 우리 엄마의 남다른 손맛에 길들여진 나의 미각에, 낯가림 심한 성격까지 보태진 결과였을 게다.

고기란 기름과 살코기가 적당히 어우러져야 부드럽고 감칠맛이 난다는 지극히 초보적인 사실조차 나는 아주 늦게 알았다. 회식 경험과 함께 입맛이 많이 사회화되고 나서도 내게는 혐오성 먹거리가 많았다. 이를테면 곱창이나 순대, 돼지껍데기, 닭발 같은 소위 '뒷고기'로 분류되는 음식이 그것이었다. 술자리 출석 경력이 십년쯤 쌓이고 나서야 그런 음식의 경계를 넘게 되었다. 뒷고기에 대한 오랜 편견은 젓가락질 한번에 허물어졌다.

늦게 알게 된 뒷고기의 새로운 맛은 한동안 내 구미를 사로잡았다. 살코기류에서는 결코 느낄 수 없었던 맛이 거기에는 있었다. 몸의 중심에서 멀찍이 벗어난 허드레 부위라는 제 운명을 보여주듯, 굳은살이 잔뜩 박여 있거나 혹은 꼬이거나 비틀린 모양새를 한 그것들은 미끈거리고 질기지만 특유의 쫀득거리는 질감과 함께 씹을수록 맛이 우러났다. 그 맛에 친숙해지면서 나는 포장마차나 시장통 혹은 선술집 같은, 뒷고기 안주에 어울리는 술자리 분위기도 자연스레 즐기게 되었다. 뒷고기에 어울리는 술자리가 따로 있듯 그것이 유통되는 경로도 살코기류와는 달랐다. 그것은 우리가 흔히 접하는 일반 정육점이 아니라 포장마차나 재래시장의 가판대, 도축장 근처의 장터, 아니면 싸고 허름한 술집 같은 저만의 고유한 길을 통해 드나들었다. 군색하여 볼썽사납게 여겨지던, 그 옛날 내 아버지가 즐기던 그런 술자리에 나도 언젠가부터 편하게 들어앉게 되었다.

이야기가 장황해져버렸다. 그리 상큼하지도 않은 글을 앞머리에 길게 늘어놓은 이유는, 혹시 내 첫 작품집이 살코기 맛에 가까운 건 아닌가 싶어서다. 살코기 맛에 오래 길들여져 살아온, 그리 소설가답지 않은 내 삶을 작품이 빼닮았으면 어쩌나 하는 자격지심 때문이다. 만일 이 첫 작품집이 어쩔 수 없이 살코기 맛에 가까운 것이라면 다음 작품은 그런 편향된 맛의 극복에 있어야 하지 않을까 싶기도 하다. 이제 겨우 첫 걸음을, 그것도 어설프고 힘겹게 내디디면서 다음 작품까지 떠올리는 이 늦깎이 신인의 오만과 비애를 독자들께서 헤아려주시리라 믿는다.

지금까지 내 삶의 버팀목이자 명분이 되어준 이 소설들을 묶기까지 많이 초조했다. 남들보다 늦은 출발이라는 생각에서 그리 자유롭지 못했다. 그래서 더 힘들었다. 그런 조급함이 결실을 앞당길 수는 없으며 그 열매의 깊은 맛을 내는 것과는 더더욱 관련이 없다는 것도 마음고생하면서 깨우친 사실이다.

언젠가 나는 곱창을 씹으며, 내 소설도 이런 뒷고기 운명을 닮았으면, 하는 생각을 떠올린 적이 있다. 한 생명체의 마지막 허드렛일을 도맡음으로써 몸을 정화시켜주는, 정작 자신은 군내를 풍길지언정 온몸에 활기를 불어넣고 향취가 살아나게 해주는, 주목받지 못하는 운명에 아랑곳하지 않고 묵묵히 제 일을 해내는 그런 역할이 빛나 보였던 것이다. 씹을수록 맛이 우러나는 작품, 오래오래 질기고 튼튼하게 살아남는 작가. 그 두 가지를 나는 동시에 소망한다.

  이 첫 결실을 부모님께 바치고 싶었으나 그분들은 기다려주지 않으셨다. 나의 수확이 너무 늦은 탓이다. 그래도 이 땅엔 내 부모님을 대신해줄 분들이 많다는 사실이 나로선 큰 행운이 아닐 수 없다.
  언제나 기꺼이 내 소설의 첫 독자가 되어주었고 삶 그 자체로 내 문학의 중심을 잃지 않게 해주는 용숙 언니, 길을 터주셨던 송기숙, 최원식 선생님, 가르침을 주셨던 신상웅 선생님과 중앙대 은사님들, 그리고 싸이버 세상의 배움터였던 앙갭트레인 기관사도 빼놓을 수 없다. 이 수확물로 그들에게 진 빚이 조금 덜어진 것 같다. 그래서 더 기쁘다.

2005년 12월
표명희

3번 출구

초판 1쇄 발행/2005년 12월 20일
초판 2쇄 발행/2006년 3월 25일

지은이/표명희
펴낸이/고세현
편집/김정혜 안병률 강영규 김명재
미술·조판/윤종윤 신혜원
펴낸곳/(주)창비
등록/1986년 8월 5일 제85호
주소/413-756 경기도 파주시 교하읍 문발리 513-11
전화/031-955-3333
팩시밀리/영업 031-955-3399 · 편집 031-955-3400
홈페이지/www.changbi.com
전자우편/literat@changbi.com

ⓒ 표명희 2005
ISBN 89-364-3691-0 03810

* 이 책은 한국문화예술진흥원의 '문예진흥기금'을 받았습니다.
* 이 책 내용의 전부 또는 일부를 재사용하려면
  반드시 저작권자와 창비 양측의 동의를 받아야 합니다.
* 책값은 뒤표지에 표시되어 있습니다.